有爱的青春陪伴者

你一来就是晴天 2

Ni Yi Lai
Jiu Shi Qing Tian

铁扇公子 著

中国·广州

图书在版编目（CIP）数据

你一来就是晴天.2 / 铁扇公子著. — 广州: 广东旅游出版社, 2020.5
ISBN 978-7-5570-2129-0

Ⅰ. ①你… Ⅱ. ①铁… Ⅲ. ①长篇小说－中国－当代 Ⅳ. ①I247.5

中国版本图书馆CIP数据核字(2020)第028491号

你一来就是晴天 2

Ni Yi Lai Jiu Shi Qing Tian 2

铁扇公子 / 著

◎出版人：刘志松 ◎总策划：苏瑶 ◎责任编辑：何方
◎策划：廖晓霞 ◎设计：Insect 西楼 ◎封面绘制：官官

出版发行：广东旅游出版社
地址：广东省广州市环市东路338号银政大厦西楼12楼
邮编：510060
电话：020-87347732
印刷：长沙鸿发印务实业有限公司
地址：长沙黄花工业园三号
邮编：410137
开本：889毫米×1194毫米 1/32
印张：9
字数：285千字
版次：2020年5月第1版
印次：2020年5月第1版
定价：36.80元

目录

/Contents/

目录

/Contents/

第一章

心存嫉妒，才会诋毁你

对乔皙而言，她不能嘴上说说，就可以拿到IMO（国际数学奥林匹克）金牌了。

集训队一共六十个人，她的成绩，在六十人里排倒数第二名。

对大多数人而言，她这个成绩，这个排名，已经足够证明她的优秀，可乔皙心里很清楚——

这样的成绩，令她的IMO金牌目标、MIT（麻省理工学院）梦想，都显得无比遥远。

国家集训队的名单公布之后，先前找过乔皙的两位T大的招生老师再次找上了门来。

这一回，两位老师给出的条件比上一次优渥不少。

她不仅可以任选全校范围内的专业，待她入学后，学校还会给她校长奖学金和一等奖学金。

此外，国家集训队名单出来之后，她还迎来了一位P大的招生老师。对方跟她通过一次话，给出的条件是，可以保送本校数院。

与T大相比，P大明显矜持得多。

乔皙也能理解，毕竟，P大数院的实力可是能将T大数学系吊打十余个来回不止。而每年的数竞生，绝大多数也都选择了就读P大。

乔皙这样吊车尾进集训队的考生，没引起P大的重视很正常。

当然，哪怕只是这样，其他人也为她高兴极了。

过完年，她回到明家。

祝心音一见到乔皙，就笑眯眯地问她："皙皙想好要去哪个学校

了吗？”

乔皙犹豫了一会儿，说了实话：“都不太想去。”

祝心音以为乔皙是嫌弃专业不好，安慰她道：“那就不急着签，等你拿了更好的成绩，再和他们谈条件。”

祝心音从上海回来后，又遇上了几次上门招生的T大老师。

很快，大院里其他夫人也都知道乔皙被T大老师上门招生了。这事，自然叫祝心音大感脸上有光。

并且，还真有好几位司令夫人、首长太太来跟祝心音打听她这位侄女了。

祝心音面上不显，滴水不漏地将这些打听都挡了回去。

只是回到了家里，对着丈夫，她熊熊吐槽之心怎么也憋不住了——

“你说刘家怎么好意思和我开口？他们家儿子都二十多了，还想打听皙皙，做梦呢？

“还有叶家的儿子，这才多大年纪，听说交往过的女朋友都论‘打’算了，家风不正！

“秦家也是，他们家儿子，小小年纪学人家玩摇滚，每天把头发染得五颜六色，弄得跟鸡窝一样，家里关系又那么复杂，真是癞蛤蟆想吃天鹅肉！”

明骏知道自家夫人素来护短，这是将皙皙看作了自己人，自然是怎么看怎么好。

明骏若有所思了好一会儿，才说：“我知道还有个臭小子打皙皙的主意。”

祝心音一听，立刻紧张起来：“谁啊？皙皙他们学校里的？他爸妈我认识吗？”

明骏不动声色地开口道：“认识。”

顿了顿，他补充道：“他爸妈特别好，可惜儿子是个小浑球。”

祝心音忍不住问道：“到底是谁家的小浑球？怎么个浑法？”

明骏想了想，将小浑球的行径一样一样数给夫人听：“在学校里，仗着自己是高年级，成天借机接近皙皙，无事献殷勤。”

祝心音皱眉：“啧啧。”

明骏继续道：“知道皙皙喜欢什么，就投她所好，千里迢迢花大价钱把东西买来，想讨她的欢心。”

祝心音眉头皱得更紧了些：“咱们皙皙没收他的东西吧？”

明骏道：“那东西已经让他带回自己家了。”

祝心音放下心来。

是了，他们家晳晳不是那种贪慕虚荣的女孩，不会随便收别人的礼物的。

明骏补充道：“今年过年，这小浑球居然还跑去西京找晳晳！你说他是不是欠揍？心里简直没半点数，晳晳会喜欢他？”

祝心音被吓了一跳：“还找去西京了？这是变态吧！就该抓起来关几天！晳晳没吓着吧？”

明骏摇摇头。

顿了顿，他又问自家夫人：“这种小浑球，你说是不是要把他赶得离晳晳远远的？”

见着明骏如此着急的样子，祝心音赶紧安慰他：“晳晳最听我的话了，我不同意的人，她肯定也不会喜欢的，你放心好了。”

开学后，T大的招生老师还来学校找过乔晳一次。

当时，乔晳没说什么，只是过后，她发了条短信给招生老师，拒绝了T大的保送。

这大概是她这辈子做过的最疯狂的决定。

但她之前已经考虑了很久，所以做完决定后她并不后悔。

她憋着没将这事告诉任何人。

没告诉大表哥，没告诉菀菀，也没告诉盛子瑜。

结果，第一个知道这事的居然是韩书言。

他以第二十六名的成绩进的集训队，目前还在P大和T大两个学校中摇摆不定。

他在老师办公室听见了乔晳拒绝了T大保送的消息，一下课，他就跑来找乔晳，向来温和的语气里难得带了几分质问的意味：“乔晳，你怎么回事？”

对上乔晳疑惑的目光，韩书言言简意赅：“T大。”

乔晳恍然大悟，知道他是在为自己着急，便好声好气地解释道：“我认真考虑过的。”

韩书言脾气那么好的一个人，都有些被她气着了：“我们学校没签保送的，除了你，还有两个人，你知道是谁吗？”

乔晳愣了愣，理所当然地摇了摇头。

“明师兄是一个。因为不管他签不签，那两个大学的所有专业，他想去，随时就能去。

“还有一个是江若桐。她是外籍身份，不管是参加高考，还是申请国外的大学，她都有很大的优势。

“乔皙，你和他们一样吗？你为什么要放弃保送？”

乔皙怔住，解释道：“我是觉得，如果我签了约，最后却不去的话……会影响下一届的学弟学妹。”

之前，乔皙在西京一中念书时，就曾听说有一个学长签了P大最后却毁约了，这直接导致了之后整整五年，西京一中再没有一个P大的保送生。

乔皙知道，先和国内一所大学签约作为保底，再去申请国外的大学，才是最稳妥的办法。

可一想到毁约会影响到后面的同学，她便做不出这样的事了。

听她这样说，韩书言一口气哽在心口。

他无奈道：“你傻不傻？你见过谁会管这么多……这不是你该操的心。”

乔皙不好意思地低下头：“可如果不这样做，我心里会很难受。”

韩书言无奈地看她一眼：“P大的呢？你也拒了？”

乔皙摇摇头。

P大的老师只联系过她一回，并不像T大的老师那样穷追猛打。

她不回复的话……应该算是默拒了吧？

韩书言立刻又高兴起来：“今晚P大那边请集训队的同学吃饭，说是数院的江教授也会来，到时候会给大家一些考试思路上的指导。”

这也是招生组的惯用伎俩。

明面上是请同学们吃饭，又有大教授来和大家交流，其实招生老师一早就备好了合约，就等着大家酒足饭饱放松警惕签了。

乔皙不是很想去，因此婉谢了。

没想到，转头韩书言就将她拒绝保送的事情告诉了明屹。

韩书言的用意很明显，他劝不了乔皙，那只能告诉她家里人了。

明屹显然没将这个当一回事，不过是捏了捏哭气包的脸：“拒了就拒了呗。”

然后，他说：“不过晚上那顿饭你可以去，去和江教授见一面。”

听到江教授的名字，乔皙心里有些发怵。

那是江若桐的爸爸哎……她都不喜欢江若桐，还跑到人家爸爸面前去问东问西，不是很奇怪吗？

明屹一眼就看穿了她的心思，评价道：“狭隘。”

“反正吃饭我不会去的。再说了——”乔皙有些生气，“大表哥，‘狭隘’对应的英文单词是什么？请至少说出三个。”

明屹沉默。

见大表哥被自己噎住，乔皙不由得有些开心，最后她总结道：“你看，你还是要跟着聂师兄乖乖学英语的。”

她说的聂师兄，是附中一位已经毕业的学长。

他现在在外国语大学念大三。

虽然 MIT 那边对明屹的要求是“只要有托福和 SAT 成绩就行”，但祝心音总不能真的放任这个小浑球拿个零分的写作成绩回来，所以还是给他请了家教。

一开始，祝心音给他挑的家教是个女生。

她本意有二，一是想让儿子多和女孩子接触；二是，这男家教，万一，自己儿子又搞出点什么丑事来，那就不妙了。

结果，明屹坚持不要女生家教，还扬言真来个女生家教，他就裸考。

祝心音哪里拗得过这小浑球？

当晚，明屹故意通过蠢妹妹，将自己拒绝掉女家教这件事透露给了哭气包。

他面上一片淡定，心里却急不可耐地等待着哭气包的表扬。

如果他有尾巴，那么此刻他的尾巴一定已经翘到了天花板上。

乔皙自然震惊。

大表哥的写作差到了这种地步，居然还有脸对家教挑三拣四？

他简直没有一点自知之明！

明屹并不知道，哭气包竟然是这样看自己的。

他只知道，将家教换成男生这件事，竟是搬起石头砸了自己的脚。

明屹不愿意孤男寡男的共处一室好几个小时，于是他每每写完了一篇作文，都要将哭气包叫过来帮自己批改。

上第四次课的时候，明屹知道哭气包出去遛狗了，所以写完了作文后，没有叫她。

但聂师兄并不知情。

看着面前这篇明屹新鲜出炉的错漏百出、文不对题的垃圾文章，他显然有些心不在焉。

聂师兄状似无意地开口："乔皙今天不在家啊？"

他问第一遍的时候，明屹有一点怀疑。

等到他问第三遍的时候，明屹十分肯定，有人在觊觎他的哭气包。

因为位满，明屹原本约的考试时间是四月。

由于这个突如其来的变故，为了将这个觊觎哭气包的浑蛋尽快赶走，明屹直接预约了下星期在新加坡的托福考试。

当然，他的一番苦心，哭气包全不知情。

在乔皙看来，事情仅仅是这样的。

大表哥预约了下星期的考试后，每天看的书就变成了——

《十天突破托福写作》《教你如何七天战胜托福》《托福词汇五天记忆法》……

时间一天天流逝，到了今天，大表哥书包里的书已经变成了——

《三天冲刺：决胜托福考试》。

大表哥这是何苦呢？

乔皙想笑，但又怕大表哥生气打她。

艰难地忍过那一阵笑意后，乔皙拽住了大表哥的书包带子，眼巴巴地瞅着他："你哪天的飞机去新加坡考试呀？"

明屹想了想："后天。"

乔皙慢吞吞地"哦"了一声。

同样是后天，她要和其他入围集训队的北京考生一起，跟随领队老师再次前往杭州，接受国家集训队第一阶段的集训了。

大约也想起了这一茬，明屹朝她伸出手："手机给我。"

虽然有些疑惑，但乔皙还是乖乖地将手机递给他。

明屹打开手机，点开她的通讯软件。

乔皙有些着急："你干吗看人家微信呀？"

她和蒞蒞、盛子瑜三个人偷偷拉了个群聊，名字叫"日月山乞托福成绩全球交流分享群"。

这个群她们建来，是专门猜测大表哥的托福成绩的。

等大表哥的成绩公布后，预测分数差得最远的那个人就要请另外两个人吃饭。

这个群里自然没有什么见不得人的信息。

但是，乔皙想，如果被大表哥知道，她猜测他的托福只有 52 分……

乔皙瑟瑟发抖。

大表哥并没有关注她的群聊，而是将注意力都集中在了她的微信联系人上。

仔细查看了哭气包的微信联系人，没有发现那个觊觎哭气包的浑球后，明屹满意地点了点头。

下一秒，明屹退出微信，打开了哭气包的手机通讯录。

他一路往下滑，直到看见一个人名——

“日月山乞”。

乔皙想要夺回手机，结结巴巴地想要蒙混过关：“是、是一个日本同学！”

明屹皱着眉头点开那个名字，然后便看见了两个号码之间的短信记录。

对方显然十分自作多情，他一眼瞥过去，觉得这个短信频率大概是对方发十条，哭气包回一条的样子。

然后，明屹看见——

“大表哥，你再吃就要变日月山乞啦！”

明屹的太阳穴突地一跳，他听见自己问：“你什么时候给——”

话音未落，他自己却先住了嘴。

屏幕上虽未显示发送时间，但在乔皙的这条消息后面，还有他发来的一条信息。

是他以为哭气包一直没回他消息，所以发过来的绝交短信。

明屹揉了揉太阳穴，沉声道：“等我回来……江若桐，你先离她远一点。”

乔皙倒是想遵照大表哥的嘱咐，离江若桐远一点。

但此次国家集训队里的北京考生一共九人，来自附中的就有六人。

在杭州，大家学习吃饭做题都是在一起，她想远离江若桐，也远不到哪里去。

国家集训队的第一阶段为期两周。

所有人到杭州，迎面而来的就是为期两天的考试。接下来有一周课程，完了又是两天考试。

主办方会根据这四天考试的综合成绩，从 60 人中选出 15 人，参加第二阶段的集训。

乔皙难得一见的考试运又回来了。

第一天的考试，题目全是乔皙擅长的部分。

傍晚的时候，领队将大家的成绩一一公布。

原本在集训队里吊车尾的乔皙，分数空前高，名次一跃到了第三名。

确切地说，是和江若桐并列第三。

领队老师宣布乔皙成绩的时候，还调侃了一句："你这倒数第二一下子变成正数第三……明天考试你要再前进一两名！"

乔皙知道自己是运气好，当然不敢接这种话，不然之后成绩跌下来恐怕要被人笑。

这时，一旁传来一道椅子在地上重重摩擦的声音。

是江若桐。

她推开椅子，直接站起身，头也不回地走出了房间。

第二天的考试，考试题目全是乔皙不擅长的部分，果然，她一下子现了原形。

一夜之间，她的成绩由第三名掉到了第四十六名。

然而，这并不是最令人惊讶的。

最令人惊讶的是，向来成绩稳定在前五的江若桐，第二天的考试成绩出来后，她竟然落到了第三十九名。

领队老师都吓了一跳，问江若桐是不是考试的时候不舒服。

一旁的卢阳听见这话，忍不住笑了一声："有什么不舒服的，就是心态崩了。"

集训队前两天的考试过后，随之而来的便是一周的高强度课程。

这一回乔皙的舍友是个南方姑娘，叫易晓泽。

两人之所以同住一室，归根结底，还是因为两人分别是此次集训队队员中的倒数第一名和倒数第二名。

从小到大都是优等生的易晓泽，在这短短两天里，真真切切地体会到了学渣的全套待遇。

早上在食堂吃饭的时候，易晓泽愤愤不平地和乔皙吐槽："刚才拿粥的时候我和王昊泉打招呼，他居然装没看见我，世态炎凉啊！"

乔皙潦草地安慰她："习惯就好。"

对于世态炎凉，她觉得应该没人能体会得比她更深。

乔皙刚来集训队第一天，其他不熟的同学对她这种吊车尾，也是爱搭不理的模样。

他们应该不是故意排挤她——没人有这闲工夫。

大家只是在讨论某个问题正讨论得热火朝天时，听到乔皙试图加入的话语，便齐齐沉默罢了。

可能是她说的话太蠢了吧？

乔皙试图说服自己，大家来集训队又不是来交朋友的，不搭理陌生人，实在是再正常不过。

没想到，第一天考试的成绩公布出来后，考了第三名的乔皙，当天晚上在食堂吃饭时，受到了大家热情的洗礼。

先前那些对着乔皙爱搭不理的同学，纷纷热情地围着她说话，又是探讨各种问题，又是讨论学习方法的。

乔皙一时有些受宠若惊。

她觉得之前应该是她误会他们了。

集训队的同学之间还是很友爱互助的，之前的冷漠大概只是因为彼此不熟悉吧。

结果，乔皙很快被现实狠狠地打了脸。

第二天的考试成绩出来后，大家又重新对着她爱搭不理起来。

算了，乔皙闷闷地想。

可能大家的时间精力都太宝贵，不愿在学渣身上浪费一星半点也很正常吧。

两人正感慨着人间真实，她们座位旁突然多出了一个个子高瘦的男生。

是蒋一炜。

他比乔皙去年暑假时见他还要更黑更瘦了一些。

一坐下来，蒋一炜便问道："明屹呢？今年怕我挑战他，弃考不敢来了？"

乔皙沉默。

易晓泽拽了拽乔皙的衣袖，满脸好奇道："你和炜神认识啊？"

蒋一炜是"二进宫"，但今年他的表现比去年要亮眼得多。

乔皙一听，立刻就为大表哥抱起不平来。

毕竟，以往大家要是听见蒋一炜的这番话，第一反应都是"你居然认识明神"的。

没想到大表哥过气得如此之快。

他们这一届集训队才开始集训几天呀，他的地位就被占据着第一名宝座的蒋一炜取代了。

蒋一炜很不甘心，他已经高三了，这是他能参加的最后一届 IMO 了。

蒋一炜看向乔皙，神情有些愤怒："怎样永远打败一个人？在打赢他之后就退隐江湖、金盆洗手……明屹真是好狡猾！"

乔皙沉默。

都是高三的人了，还这么"中二"。

想了想，乔皙为蒋一炜指出一条明路："江若桐，大家都说她有'0.8 明'。"

蒋一炜缓缓皱起了眉头："你的意思是？"

乔皙点点头，肯定了蒋一炜的猜想："只要你能证明 1 炜大于 1.25 桐，那……"

那他就事实上打败了大表哥。

蒋一炜思索了一下，冷静地反驳了乔皙的这个说法："通货膨胀这么厉害了？她明明只有 0.5 明。"

乔皙从善如流道："那你就证明 1 炜大于 2 桐吧。"

这个回答令蒋一炜很满意，他点了点头："我会的。"

乔皙和易晓泽对视一眼，无声地交换了彼此的看法。

沉默几秒，蒋一炜又看向乔皙："你的成绩，进前十五名有些困难。"

不用他说，她也知道啊。

她很有自知之明的好不好？

蒋一炜道："你的学习方法有问题。"

噢？

乔皙和易晓泽立刻竖起了耳朵。

蒋一炜继续道："我看过你的试卷，都过去这么久，但你还和去年暑假时一样，在凭着运气考试。"

乔皙愣了愣，没有说话。

当然，蒋一炜说的此"运气"非彼"运气"。

"你有没有看过自己答对的题目？稍微有一点难度的题目，你几乎都是凭着巧劲解的。

"这种方法很冒险……如果没有那灵光一现，这道题你就相当于废了。

"你学奥数的时间太短，很多知识都还没有串成体系。如果你的框架感好一点的话，昨天那道代数题，你明明可以用几何方法来解的。"

蒋一炜看着她，继续道——

“你下次复习错题的时候，手边准备一张白纸，把题目里涉及的所有知识点都写出来。

“定理的假设、内容、证明过程……不要翻课本，自己写出来。

“还有你做错这道题的原因，全部都写出来，想到多少写多少。”

乔皙愣住了。

而一旁的易晓泽，听见蒋一炜的这番话，则迅速地从书包里掏出纸笔，飞速将他刚才那堆话记了下来。

见她一脸茫然的样子，蒋一炜很奇怪：“这种方法明屹没和你说过吗？”

乔皙无奈地摇了摇头。

大表哥肯定是不知道的。

蒋一炜这些宝贵至极的学习经验，都是从一次又一次的失败教训中总结出来的。

至于大表哥，他解题时没有这么多挣扎的过程。

他不过就是数学好，然后顺便拿了个 IMO 金牌。除此之外，他哪有什么应试技巧？

当晚回去之后，乔皙开始尝试用蒋一炜说的方法来复习错题。

易晓泽盯着自己面前的习题册和笔记本，长长吁了一口气：“我的确觉得思路清晰了很多呢。”

顿了顿，她忍不住感慨：“炜神人真好啊，半点都不藏私……我以后一定要找个北方男生当男朋友。”

乔皙心想，这是什么转折？

说着，易晓泽拿手托着腮出了神：“明天放半天假，我想出去逛逛街，正好挑一件礼物谢谢炜神，你要和我一起去吗？”

“谢他也不急于这一时。”乔皙提醒她，“现在是非常时期，你千万别谈恋爱分心啊。”

易晓泽死鸭子嘴硬道：“我才没有……我……只是觉得他人特别好而已。”

不过她自己倒是先败下阵来：“算了，你说的也有道理，等集训结束后我再送他礼物吧。”

乔皙有几分出神。

一进集训队，他们的手机和其他电子设备全部上交，完全切断了和外界的联系。

按照他们之前拿到的日程，明天集训队放半天假，可以拿回自己的手机，也可以出校。

乔皙想，大表哥已经考完托福了，成绩没这么快出来，但他自我感觉怎么样呢？

人有没有从新加坡回来呢？

第二天，只有上午有课。

放学前，站在讲台上的夏教授说："同学们留一下，五分钟就行。"

说完便下去了。

教室里的众人都有些摸不着头脑。

等到P大的招生老师出现在讲台上，大家才明白，招生办又来拉人了。

到现在为止，集训队里仍有不少学生还没有签约学校。

尤其是那些排名靠前，有望进入国家队的学生。

因此这一次集训，T大、P大两校的老师也跟了过来。

不过，和一月份的CMO（中国数学奥林匹克）冬令营不同。

这次除T大、P大两校，其他高校的招生老师一个都没有出现。

因为冬令营的时候，其他学校还能从T大、P大两校手里抢一些没进集训队的好苗子。

但进了集训队的学生，其他高校的老师知道抢也抢不来，索性不白费力气了。

站在讲台上的除了大家熟悉的招生老师，还有一个身着洋装、打扮精致的女人。

她的脸蛋极美，保养得也很好，叫人看不出年纪几何。

不过，这样一个人，出现在这里却有些违和。

招生老师适时地介绍道："这位是中国香港兰德集团的副总，叶女士。"

后者接过话头，自我介绍："各位同学好，我是Cecilia Yeh……是这样的，我们集团今年会在P大设立一项兰德奖学金，专门奖励在大型数理竞赛中表现出色的同学。

"目前我们集团计划的捐赠额是30万美金一年，每年一共发放15个奖学金名额。"

易晓泽捏紧了乔皙的手臂："每个人两万美金？"

难怪易晓泽这么惊讶。

毕竟P大最高额度的奖学金也不过是每年五万人民币，而且只面向高考状元和国际竞赛金牌获得者。

现在这个集团这么财大气粗，一下子给每个人两万美金，难怪教室里都隐隐沸腾起来。

乔皙也忍不住想。

如果……如果她能拿到这两万美金的奖学金……那她就可以请奶奶和明伯伯一家，出去好好玩一趟。

不出去玩也没关系，这些钱足够她给明伯伯买军舰模型，给祝阿姨买手提包包，给菀菀买她喜欢的娃娃。

还可以给大表哥设立一项Steam（蒸汽平台）专项基金，再请他吃好多顿饭！

毕竟都还是半大的孩子，近在咫尺的金钱诱惑比什么都管用。

教室里的同学，都开始小声讨论了起来，哪怕已经签了T大的。

招生老师抬了抬手，示意大家安静。

等到教室重新安静下来，他笑着说："有签约意向的，现在就可以来找我。"

乔皙和易晓泽收拾好书包，从教室后门出去了。

易晓泽是因为早就签了T大，乔皙则是另有目标，所以在面对两万美金的诱惑时表现得十分坚定。

"乔同学。"身后传来一个女声。

乔皙回头，发现说话的人正是刚才站在台上的Cecilia Yeh。

她朝着乔皙一笑："对P大不感兴趣吗？"

乔皙点了点头。

不过她此刻关心的是，对方怎么会知道自己的名字。

Cecilia Yeh像知道她心中所想一般，指了指教室前方。

每个人的座位前面都摆着自己的名牌。

乔皙抱歉地朝对方笑笑。

她大概有些神经过敏。

不过，面对眼前这个女人，乔皙颇有几分不自在。

她不知该怎么称呼对方，叫姐姐似乎不合适，可要叫阿姨……对方那张保养得宜、看不出年龄的脸，似乎和这个称呼也不相符。

对方看出她的困窘，便道："叫我 Cecilia 就行。"

顿了顿，她又道："我们中午在隔壁的酒店订了包间请大家吃饭，如果对奖学金的具体细节还有疑问，可以到时候问我们。"

接着，对方又补充道："当然，除了 P 大，我们集团在国外很多大学也设立了高额奖学金，有兴趣的话也可以了解。"

毫无疑问，这话戳中了乔晢。

她想要去国外念书，自然不能用明家的钱。

之前她就在网上找了许多国外大学关于奖学金以及打工时限的帖子看。

念及此，乔晢看向对方："是在这里，和大家一起出发吗？"

对方点点头。

她知道将大家组织起来也需要时间，因此扔下一句"我马上回来"，然后跑出了教室。

大表哥还在校门外等着呢。

乔晢拿起手机，看到了他发来的消息。

明屹是十点多到的，和前来集训队授课的江教授一起。

江教授还在酒店，他是自己先过来的。

门卫大叔没有见过他，自然不会轻易放行，问他是来找谁的，他皮痒说是来看女朋友的，当即便被门卫大叔当作捣乱的小混混赶走了。

于是，他跑去学校旁边的小店里买了顶帽子，但还是被保安大叔一眼就认出来了："小浑蛋！你以为你戴顶帽子我就不认识你了？"

乔晢到的时候两人正在扯皮，她赶紧跑过去，将自己集训队的队员证给保安大叔看："大叔大叔，他是好人，是和我们一起的！"

趁着门卫大叔还没反应过来，她迅速将他拽走了。

两人一路往教学楼的方向去。

乔晢一边伸手去够他的帽子，一边问："你考得怎么样呀？"

"不太好。"明屹语气凝重，"可能只有 110 分。"

乔晢忍不住瞪他一眼，怎么有人脸皮这么厚？

他们回去的时候，几乎所有人都还留在教室里，看样子都是想咨询奖学金相关事项的。

江若桐将笔记本搬上了讲台，连上投影仪，然后又开了话筒道："夏教授留了两道题，是今天的课后作业，麻烦大家记一下或者拍照。"

大家纷纷掏出了手机来。

江若桐打开桌面上的 PPT 文档，点了最大化。

一时间，教室里此起彼伏地响起“咔嚓咔嚓”的拍照声。

正当江若桐要将 PPT 换到下一页时，电脑右下角的聊天软件自动弹出来一个对话框。

群名是“A 大附中高一国际班”。

有人在里面发了好几条信息——

“你们别看乔皙表面上一副清纯无辜的样子，其实心机深得很，又会装。

“我和她是初中同学，她十四岁住在她大伯家时就对她表哥心思不纯，被她表嫂追到学校里扇了好几个耳光呢。”

教室有一瞬间的安静，随即响起了窸窸窣窣的议论声。

乔皙不自觉地后退一步，脸上“唰”地变得惨白，没有半丝血色。

群聊里发消息的那人大概反应过来自己发错了群，很快屏幕上便显示了两条撤回消息。

江若桐也迅速地将聊天对话框关了。

前后不过短短三四秒，江若桐的反应速度足够快了，也并非是有意将这些东西展示给众人。

但是没用，所有人都看见了。

还有人拍了照。

没等教室里的众人反应过来，明屹一个箭步冲上讲台，直接将江若桐面前笔记本电脑连着投影仪的转换线扯了下来。

大屏幕“唰”地暗了下来。

偌大的教室里原本充斥着此起彼伏的议论声，在这一刻终于彻底安静了。

明屹怒极。

但凡对他有所了解的人，都知道他向来是天塌下来都不在乎的性子，又有谁见过这般怒气正盛的明屹？

他直接将讲台上的话筒扯了下来，看向台下的众人，一字一句咬牙切齿道：“造谣！”

台下众人面面相觑，脸上俱浮现出尴尬神色。

明屹这话，摆明了是没人相信。

本来这种事情，默默揭过便是，大家顶多在背后讨论一阵。

现在却将这件事放到台面上来说，当事人不觉得尴尬，他们这些听八卦的都觉得尴尬极了。

明屹怒气更盛。

“她心思不纯？她用得着心思不纯？

“我和她从小认识，朝夕相处……我对她那么好，都不见她对我有所表示。”

教室里的众人都是满脸震惊。

明屹今年没参加国家集训队，但依旧有不少人认识明屹，也知道他和乔皙是表兄妹的关系。

虽说名头上的“表哥表妹”，实际上可能没半点亲戚关系。

就在大家还处在震惊当中时，原本坐在下面的韩书言站起身来。

他的音量不大，说的内容却很清晰：“虽然我和乔皙同学认识的时间并不算久，但以我对她的了解，这种事情她是做不出来的。”

台下坐着的蒋一炜，此刻也懒洋洋地开口了：“就她那傻不拉几的样子，会装？吃什么瓜？都散了吧。”

本来明屹的那一番话，倒是令大家信服了几分。

毕竟明屹站在那里，活脱脱就是一个从少女漫画中走出来的男主角。

他的长相实在太有说服力……连他都看不上，那简直难以想象，能让乔皙费尽心机的人会是什么样。

可谁知，后面接二连三又有男生跳出来。

虽然韩书言和蒋一炜没有明屹这么亮眼，但这两人有理科学神的光环加持，又是集训队里少有几个模样周正的男生，平日在学校里也是一众少女暗恋的对象。

一下子三个这么优秀的男生都站出来为乔皙说话，难免不叫其他人想歪。

大家觉得，那个爆料，说不定不是瞎说……

也许就是人家的手段好，懂得以退为进，同时吊着好几个男生，还能让人觉得她特别单纯呢？

卢阳原本并没有打算站出来，但看见这几个蠢直男接二连三地送人头，她忍不住了。

她冷笑一声，然后开口——

“在座的各位男同学都很优秀啊。

“不说国外名校，起码国内最好的大学，各位都能躺着进吧？

“你们以后前途光明，风光无限……既然乔皙心机如此深，想必私底下跟各位的关系都很密切吧？”

顿了顿，卢阳又说道——

“虽然大家认识的时间不久。但找男生讲个难题、借件衣服、一起在食堂吃个饭之类的事，我想乔皙应该都对你们做过吧？”

卢阳这话，才是说到了点子上。

在集训队这么久，每天上课、吃饭，乔皙都是和易晓泽一起。

除了原本就认识的同学，乔皙几乎没有和其他男生说过一句话。

卢阳看向其他人，语气很平静：“她没有对你们做过吗？”

教室里一片安静。

大家已经不太想吃这个“瓜”了。

有点撑，消化不动。

“居然一个都没有。”卢阳冷笑了一声，“那证明我们这一届的男生素质堪忧，不是说乔皙手段高明，在男人面前爱装吗？可就这样，她也看不上你们。

“一个个都还留在这儿看什么热闹啊？有这闲工夫还是赶紧操心操心自己的竞赛成绩吧。”

这话倒叫所有人如梦初醒。

毕竟没人是来这里看八卦的，有这时间，的确不如多做一道竞赛题。

“等一下。”看着教室里意欲离开的众人，站在讲台上的明屹突然出声。

明屹的语气淡淡——

“在公共平台上传播这种不实信息，已经是造谣诽谤了。

“虽然她已经撤回了，但我看到很多人拍照了。

“麻烦发给我一份，当作证据留存。”

等到众人离开之后，明屹把讲台后的江若桐拽出来，语气冰冷极了：“江若桐，你在耍什么手段？”

明屹对她的评价不高，但平日里碍着江教授的面子，对她也能维持表面的和平。

但今天，他忍无可忍了。

江若桐的身子被他扯得一个踉跄。

但她依旧不卑不亢，待站定后，她一脸平静地看向明屹：“你要护着乔皙是你的事，但这消息是卓娅发的，你要怪到我身上？”

明屹刚要开口，卢阳不知何时走了过来。她挡开明屹，开口道：“乔

皙不见了，你去找找她，别让她一个人待着。”

明屹回头一看，发现教室里早已经没了乔皙的踪影。

当下他顾不得再和江若桐计较，松开她便大步走出了教室。

江若桐没说话，只是默默走回讲台，收拾自己的笔记本电脑。

卢阳看着她：“真的和你没关系吗？”

江若桐冷笑一声：“我没这闲工夫。”

卢阳觉得，江若桐说得应该是真的。

集训队里的宿舍是按入队成绩来排的。

江若桐和她在冬令营里的成绩排名分别是第五名和第六名，所以被安排在了同一间宿舍。

最近江若桐状态下滑，特别是在第二次考试考砸之后，整个人都十分焦虑。

她每晚都要熬夜做题到两三点，甚至还在吃药……

所以，她应该是没工夫捣鼓这些的。

乔皙告诉自己，她不能哭。

刚才在教室里，所有人的目光都集中在她的身上……那一刻她几乎窒息。

她强忍住要涌出的泪水，跌跌撞撞地跑出了教室。

她不想让人看到她惊慌失措的样子，更不想看到他们落在她身上的厌恶目光。

但乔皙还是没能忍住。

她躲在教学楼后面无人的小花园，蹲在地上，抱着膝盖痛哭失声。

她以为她早已淡忘了那些记忆。

可当她看到屏幕上的那些字时，当年表嫂扇她的三个耳光，仿佛再一次响亮地掴在她的脸上。

明明她没有做过。

明明不是她的错。

可表嫂在表哥的包里发现了她的贴身衣物后，第一反应不是质问自己的丈夫，而是带着娘家的几个兄弟，气势汹汹地来到学校，当着那么多人的面，扇了她三个耳光。

他们骂她和她妈一样是小狐狸精、不要脸的人，小小年纪不学好到处勾搭……那些不堪入耳的脏话，她都还记得一清二楚。

原来她根本没忘。

突然旁边传来一个女声：“为什么要哭呢？”

听见声音，乔皙立刻止住了。

她的脸还埋在双膝间，缓了好一会儿，才动了动有些僵硬的身躯。

乔皙抬起头，站在她面前的正是刚才的 Cecilia Yeh。

对方容貌原本就是极美，此刻她站在那里俯视着乔皙的模样，更是美得惊心动魄。

“心存嫉妒，才会诋毁你。”

她看向乔皙，嘴角微扬——

“她们嫉妒你的美貌，嫉妒你比她们受欢迎。她们对你恨得牙痒痒，却又无可奈何，所以只能想出这种阴损方法来……最可笑的是，哪怕被这样诋毁，你依旧比她们更优秀。

“这样想，会不会让你好受一些？”

乔皙的眼睛还是红的，听完这么一番话，她愣住了。

从没有人对她说过这样的话。

哪怕当初表嫂到学校来掌掴她，在场的老师叫保安将人赶走后，和她说的也不过是：“乔皙，老师知道你是个好孩子，不会做那种事。不要被这些影响，好好学习，专心准备中考，好吗？”

像 Cecilia Yeh 说的这种话，她还是第一次听。

这番话，的确让她有几分解气。

但乔皙仔细想了想，她摇了摇头：“我不喜欢这样。”

她不要别人诋毁她，也不要别人嫉妒她。

她喜欢的人能喜欢她，其他人不讨厌她，这就够了。

Cecilia Yeh 打量她良久，然后笑了：“你应该感谢你妈妈，给了你一副好皮囊。”

她从包里摸出烟和打火机，细长的女士香烟夹在她白皙的指间，点燃后升起袅袅烟雾，看起来格外好看。

乔皙从没有见过这样的女人。

她的美丽是带着诱惑的。

她轻轻吸一口烟，吐出一圈烟雾后，笑了：“记住，美貌是你最大的筹码。只要你愿意，可以把全世界踩在脚下。”

毫无疑问，她说的所有话，跟乔皙被灌输的价值观完全背道而驰。

她吸了吸鼻子，撑着膝盖站起身来："谢谢你安慰我。"

说完，她转身，朝宿舍楼的方向走去。

"乔皙。"身后的 Cecilia Yeh 出声叫住她。

乔皙停下脚步。

Cecilia Yeh 笑了笑，然后说道："考虑一下国外的大学吧，我们可以资助你全部的学费。"

还没等乔皙说话，旁边便传来一个熟悉的声音："终于找到你了。"

是明屹。

他看了一眼旁边化着浓妆的女人，没吭声，只是牵起乔皙的手，包在掌心中，用力地捏了捏。

乔皙主动拽了拽他的手："我们走吧。"

明屹点点头："先去吃饭。"

但乔皙有些不安。

刚才卓娅在群里发的那些话，她知道明屹一定看见了。

她最怕的，就是他误会自己。

斟酌了好一会儿，乔皙才小声开口道："我可以跟你解释。"

"不用。"明屹打断她，"我不想听。"

他自己从来不爱解释。

解释就意味着做错，意味着妥协，意味着以此换取原谅。

但她根本没有做错，不需要取得他的原谅。

乔皙喉头微动："她说的那些……我没有做过，你相信我吗？"

明屹点了点头："我从没觉得你是那样的人。"

顿了顿，他再次开口道："下一次，你不用想着跟我解释。"

说着，他用力握紧乔皙的手："把手交给我，想哭、想笑、想发脾气都可以……但不管发生什么，你都要第一时间来找我。"

乔皙这天没回宿舍，而是跟着明屹回了酒店住。

明屹帮她开了间房，并且一直陪着她。

他的话向来少，可这会儿为了转移她的注意力，正费力地模仿电视上放的动画片，想要逗她开心。

江教授听说明屹将自己的小表妹带来了酒店，晚上的时候也特意过来敲门探望。

他不知道学校里发生的事，见乔皙情绪不好，理所当然地认为她是考砸了，是以一进门便笑眯眯地安慰乔皙——

“我当初是考了三年，到高三才进的国家队，最后也只拿了个银牌回来。

“小姑娘，你才高一，有什么可灰心的呢？我在 MIT 时有一个同事，他当初连 IMO 都没资格参加，可他后来三十二岁就拿了菲尔兹。

“想研究数学，这种奥数比赛的排名不会对你有任何限制；不想研究数学，那你现在的数学水平拿到任何一个行业都是够用的。”

“谢谢江教授。”乔皙看着和蔼的江教授，真诚地说道。

第二天一早，明屹便等在乔皙的房门口。

只是一直没听见里面的动静，等到七点半的时候，他直接刷了门卡进去。

房间里，乔皙正卷着被子躺在床上，不肯起来。

明屹将她的脑袋从被子里扒拉出来，声音温柔：“是不是不想去上课？”

乔皙吸了吸鼻子，没有说话。

“行。不想去我们就不去。”明屹拍了拍她的脑袋，“这破地方我们不待了。”

说完，他拿起一旁的书包，直接将桌面上的课本讲义收了进去：“我带你出去玩。”

乔皙拥着被子从床上坐起，声音有些不安：“我……我不想去玩。”

好不容易走到了这一步，她还不想放弃。

只是……经过昨天一出，她不知道该如何面对集训队的同学。

她还没有强大到可以无视外界的流言。

一想到自己会被人各种指点和议论，乔皙觉得整个人都要窒息了。

见她这样，明屹有几分明白了。

他放下手中的书包，说道：“我帮你去队里请假，我们不上课，我带着你学。”

事实证明，明神的小灶，比集训队教练的大锅饭，要香得多。

虽然明屹不精于应试技巧，但他的水平摆在那里，他能看出出题人

的隐藏意图，也能设计出精巧复杂的奥数题给乔皙做。

简而言之，让明屹教她这些，相当于“降维打击”。

而且，刚开始复习的时候乔皙注意力不集中，总是出神，明屹便从江教授那里弄来了几片 Adderall（安非他明）给她。

乔皙没见过这东西，明屹解释道：“集中注意力的药。”

Adderall 在国外很流行，是神经抑制类药物，吃了后能集中精神兴奋好几个小时，很多学生用它准备期末考试。

明屹很小心地管控着她的用量，吃了两天后，见乔皙的情况有所好转，便将剩下的药都扔了。

第四场考试结束的当天下午，进入第二阶段的学生名单公布了。

所有人都集中在学校的礼堂里，几位国家队的教练和学校的领导坐在主席台上。

坐在正中的江教授拿着新鲜出炉的名单：“下面我宣布一下，进入 IMO 国家集训队第二阶段的学生名单。

“蒋一炜、路泽明……卢阳、肖庆……”

一个个名字念出来，北京领队的脸色越来越差，变得铁青。

北京地区的竞赛成绩一直很强势，这次集训队里六十个人就占了九个，可刚才江教授念出的名单里，北京队入围的，只有卢阳一人。

难道今年，除了一个卢阳，其他人全军覆没了？

江教授还在继续——

“江若桐。”

第十四名。

“乔皙。”

第十五名。

江教授放下手中的那张纸：“以上是入选本届 IMO 国家集训队第二阶段学生的完整名单。”

第二章

明明是我最重要的人

祝心音是在听到这个好消息的同时，接到了卓家打来的告状电话。

电话那头的卓夫人气急败坏道：“你们家儿子是想干什么？怎么把我们家娅娅带到公安局去了？有他这么胡来的？还有没有王法了？”

祝心音被吓了一跳。

挂了电话，她就打明屹电话：“你干什么？怎么又和卓家扯上了？我和你说过，他们家家教不好，就是泼皮无赖，你惹他们干吗？”

明屹的声音平静：“她欺负您儿媳妇。”

祝心音疑惑。

“我不喜欢男的，更不喜欢宁绎……我喜欢的，只有咱们家那个。”顿了顿，明屹补充道，“长得特别好看的那个。”

祝心音震惊。

电话那头的明屹继续道——

“你继续假装不知道，不然她会害羞。

“等她高中毕业我们就确认关系，法定年龄到了就结婚。

“什么时候生孩子以她意愿为主，但您帮不帮忙带孩子，可能会影响到她的意愿。”

祝心音整个人都蒙了。

什么结婚？又什么生孩子？还突然扯到她带不带孩子这事上了？

偏偏电话那头的明屹还不耐烦，又重复了一遍刚才的问题：“您以后到底帮不帮忙带孩子？”

帮什么忙？

听这小王八蛋说话的语气，祝心音很生气。

她又不是整天盼着传宗接代的封建老太婆！

她对着电话气冲冲道："我才没那闲工夫呢！你们自己的孩子，爱生不生，反正我是不会帮忙的。"

闻言，电话那头的明屹颇为遗憾地叹了口气："好，既然您不愿意，我也不强求。"

说完，他挂了电话。

其实祝心音有几分心虚的。

她之前便决定了以后是要帮菀菀带孩子。

帮了菀菀，却不帮皙皙，更何况皙皙娘家都没人了。

她这个当长辈的要是不能一碗水端平，难保这对姑嫂之间不和睦……

等等！

握着电话的祝心音突然如梦初醒。

这门亲事，她同意了吗？

怎么话题就跳到她帮不帮忙带孩子上面了呢？

这杀千刀的小王八蛋！

人，在知道某些真相后，看待事情的角度便会不同。

正如此刻的祝心音。

往常她看自家儿子，无论他是对着宁绎，还是对着新请来的男家教，眼神总是不同。

但如今这小王八蛋将真相一招供，祝心音联想起从前的一桩桩事，恍然大悟。

从一开始挂在皙皙脖子上的小花生，到后来从外面捡回来的流浪狗球球……以及后来丈夫口中跟着皙皙回了老家的小浑球。

原来这两人早就看上了眼！

因此，明骏一回到家里，刚进卧室，便挨了自家夫人劈头盖脸的一顿挠。

"哎？"明骏猝不及防，赶紧将夫人摁进怀里，"儿子又惹你生气了是不是？你等着，我这就去揍他！"

"装，继续给我装！"祝心音冲着他又是一顿抓头抓脸的挠，"你们父子俩联起手来耍我！"

明骏一听，算是明白了。

他赶紧安抚住自家夫人，好声好气地哄着：“好好，你不同意，我这就去让他们俩分手！”

说着，他撸起了袖子，气势汹汹地要下楼去棒打鸳鸯。

祝心音吓得赶紧拽住他：“哎呀，你干吗？”

明骏一身浩然正气：“我打断小王八蛋的腿！看他还敢不敢打皙皙的主意！”

“其实吧……”祝心音脸色犹豫，小声说道，“皙皙要是能看上他，也挺好的……你别捣乱了。”

明骏觑着夫人的脸色，故意道：“我已经欠了皙皙她爸，现在又怎么能害了皙皙？”

祝心音想要反驳他，但底气严重不足：“怎么能说是害呢？我们儿子……也没你说得这么差劲吧？”

明骏决定用事实说话，掰着手指数给她听：“除了数学好，其他一概不会，以后估计也赚不到什么钱，说不定还要吃皙皙的软饭；长得欠揍，一开口就让你想打死他；懒、四体不勤五谷不分，家里油瓶倒了都不扶，以后肯定半点家务都不做。”

末了，明骏下了结论：“就他这样，拿什么来配皙皙？”

祝心音被丈夫说得更加心虚了，但还是紧紧地拉住了丈夫：“你等等，等等！”

儿子再不好，可到底也是自家儿子啊！

好不容易拐个好姑娘，当妈的也只能昧着良心帮他骗下去了！

明骏挑挑眉：“噢？”

祝心音想了想，然后道：“你忘了？我们家是开明的教育……不能随便干涉孩子的选择！如果真的不般配，他们自己就散了，对不对？”

最后，祝心音一锤定音：“我们都顺其自然，别管了，好不好？”

明骏转过身去，借着脱外套的动作，没忍住，扬起了嘴角。

祝心音帮他将帽子和外套都整整齐齐地挂好，然后又想起了另一件正事。

“卓家那姑娘又怎么了？怎么给闹到公安局去了？”

明骏三言两语将事情简单说了。

祝心音听完皱紧了眉：“难怪你儿子要发脾气，真是没见过教养这

么差的人家。”

明骏“嗯”了一声，然后安慰夫人：“你儿子快成年了，做事该有自己的主见。这回我们不管，事情让他自己解决。”

乔皙被明屹带到公安局时，还有点蒙。

她看着明屹一字一句背出法律条文——

“根据《中华人民共和国治安管理处罚法》第四十二条，公然侮辱他人或者捏造事实诽谤他人的，处五日以下拘留或者五百元以下罚款；情节较重的，处五日以上十日以下拘留，可以并处五百元以下罚款。”

她回过神来，赶紧拽拽明屹的袖子，小声说道：“拘留太严重了吧？”

明屹眉头都没皱一下：“不严重，对她，我还觉得轻了。”

乔皙还是有些不安：“可这样的话……她是不是就要留案底了？”

明屹看向她：“如果这一次轻轻放过，以后她会变本加厉。不只是对你，还会对其他更弱小更无辜的人。”

乔皙原本还有些不忍，觉得这样的后果对卓娅而言有些严厉。

但听明屹这么一说，她立刻清醒过来。

明屹继续道：“恶人作恶，你缄默不语，你以为你是中立的。但当你选择漠视恶行的那一刻，就已经站在了恶人的那一边。”

卓娅是在上课的时候被警察叫走的。

附中是国内顶尖的公立学校，里面的学生哪里见识过这样的阵势，表面上不说，私底下已经是一片哗然。

等卓娅到了公安局，见到明屹和乔皙，她立刻勃然大怒：“你们想做什么？知道我爸爸是谁吗？”

明屹冷笑一声：“你爸爸爬到今天这个位置不容易，别给他拖后腿。”

若说从前在西京，卓父还能纵着独生女儿兴风作浪，可如今京城正处于敏感时期，谁家不是对着小辈耳提面命，让他们不要在外惹事。

卓娅惯会以权势压人，因此也知其中的利害关系。

明屹此言一出，原本准备打电话的卓娅立刻偃旗息鼓。

明屹将自己手头上留存的证据都提交了上去——不光是卓娅在班级群里发的那些话，还有校园 BBS 上黑乔皙的帖子。

明屹托版主查了所有回复的 IP，里面几个马甲的 IP 相同，地址查出来正是卓娅家附近。

这些帖子也被作为证据一并提交。

警察说："本来应该拘留 5 日的，但十六周岁以上，未满十八周岁的未成年人，初次触犯治安条例不拘留，再有下次就不是这么简单了。"

接着，警察又道："行了，你们自己商量一下道歉的事吧。"

卓娅恨恨地盯着面前两个人。

末了，她冷笑道："她过去的那些烂事告诉你了吗？明屹，人家拿你当傻子呢！"

明屹拿出手机，打开录音键对着卓娅，不紧不慢道："说，继续说。"

卓娅愤愤地闭嘴。

明屹笑了："上回就告诉过你，这是我们家的小公主。欺负她，就是不给我脸。既然你不长记性，那只能让你长记性。"

最后双方协商的道歉方式是，下周一卓娅当着整个班级念道歉信，并将道歉信在自己的个人空间置顶一个月。

回到家，明屹没在楼下见到其他人，于是将乔皙拉上了楼。

打开她的房门，他将人抱起放在入门的矮柜上。

明屹俯下身子，双臂撑在她的身侧，整个人密密实实地将她围着。

乔皙听见自己的心"怦怦"直跳，她盯着面前的大表哥："你……干、干吗进女孩子房间啊？"

"这本来就是我的房间。"明屹紧盯着她，眼神炽热，"你的床，我也睡过。"

乔皙一听，伸手打了他一下："耍流氓！"

他趁着她分神的工夫陡然凑近。

今天的哭气包，是原味哭气包。

乔皙猛地伸出手，挡在两人中间。

明屹温热的唇贴近了她的掌心。

她语气弱弱："不、不可以！"

明屹没动，开口说话时的热气全拂在了她的掌心，痒丝丝的。

"不可以什么？"

乔皙有些气急："我说不行就不行……除非你托福考过 80 分！"

80 分？

明屹挑眉，原味哭气包也太看不起人了吧？

他当即将原味哭气包的手拿开，哑声道："那现在就可以了。"

话音未落，房门被"唰"地推开，伴随着祝心音的声音——

"皙皙，上周逛街给你买了两条新裙子，你——"

在目睹房间里两人的姿势后，祝心音猛地吞下了后半段话。

死一般的寂静在房间里弥漫。

六目相对，三人面面相觑。

最终还是祝心音先反应过来，她迅速转身出了房间，关上房门，还欲盖弥彰道："在讨论数学题啊？别学得太累，学完就下来吃饭。"

明屹很严谨地纠正道："是英文题。"

一顿晚饭，乔皙吃得心不在焉。

菀菀依旧是叽叽喳喳，目光却盯着乔皙盘子里的水晶肘子错不开眼。

"小乔姐姐，你的肘子要凉了！"

她的肘子？

这话听起来怪怪的。

不过，乔皙还是听出了菀菀的弦外之音。

当下，她便将自己面前未曾动过的肘子夹给菀菀："我不爱吃这个，你吃吧。"

菀菀欢天喜地地接过来，啃了一口："那我就勉为其难帮你消灭喽。"

祝心音见状，忍不住在小女儿的手臂上不轻不重地打了一下，语气嗔怪道："天天就知道欺负你小乔姐姐。"

"我哪有？"菀菀牢牢护住自己的水晶肘子，神情颇有几分委屈，"我把我的虾都给小乔姐姐了呀！"

祝心音点点小女儿的脑门，无可奈何道："你呀你。"说着又添了一碗汤放到乔皙面前，语气慈爱，"皙皙最近学习辛苦，多吃点。"

乔皙咬紧了嘴唇，心里愧疚极了。

刚才祝阿姨明明就看见了她和大表哥……可祝阿姨顾忌她的面子，什么都没说，还对她关怀备至。

可她却背着祝阿姨偷偷喜欢大表哥。

不但偷偷喜欢大表哥，她还以小人之心度君子之腹，认为祝阿姨知道了他们的事情后会大发雷霆。

其实根本就不是这样的！

祝阿姨不但没有生气，还假装什么都不知道。

而她却骗了祝阿姨这么久……

乔皙觉得自己真是个坏女人！

一旁的明屹发现哭气包脸上白一阵红一阵，饭都没吃几口，一副内心戏很丰富的样子。

他皱了皱眉，然后夹了一块肋排放在她面前的盘子里："专心吃饭。"

乔皙心里对祝阿姨有愧，这会儿不想和小和尚搭上半点干系，毫不客气地将那块肋排夹起来，气鼓鼓地扔回了他的盘子里。

明屹不解。

吃过饭后，乔皙坐在凳子上不想走。

菀菀蹦跶着要拉她一起上楼去："小乔姐姐，快来我房间，给你看我帮娃娃做的新衣服！"

乔皙偷偷瞅着祝阿姨："我……我再吃一会儿！"

等到菀菀上去了，祝心音笑眯眯地瞧着她："皙皙还没吃饱？给你切点水果好不好？"

乔皙赶紧放下筷子，站起身来："不、不用！我已经吃饱了！"说着便帮刘姨收拾起盘子来。

一见她这样，祝心音便笑了："这活儿用不着你，吃饱了就快回房间看书吧。"

乔皙很不安地挪到祝心音面前，双手很拘束地交握在身前，十指不停地绞着。

"祝阿姨……"乔皙的一张脸胀得通红，她鼓起了生平最大的勇气向祝心音承认错误，"刚才我和大表哥，根本就不是在讲数学题，我、我以后再也不——"

乔皙刚想告诉祝阿姨，她以后再也不和大表哥说话了！

可没等她将这话说出来，祝心音就笑眯眯地打断了她："我知道你们不是在讲数学题呀，在讲英文题对不对？"

乔皙愣住了。

祝心音又道："皙皙，阿姨知道你懂事，想帮那小浑蛋补英语。但你不是要去国家队第二次集训了吗？你自己好好准备考试才是真的，别

那么实心眼，总想着别人，要多想想自己呀。”

乔皙脸上泛起了一阵羞愧的红晕。

果然！

她就知道，祝阿姨是为了照顾她的心情，怕影响到她接下来的考试，所以才会对刚才的事情视而不见的。

念及此，乔皙更加愧疚了。

明家给她提供了这么好的物质条件和学习环境，可她整天只想着大表哥！

乔皙强忍住眼眶里的泪水，当即后退一步，然后弯下腰，朝着祝心音深深地鞠了一躬。

祝心音吓得差点将手里端着的那一盆草莓给摔了。

乔皙带着哭腔对着祝心音开口道：“祝阿姨，我一定好好学习，不辜负您的期望！”

直到乔皙跑上楼去，被留在原地的祝心音才回过神来。

这孩子……是竞赛压力太大，魔怔了吗？

祝心音生怕乔皙是在集训队里受挫，这会儿情绪出了问题。

她赶紧上楼将儿子从房间里拎出来——

“你怎么还在这儿打游戏？还不去关心关心你媳妇儿？”

媳妇儿？

明屹挑挑眉。

祝心音忧心忡忡道：“小丫头看着不对劲，是不是在集训队考试没考好？你快去安慰一下。”

明屹倒是很了解哭气包，轻描淡写道：“她情绪不好，是因为被你撞到我跟她在一起。”

祝心音道：“所以还成我的错了？”

“我是认真的。”明屹抬头看向自家老母亲，“以后我和她结婚了，您也这样一声不吭就推门进来？”

祝心音愣了愣，没反应过来。

明屹下结论道：“敲门的习惯，您最好从现在就开始培养。”

祝心音无语。

她想将明骏叫过来抽死这孩子了。

不过，明屹想要达成的目的，向来少有失败。

今天也一样。

在得到祝心音以后不管是进他的房间，还是进乔皙的房门，都一定会敲门三声、等待十秒的承诺后，明屹终于放下了手中的游戏机，穿过走廊，走到了哭气包的房门口。

他敲了敲她的房门："是我。"

出乎他的意料，房间里传来哭气包恶声恶气的回答："我在学习，不要打扰我！"

明屹皱紧了眉。

想了想，他再次敲了敲房门："开门，我进来拿书。"

因为先前那一大书柜的书实在太多，他没有全部搬走，现在倒成了他进门的理由。

磨蹭了好一会儿，乔皙才走过来开门。

今晚的哭气包，又变成了草莓味的哭气包。

明屹的眼神不由得幽深了几分。

明屹一步迈入房门，高大的身影将乔皙整个人都笼罩在身下。

他随手便将门给关上了。

明屹看向她，声音温柔地开口："在复习什么？"

谁知乔皙却警惕地看他一眼，下一秒，她便"噌噌噌"地跑到书桌前，抱起桌上的练习册和笔记本，一溜烟地溜到了门口："不要你管。"说着像只兔子般地溜走了。

明屹"嗬"地轻笑了一声。

他当然知道哭气包今晚为何如此反常。

不过就是因为刚才他抱着她，结果被祝心音撞见了。

哭气包的脸皮那么薄，这会儿自然是要避着他以示清白了。

只是，明屹觉得哭气包实在是太可爱了。

又不是没抱过，以后也是要天天在一起的……这有什么好害臊的？

而且，这里是他家，哭气包抱着作业跑，又能跑到哪里去？

明屹悠闲地跟在哭气包的身后。

乔皙抱着一堆作业本跑到了一楼客厅里。

正坐在沙发上看报纸的明骏看见她，笑眯眯地同她打招呼："皙皙怎么下来了？"

乔皙结结巴巴地开口道："房间里有点闷，我下来透透气。"

“哦。”明骏点点头，抬手将客厅里的电视机给关了，“你坐我这儿来，可以趴着写作业。”

说着，明骏便将位置让给了乔皙，自己坐到了另一边去。

坐下的瞬间，明骏瞧见站在楼梯口的蠢儿子。

明骏放下手里的报纸，气定神闲地看着他，问：“你有事？”

明屹黑着一张脸，一声不吭地上楼去了。

很快，国家集训队第二阶段的集训又开始了。

之前第一阶段的集训在杭州，这次第二阶段的集训就放在了 P 大。

相比之前的 60 人，这次的 15 人更加小规模，大家之间的联系更加紧密，竞争也越发激烈。

除了几个顶尖大神，其他人的水平都相差无几。

他们之间比拼的，就是心态和临场发挥。

蒋一炜今年完全算是涅槃重生、浴血归来，经过整整一年的沉淀，如今他的成绩稳得可怕，每次考试都牢牢地占据第一。

和他的成绩一样稳的还有卢阳。

卢阳并不能算集训队里最亮眼的那一个。

但如果有人留意她的成绩，会发现她进集训队到现在，无数场考试中，她的排名都稳定在第五第六名。

至于乔皙，用了蒋一炜教她的那种学习方法后，她像被打开了任督二脉。

江教授点评她的话是——

“学任何一样东西，到了一定程度之后都会遇到平台期。你现在度过了平台期，上升到了新的阶段，再回过头看从前学的东西，就会很轻松。”

乔皙发现，江教授说的是真的。

更确切地说，她的任督二脉，早在集训队第一阶段的最后两场时，就已经打开。

不然以她前两场考试的垫底成绩，是怎么也不可能一跃到第十五名，恰好压着线进了第二阶段。

平心而论，乔皙知道自己并没有那么优秀。

可就在她进入集训队第二阶段之后，自信心好像一下子被点燃，她的排名一步步攀升，从第十五名到十三名、第十二名、第十名……

每一次队内测验过后，她的排名都会往上升一到两位。

乔皙进入了一个极其健康的良性循环，她不再惧怕集训队内的任何测验。

像往常公布成绩排名的环节，于她而言也不再像是处刑一般。

相反，每一次考试完，她都隐隐期待，期待看到自己这一次的排名能够上升到什么位置。

反观江若桐，她的实力还在，状态却大有起伏。

状态好的时候，可以紧紧咬着蒋一炜的分数，排在第二名。

状态不好的时候，考倒数第一也是常有的事情。

江教授十分了解女儿的心结，不止一次地安慰过她："你们这十五个人里，人人都有进国家队的实力，你不要有执念，保持平常心就好。"

但她连父亲的面子也不给。

当着众人的面，她冷冷地反驳道："不想拿第一就别参加比赛了。"

江教授哭笑不得："你们才多大啊？人生还长得很，过个十几年，你再回头看，这都不算事儿。

"你忘了爸爸的同事戴维斯叔叔吗？他当年也没进美国国家队，可他三十二岁就拿了菲尔兹。"

江若桐面无表情地开口道："因为现在的他有了成就，没人会去质疑他的能力，所以从前的失败他可以拿来当笑话说。

"但如果他现在穷困潦倒，只是一个教小孩加减乘除的小学老师呢？他还能满不在乎地把自己从前的失败当笑话说吗？"

江若桐说的话没什么毛病，可乔皙觉得，她的心态真的出了问题。

虽然不喜欢江若桐，可在这一刻，乔皙却有些同情她。

和自己不同，江若桐实力强劲，却因为一两次的发挥失常，跌落到了吊车尾的位置，之后便开始了恶性循环。

而乔皙，对于她而言，能进前十五名已经是意外之喜。

无论是旁人，还是她自己，从一开始对她的成绩都没有太大期待，所以她心态轻松，没有任何包袱。

五月中旬，集训队的最后一场考试结束。

前几次考试的成绩都已经公布，集训队内的众人早已经将各自的成绩来来回回算了无数遍。

只等这最后一场考试的成绩公布出来，他们便能在第一时间算出自己的综合加权成绩和在队里排名，确认自己能否在国家队六人名单里。

意义重大，但最后一场考试的排名公布程序却十分简单。

夏教授坐在讲台上，将大家的分数都报了一遍——

“江若桐，126 分；蒋一炜，119 分；路泽明，89 分；卢阳，87 分；乔皙，87 分……”

乔皙下意识地朝卢阳看去。

果不其然，卢阳的脸色一瞬间变得惨白。

这场考试之前，江若桐的综合成绩排在第九名，几乎可以肯定她是无缘国家队了。

可在最后一场考试中，江若桐却小宇宙大爆发，居然拿了满分！

126 分的满分不但让她超过了蒋一炜，一跃成为第一名，而且还比第三名整整高了 37 分！

乔皙之前的综合成绩排在第四名，这次成绩出来之后，江若桐一跃到了她的前面，她的成绩降至第五名。

这对她来说，没有什么大干系。

毕竟只要确保进入前六，就可以作为国家队的一员参加 IMO。

可是卢阳，之前一直稳定在前六，却因为江若桐这一次突飞猛进的成绩，一下子退至第七名。

听见自己的成绩，江若桐倒是没什么大反应，等夏教授公布完，便面无表情地离开了。

卢阳脸色不太好，乔皙想要安慰她，但她看也没看乔皙，直接出了教室。

数学竞赛令人自闭。

大概生活就是这样，有竞争就会有淘汰，有人高兴就会有人失落。

看着卢阳学姐这样，乔皙默默地叹了口气，连自己进国家队的喜悦都被冲淡了几分。

第二天回到学校,其他人都已经知道了乔皙成功入选国家队的消息。

盛子瑜跑过来一把抱住她，一脸深情：“皙皙！我们俩平均一下，那我的智商也有 180 了哎！”

旁边有人不怀好意道：“原来乔皙的智商居然有 300？”

盛子瑜一时没反应过来，等到打了上课铃，才明白对方是在骂她，当即追着那人满教室地跑。

乔皙忍着笑："鱼鱼别闹了，都上课了。"

正说着，教室后门突然传来一个声音："同学，我找江若桐。"

乔皙回过头，发现说话的人居然是江若桐的妈妈，上次来过明家做客。

显然对方也认出了她，江妈妈便将手里的笔记本交给她，笑着道："皙皙，若桐今天上学忘带笔记本，我给她送过来了……她不在教室？"

乔皙解释道："班主任找她有事……我把笔记本放她桌上吧。"

告别了江妈妈后，乔皙拿着那个笔记本，一路往江若桐的座位上走。

"哎呀！"

盛子瑜追人追得太起劲，不小心整个人都撞在了乔皙身上。

乔皙手肘被她撞得一酸，手上的笔记本跌落在了地上。

"呀！皙皙对不起！"盛子瑜赶紧帮她揉揉胳膊，又帮她将掉落在地上的笔记本捡起来。

笔记本里夹着的几页纸飘出来，盛子瑜往前跑了两步，将纸捡起来，递给乔皙："皙皙痛不痛呀？"

看见盛子瑜递过来的那张纸，乔皙却是愣住了。

那张纸上，工工整整印着的，正是他们昨天最后一场考试的试题。

所以，江若桐考了满分……

是因为她一早就拿到了考试题目。

见她盯着那张纸不舍得放，盛子瑜兴致勃勃地凑过来，满脸好奇道："怎么了怎么了，是情书吗？我也要看！"

乔皙赶紧将那张纸收起来，朝着盛子瑜笑了笑："没有啦，我就看看我能不能解出上面的题。"

盛子瑜一听，立刻满脸惊恐道："皙皙是魔鬼！"

乔皙将那张纸留在了自己这里。

她从未遇见过这样的事，不知该如何处理，更不敢声张。

乔皙的第一反应是要将这件事情告诉卢阳。

可等她冷静下来后，便知道这个办法行不通。

一张纸本来就算不上什么证据，她要是贸然将事情告诉卢阳，惹得卢阳燃起希望后又失望，那实在是太不好了。

放了学，就是小长假，整栋教学楼都洋溢着欢快的气氛。

盛子瑜兴致勃勃地将大家招呼到一起："一起来吃饭，我请客！庆祝哲哲成功入选国家队！哪里贵我们去哪里！"

按照往常，盛子瑜这么高调，乔哲肯定是要说她的。

但是今天……

乔哲小声征求盛子瑜的意见："我可以请江若桐去吗？"

盛子瑜愣了愣，然后不情不愿地点点头："你想请就请吧。"

虽然她不太喜欢江若桐，可不得不承认对方真的很聪明很厉害。

教室里闹哄哄的，江若桐正在座位上收拾书包。

乔哲走到她面前："子瑜庆祝我们进了国家队，待会儿请客吃饭……她想叫你一起，但自己不好意思说，所以让我来问问。"

江若桐想了想，然后点点头，脸上依旧没有太多表情："好。"

盛子瑜向来以花光自家老爹的钱为己任，因此晚上便包下了学校附近的一家高级餐厅，然后一群人浩浩荡荡地出发了。

去餐厅的路上，他们在公交车站台上遇见了卢阳。

卢阳家在郊区，因此一直是住校生。

因为不用参加高考，所以没能进入国家队的她，今天收拾好了东西打算回家。

看着在站台上等公交车的卢阳，乔哲的心里生出了负疚感。

——为她所知道的那个秘密。

盛子瑜兴冲冲地蹦跶过去："阳阳学姐，要不要和我们一起去吃饭呀？"

卢阳摇了摇头："不去。"

其实，卢阳看盛子瑜时用的也是看小傻子的眼神。

大概是因为她的眼神里还带了几分怜爱，所以盛子瑜才没有计较。

听卢阳说不去，盛子瑜还颇有几分遗憾，又问了一遍："真的不去吗？我们是要庆祝哲哲——"

一旁的乔哲赶紧扯了下盛子瑜的袖子。

盛子瑜后知后觉地反应过来。

不过，卢阳等的那班公交车到了，她面无表情地同她们挥挥手，然后便提着东西上车了。

看着她的背影，乔哲的心情有些复杂。

这一次国家队六人名单中，附中就占了两个，而且是北京的“唯二”两个名额，学校老师都快高兴疯了。

只是，所有老师都以为有希望进国家队的是卢阳和江若桐两人，没想到乔皙却成了那匹爆冷门的黑马。

一行人到了盛子瑜包下来的那家餐厅，起先还在认真吃东西，等到肚子填了半饱后，一群人开始闹起来。

乔皙心里装着事，吃也没胃口，玩也没心情，一双眼睛全程都在偷偷往江若桐那里瞥。

直到……

一个熟悉的身影出现在餐厅门口。

大表哥!

乔皙慌忙将脸转开，四下张望着，寻找可以躲避的地方。

那天被祝阿姨撞见之后，乔皙羞愧难当，当晚辗转反侧，一连好几天都没睡好觉。

和大表哥在一起玩的时候，乔皙是真的开心。

可被祝阿姨撞见的时候，乔皙也是发自内心的羞耻，恨不得当场一头撞死。

她不得不承认奶奶说得没错。

她住在明家，上学吃穿都依仗着明家，又怎么能和明家的儿子在一起?

那次之后，乔皙决定和明屹保持距离。

保持距离的内容包括——

只有他们两个人在的情况下，保证不和他共处一室。

保证和他说话时隔着两米以上的距离。

保证不回答他任何非必要回答的问题……

无论是假装无所谓的“可以啊，现在都不稀罕来问我数学题了是不是”，还是佯作愤怒的“好，我知道，你之前对我好，只是想骗我帮你补数学”，又或者是自作多情的“你的洗发水味道怎么和我的一样?你其实是暗恋我吧”，乔皙通通都不回答!

今天在学校的时候，乔皙又收到了他的好几条短信，说是学校放假，问她今晚想去哪里玩。

乔皙收到短信后，翻来覆去地看了好几遍，但还是忍住了，半个表情包都没回复。

只是没想到明屹居然找到了她们聚餐的地方，乔皙怕他在公共场合同自己拉拉扯扯，便想趁着明屹在人群中未发现自己之前，赶紧躲到洗手间里去。

只是，还没等乔皙猫着腰起身，从门口进来的明屹便迈着大步子，直直奔向了他的目标——

他拉住了江若桐的手腕。

江若桐大概也是有些意外，她说了句什么，隔得太远，乔皙听不清。

紧接着，还没等乔皙反应过来，明屹便拉着江若桐，两个人头也不回地往外走了。

而全程都坐在江若桐隔壁桌，却连一眼都没被注意到的乔皙，此刻心里已经冒出了满腔的酸水泡泡。

是因为她这段时间不理大表哥，所以大表哥终于发现了，其实她坏得很，一点都不好。比不上江若桐，偏偏还拿着比别人更大的架子，导致他对自己彻底失去信心了吗？

乔皙咬紧了嘴唇。

可她不是那个意思啊。

她只是不希望在这种不平等的前提下，建立起两个人的关系。

在乔皙的想象中，等到有一天，她足以自立，有能力报答明家的恩情，有资格平等地站在明家人面前时，再和他建立一段新关系呀。

可是……现在才不过半个月，大表哥就对她不耐烦了。

乔皙觉得沮丧，泪花就在眼眶里打着转。

她轻轻吸了吸鼻子，试图改掉自己软弱的坏毛病。

这时，一道阴影挡在她面前，乔皙抬起头，看见去而复返的明屹。

她愣愣地张了张嘴，一时间不知道要不要和他说话。

明屹朝她伸出了手："走吧。"

没有问去哪里，乔皙将自己的手搭在了他的掌心里。

出来的时候，江若桐已经在餐厅外面的出租车上坐好了。

明屹将乔皙送入后座，自己坐进了副驾驶座，才开口道："江教授住院了。"

"啊？"乔皙吓了一跳，"怎么会？"

明屹简单解释了一句：“他一直有心脑血管方面的病。”

乔皙转过头去看一旁的江若桐，发现她面色苍白。

一行三人到了医院，江师母早就到了，此刻正守在病房外面，看见明屹和乔皙，对着他们勉强笑道：“医生说已经没大碍了，你们俩早点回去吧，这里有我和若桐就够了。”

明屹问：“主治医生还没走吧，我去了解情况。”

江若桐看向母亲，默默问：“你没吃晚饭是不是，我出去买。”

乔皙跟在她身后：“我和你一起去。”

病房在十八楼，这层楼只有两架电梯，都被占用着。

因此等待电梯上来的时间格外漫长。

犹豫了一会儿，乔皙将早上自己无意间看见的那张纸，从口袋里拿出来，递给江若桐。

江若桐看了一眼，便一声不吭地将那张纸接了过来，然后“唰唰”好几下，将那张纸撕成碎片，扔进了一旁的垃圾桶里。

乔皙开口道：“我猜江教授应该是不知道的。”

江若桐没有说话。

电梯“叮”的一声到了，乔皙率先走进去，按下了一楼的按钮。

江若桐沉默地跟了进来。

大概是电梯下降的速度太快，乔皙觉得自己有些耳鸣。

沉默了几秒，她开口道：“若桐，你知道我第一次见你，是什么感觉吗？”

江若桐依旧没有说话。

想了想，乔皙笑起来道：“第一次见你，我就想，这么漂亮聪明的女孩子，又是出身书香门第，以后的人生定不会太差。”

乔皙说的是实话。

在江若桐之前，她还没有见过比她更优秀的人。

乔皙转头看了江若桐一眼，笑了笑：“我一直觉得，你是个很骄傲很骄傲的女孩子。”

起码应该比她更骄傲吧。

连她都不屑于去做的事情，天之骄女的江若桐怎么会做呢？

电梯迅速往下降，显示面板上的数字不断跳动着，电梯内的两人均

是沉默。

直到电梯厢门“叮”的一声打开，江若桐一言不发地率先走了出去。

乔皙跟在她身后出了电梯，没料到走在前面的她突然停住了步子，两人险险撞上。

江若桐转过身，面无表情地看着乔皙，声音很冷：“乔皙，你知不知道，我真的很讨厌你。”

这一次轮到乔皙沉默。

江若桐的声音冷然：“你没有一样比我优秀，可你的运气总是那么好，好得让我厌恶。

“你丢的那本书，其实是被明屹捡到了，是我在他面前冒认了；你发给明屹的那条短信，也是被我删掉的，他到现在可能都不知道你发过那条短信吧？

“其实我一点也不喜欢明屹，如果他谁都不喜欢，我才不会去招惹他……但他偏偏喜欢你。

“凭什么呢？你有哪一点值得被这么优秀的男生喜欢呢？

“我想不通，也不服气。”

乔皙摇了摇头，她今天想和江若桐说的，并不是这个。想了想，她道：“卢阳学姐已经高三了，今年是她最后一次机会代表中国参加 IMO。

“她家里条件不好，爸爸妈妈都没有固定工作，你应该知道她有多想要那两万美金的奖学金。

“她的心态好，成绩稳定，但稳定的背后是每天学习十八个小时，集训队里的男生有些都会因为压力大，偷偷躲起来哭，但她连眉头都没皱过一下。”

努力的人不应该被这样对待。

江若桐转开了脸，没有再说话。

乔皙深吸了一口气，缓缓道：“若桐，江教授对我很好，现在他躺在医院里，我不会揭发他的女儿。”

说着，乔皙又笑起来：“我不是一个目标远大的人，大家对我也没有抱很大的期待。国家队的名额，对你们俩的意义，可能都比我大。”

乔皙短暂地沉默了几秒，道：“假期结束后，我会去和老师说，我自愿退出国家队……希望你能为中国带回一块金牌。”

“若桐，祝你好运。”说完，乔皙转身离开了。

刚走出电梯间，乔皙的一边胳膊被人拽住，她整个人都被拉到一边。

没等她来得及尖叫，便撞上一双冰冷的眸子。

是明屹。

他面无表情地看着她，模样看起来很危险：“你刚刚说了什么？”

乔皙装傻：“我什么都没说啊。”

明屹气得重重冷笑：“自愿退出国家队？你脑子是不是有病？”

“我脑子没病啊。”不知为何，乔皙突然就笑了起来，“是我深思熟虑后做的决定。”

明屹气得甩开她的手，将她丢在原地，头也不回地往前走了。

只是……走到一半，明屹又气冲冲地折返回来，一把攥住乔皙的手腕，恶声恶气道：“走！去跟她说清楚！谁让你退出的？”

乔皙没挪步子，只是轻轻拍了拍明屹的手背，试图让他冷静下来。

“给她一点时间吧。”乔皙这样说道。

直到第二天，明屹才明白，乔皙的这句话是什么意思。

第二天一大早，夏教授便打了电话过来问他：“明屹，好端端的若桐怎么说要退出国家队了？是因为她爸爸的事情吗？”

说着，老人家便忍不住叹口气：“你帮忙劝劝她，她爸爸那不是老毛病了吗，用不着她在床前尽孝吧，还是前途更重要！”

挂了电话，明屹没敲门，直接踹开哭气包的房门，然后将正躺在床上睡懒觉的哭气包从被窝里揪起来。

明屹肆意揉着哭气包的脸颊，将她揉成了一只豌豆射手。

想起她昨晚的话，明屹绷着一张脸，开口问她：“你是不是猜到她会自己退出？”

乔皙纠正他：“我只是试一试。”

江若桐生性骄傲，如果不是因为过于骄傲，过于重视自己在旁人眼中的形象，也不至于心态失衡，做出那样的事情来。

她都点明自己知道她作弊，但又表示对江教授的感激，不会揭发她。

她甚至还高姿态地表示，会主动退出国家队，将名额让给她和卢阳。

以江若桐的骄傲，怎么可能忍受这些呢？

乔皙故意说假期结束后告诉老师，为的就是给江若桐足够的考虑时间。

只是没想到江若桐做事比她想象得要更果决。

第二天就主动退出了国家队。

明屹捏她脸的力道更大了些，将原本的豌豆射手捏成了一只鸡蛋射手。

“那她要厚着脸皮不退出呢？”明屹越想越是生气，“你就真的退出国家队？”

“呜呜，我不会……”乔皙口齿不清地挣扎着，“你松手……”

要是江若桐没有主动退出，那她当然是将事实告诉江教授！

他的女儿都不心疼他，那她也没办法了！

不过……

乔皙觉得，现在这个结局最完美了！

卢阳学姐重新拿回国家队的名额，也没有其他人知道江若桐做过的事情。明屹重重地揉着哭气包的脸：“麻烦不麻烦？直接告诉老师不行吗？”

乔皙赶紧摇摇头：“那样不好的！”

虽然不喜欢江若桐，可乔皙知道，她不是坏人，也许只是一时误入歧途。

一旦将事情公布于众，江若桐会变得怎样？

江若桐的心态本来就不好，她不想火上添油。

明屹觉得眼前的哭气包，有一颗很柔软的内心。

永远天真、永远对这个世界报以最大的善意……

像是初生婴儿一般。

不过，明屹很快就否认了自己的看法。

从哭气包发现了江若桐笔记本里的试卷，到后者主动退出国家队，这中间的时间差还不到一天。

在不到一天的时间里，哭气包便预想好了事情的全部走向并付诸实施。

而最可怕的是，事情的结果真的如同哭气包所预料的一般，分毫不差。

活到这么大，明屹头一次产生了“女人实在是可怕”的想法。

之前他觉得哭气包傻里傻气，现在看来……真正的傻子怕不是他吧？又想起这些天来哭气包对自己爱搭不理，明屹思索着，哭气包的这种行为，难道是想要达到什么目的？

哭气包对自己的态度转变，是从那天自家老母亲发现他们两人抱在一起开始的。

明屹反应过来，关键点还在祝心音那里。

当即，他冲上了楼，敲开三楼的主卧房门。

门后的祝心音刚起床，此刻睡眼惺忪。

“不要再假装以为我们是在一起做数学题了。”明屹的声音斩钉截铁，掷地有声，“您现在就去找乔皙，告诉她，您心目中完美的儿媳妇形象，就是她这样的。您要让她知道，只有她，才能拯救我们家于水火之中……她现在做的是善事。”

祝心音不解。

明屹催促道：“快去啊，她已经半个月没给过我好脸色了。”

话音刚落，他便看见，在祝心音的身后，突然出现了原本早该去部队里的明骏。

明骏的巴掌气势汹汹地挥过来：“小浑蛋！”

这天晚上，八点乔皙便洗漱好了，准备上床睡觉。

当她打算关灯的时候，看到菀菀抱着斑比气势汹汹地冲了进来——

“小乔姐姐！你快管管哥哥啊！他又帮着球球欺负斑比！”

斑比委屈极了：“汪汪汪！”

说起来，斑比最近的日子过得十分心酸。

作为家里年纪最小的一员，从前的斑比在家里可以说是要风得风、要雨得雨。

但球球的到来改变了这一切。

球球加入这个家庭之后，明家人发现，原来不是所有的狗都会将沙发撕得稀巴烂，不是所有的狗都会将家里的房门挠得伤痕累累，也不是所有的狗都会咬烂家里的电源线。

从来菀菀拿来给斑比辩护的“所有狗狗都是这样的”这种理由，终于再也站不住脚了。

就这样，斑比在一夜之间被所有人用成年狗的标准要求。

菀菀愤愤不平地吐槽道：“小乔姐姐！我求求你，对哥哥好一点吧！”

自从自家哥哥被小乔姐姐划清界限后，他就开始想尽各种办法曲线救国。

从前见到球球，哥哥向来是一口一个“狗东西”。可现在，对上球球，哥哥却是张口闭口的“球宝”叫得亲热。

就在刚才，哥哥还将斑比的最后一盒狗罐头抢走，拿到球球面前献殷勤。

明菀实在是很不齿他这种行为！

“小乔姐姐！你管管他好不好，他现在连狗的马屁都要拍了！”

斑比满脸赞同：“汪汪汪！”

听到是球球抢了斑比的口粮，乔皙有些不好意思。她想了想，然后道：“明天我就去帮斑比买新罐头。”

“不用啦。”明菀扁着嘴，颇有几分闷闷不乐，“我就是吐槽一下而已啦。”

说完，明菀注意到乔皙已经换上了睡衣，电脑和台灯都关了，书桌上也收拾得整整齐齐。

她好奇道：“你这么早就要睡觉了吗？”

“对呀。”乔皙笑眯眯地开口，“我和朋友约好了明天凌晨四点一起骑车去看升旗，所以要早点睡。”

“四点？”明菀大吃了一惊，“四点还是半夜吧，你一个人出去很危险的！”

乔皙解释道：“不是啦，他们男生先集合，然后挨个来接我们……我已经和祝阿姨报备过啦！”

明屹从房间出来倒水喝的时候，正撞见兴致勃勃往楼上冲的明菀。

“回来。”他伸手拽住蠢妹妹的帽子，将她整个人揪了回来，“干什么去？”

“收拾东西啊！”菀菀喃喃自语，“待会儿会不会下雨呢？不管了伞先带上再说！噢，对了，还有外套！四五点外面肯定冻死人了！”

明屹越发糊涂了。

他皱眉看向妹妹：“你要去哪里？”

咦？明菀瞪大眼睛看向哥哥：“原来小乔姐姐没叫你一起去看升旗呀！”

明屹不语。

他花费三秒钟时间消化了这个事实，然后死鸭子嘴硬道：“当然叫了，我只是还没决定要不要去。”

菀菀静静地看着他表演完，然后微笑道：“那你慢慢决定，我要上去睡觉了。”

看着蠢妹妹三步作两步地迈上楼梯，明屹再次拽住了她的帽子。

明菀道：“还有事？”

良久，明屹铁青着一张脸，从牙缝里憋出几个字来：“几点出发？”

明菀爆发出一阵大笑：“哈哈哈哈哈哈哈哈哈哈哈哈哈哈哈！”

平心而论，明屹很想将蠢妹妹丢出去。

不过他很快改变了主意。

因为明屹突然想起了“三人行必有一傻子”的真理。

从前他没有过这样的烦恼，因为不管同谁待在一起，那个傻子都不会是他。

可就在前几天，一直扮猪吃老虎的哭气包暴露了自己的智商。

明屹意识到，自己若不想当那个傻子，最有效的方法是引入第三人。

罢了。

他同意蠢妹妹一起去看升旗了。

三点五十分，乔皙已经穿好衣服，收拾好了背包，轻手轻脚地出了门，然后又推开了隔壁菀菀的房门。

“菀菀？”怕吵醒家里其他人，她压低了声音，“你起床了吗？”

漆黑一片的房间里，传来菀菀无意识的梦呓：“唔？”

乔皙哭笑不得。

她就知道。

她打开卧室进门处的一盏小地灯，发现几个小时前还信誓旦旦说要和她一起去看升旗的小丫头，这会儿正四仰八叉地躺在床上，睡得正香。

乔皙不忍心打扰她，便悄无声息地退了出去。

怕吵到家里还在熟睡的其他人，乔皙背着书包，蹑手蹑脚地下了楼。

谁知一楼客厅里却是一片灯火通明，乔皙以为是刘姨睡觉前忘了关灯，便走到开关处。

“你下来了。”身后突然传来声音。

乔皙被这一声吓得差点魂飞魄散，回头一看，客厅沙发上多出了一个大表哥。

她拍拍胸口，一颗心脏还在胸腔里“怦怦”直跳。她有些生气道：“你干什么？”

故意吓人玩吗？

明屹刚才是睡过去了。因为怕哭气包提前溜走，所以收拾好东西后，他便直接带着登山包来到楼下，和衣躺在了沙发上。

谁知他竟然睡死了，等哭气包走近才醒过来。

明屹拎起扔在一旁的登山包，无比自然地开口道："走吧。"

乔皙往院子方向走去，把自己提前借来的自行车打开，给大表哥讲道理："他们在大院门口等我，我们约好了一起骑车去的，现在只有一辆车，你要怎么去呢？"

明屹不以为意。他将登山包的腰带扣牢，然后做出来一个起跑的姿势："我跑着去。"

乔皙沉默。

她试探着将车骑出了十米的距离，回头一看，看见表情坚毅的大表哥正不快不慢地迈着步子，跟在她的自行车后面。

乔皙突然泄了气。

她这样……好像有点过分哦。

乔皙刹住自行车，整个人从前座跳下来，满脸无奈地将车把手递给他："你骑吧……我坐后面。"

明屹从善如流，接管自行车，拍拍后座："上来。"

乔皙没绷住脸，嘴角忍不住翘了起来。

当初她……怎么会觉得大表哥"高冷"呢？

明明就是地主家的傻儿子。

凌晨四点的北京街头安静空旷，是她从未见过的样子。

一起去看升旗仪式的除了盛子瑜，还有国家队另外几个同学。

蒋一炜的后座上坐着抱了满满一兜子零食的盛子瑜。

他喘得如同一头吭哧吭哧的老黄牛："为……什……么……只有我一个人是负重前行……"

盛子瑜一咕咚敲在他的后脑勺上："什么意思啊你？"

蒋一炜欲哭无泪："我们是外地的就算了，你们这些北京人来凑什么热闹啊？"

"噢？"盛子瑜挑挑眉，"不想带我，那你是想带谁？"

眼看着一直骑在最前面的明屹这会儿将车速放慢了些，盛子瑜立刻大声告状道：“大表哥，他想带皙皙！”

明屹一听，当即冷笑出声：“做梦。”说完便将脚底下的自行车踩得飞快，其他人瞬间被他远远地抛在了身后。

乔皙沉默。

直到……乔皙的眼前浮现出了她曾无数次在电视上见过的天安门广场。

明屹刹住自行车，回头看了一眼，当即松了口气：“赢了。”

乔皙忍不住翻了个白眼。

大表哥以为自己在干什么啊？

环二环自行车比赛吗？

这个时间点，天安门广场上已经聚集起了许多前来观看升旗的游客。

明屹找了个地方将自行车停好了，然后就要带着哭气包去找位置。

乔皙拒绝道：“你骑得太快了，等等他们吧。”

好吧，明屹颇有些讪讪的。

他从登山包里掏出保温杯，拧开瓶盖，倒了一杯雾气袅袅的热水，递给乔皙。

乔皙有些惊讶：“你连这个都准备了呀。”

明屹点头，催促她：“快喝。”

乔皙接过来，嗅到不对劲。

她小口抿了一下，然后满脸惊讶地看向大表哥。

居然是红糖水哎。

大表哥吃错药了吗？

不然为什么变得聪明又体贴。

回想起自己这些天对他爱搭不理，乔皙心中涌现出愧疚之情。

好在这种愧疚之情很快一闪而逝。

因为正当乔皙满心愧疚从口袋里掏出纸巾，想要给蹬了一小时自行车的大表哥擦汗时，后者却“扑哧”一声笑了出来。

乔皙生出不好的预感。

只是还没等她让大表哥闭嘴，他就先指着她的手指，用尽毕生的语文水平做了个比喻：“胡萝卜。”

其实还是前几天，乔皙在家追淘气的斑比时，不小心被门夹到了手。

本来这几天已经消了几分肿，但刚才吹了一路冷风，她的手指又变

得红肿起来。

乔皙当场就气得用五根“胡萝卜”狠狠地拍了小和尚三下。

不过哭气包还是一如既往地没什么力气，明屹不痛不痒地受下了，紧接着将她的手捧过来：“给我看看。”

乔皙很不情愿地将自己的手交给他。

明屹对着那五根“胡萝卜”端详了一会儿，然后将它包在自己掌心揉搓了一会儿，又捧起来放到嘴边呵着热气。

乔皙被弄得丝丝痒，她试图将手抽回来，不料却被攥得更牢。

乔皙气哼哼：“我又不冷，你傻。”

明屹捧着她的手，一脸认真地反驳道：“你傻。”

“你才傻。”

两人就在原地进行了五分钟这样毫无营养的对话。

末了，明屹开口道：“终于肯搭理我了？”

乔皙不说话了。

明屹牵着乔皙的手，两人一路往前挤着，升旗仪式就要开始了。

只是人实在是太多了，明屹个子高，倒是能毫不费力地看见升旗台，但他旁边的哭气包却只能艰难地踮着脚。

想了想，明屹将登山包放到地上，然后半弯下腰，示意乔皙上来：“我背你。”

乔皙有些犹豫：“不会挡住后面的人吗？”

明屹皱起眉头来：“难道我不背你他们就能看见了吗？”

大表哥他……就连没素质起来，都好有道理哦。

被说服了的乔皙迅速地爬上了他的背。

人潮涌动，两人被挤得晃来晃去，乔皙不由得搂紧了大表哥的脖子。

明屹默默道：“我下个月就要去美国了。”

这么快？

乔皙有些惊讶，但并没有表现出来。

关于哭气包最近对他的态度，明屹心里很清楚，是因为她有心结。

菀菀同他说过：“在小乔姐姐心里，我们家和她的关系就是施舍和被施舍的关系——”

明屹当时便打断道：“不是。”

菀菀很无奈：“你不这样想，但她会啊。”

这个社会对女孩很不公平。

他要和乔皙公然在一起，就是将她放在火上烤。

哪怕两人之间一直都是他死缠烂打。

哪怕祝心音表明了态度。

但旁人不会这么以为，乔皙也会胡思乱想。

明屹知道，是以前的自己太自以为是了。

想了想，他再一次开口道："其实你知道的，我爸妈他们都不反对。"

"不过，"明屹目视着前方，看不到哭气包的表情，但他知道，她在听，"你要是不愿意的话，那我就再等你一下。"

想了想，明屹又发觉自己这话说得实在很没有尊严。

他又赶紧补充道："我只是客气一下……你要赶紧想，我不会等你很久的。"

七月，明屹踏上了飞往波士顿的国际航班，赴美求学。

半个月后，乔皙也跟随着中国代表队飞往多伦多，与来自全世界各国的竞争对手，角逐本届 IMO。

中国奥数在国际上的成绩向来十分不错，即便近几年有所式微，但依然有着绝对的统治力。

两天的考试结束，乔皙给自己估了三十分，金牌应该是稳了。

果不其然，成绩出来后，中国国家队五金一银，团体成绩排名第二。

拿银牌的是卢阳，她离金牌线只差了一分，但她自己对此已经很满意。

从未更新过朋友圈的她，那天破天荒地发了一条状态——"总算是见过世面了。"

今年没了大魔王的参与，金牌个数不少，是按参赛学生的比例划分，却没一个满分金牌。

蒋一炜有半道题没做出来，也没能拿到自己心心念念的满分金牌。

他颇有些不忿："我差点就能打败明屹了！"

向来温和的乔皙此刻也忍不住提醒炜神，语气不留情面："明屹能拿 42 分，是因为满分只有 42 分。"

炜神拿下了 39 分，可不代表他和大表哥之间的差距只有 3 分。

蒋一炜听完，忍不住弹了弹乔皙的脑门："你还真护着他。"

乔皙不好意思地笑笑。

想了想，蒋一炜又问："回去之后，你是不是也要申请美国的大学？"

乔皙摇头："我还没想好呢。"

明屹是申请了提前毕业，高二结束就出了国。

毕竟他在附中已经再无可学——数理方面老师已经教不了他，而文科方面，老师也教不了他。

至于乔皙，她还没想好到底要不要提前毕业。

虽然她向往异国彼岸的大学校园生活，但留在附中，和要好的朋友们一起毕业，似乎也值得纪念。

两人正说着话，乔皙肩上却被人拍了一下。

她回过头，映入眼帘的是那个她也不记得是叫"库茨米维奇"还是"库米多维奇"的俄罗斯男生。

乔皙是真的记不住他的名字，偏偏他还没有英文名，于是乔皙只能私底下偷偷叫他"大鹅"。

大鹅金发碧眼、高眉深目，是典型的俄罗斯人长相。

他的一双忧郁的浅碧色眼睛，几乎要让人溺死在他沉静如海的眸子里。

当然，乔皙知道这是假象。

大鹅去年也参加过 IMO，作为大表哥的手下败将，今年他同蒋一炜一样，是大表哥的挑战者。

得知乔皙是明的表妹，大鹅便缠上了她。

乔皙很无语。

大表哥真是祸水……明明人已经不在江湖，江湖却还留着他的传说。

这会儿在闭幕式会场的重重人堆里，大鹅好不容易找到了乔皙。

一见到她，大鹅开始说着他那蹩脚的英语，满脸的伤心欲绝——

"皙皙，明拒绝了我，他居然拒绝我！"

乔皙心里铃声大作。

难道她不但要防女情敌，连男情敌都要防了吗？

好在两人鸡同鸭讲了半天，总算是将事情讲清楚了。

原来是大鹅问她要了明屹的微信后，便试图加他好友。结果他将好友申请发过去后，却第一时间遭到了拒绝。

和大鹅住在一起的同学给他出主意——

"照片！换成漂亮女孩子的照片！"

大鹅恍然大悟，立马在网上找了一个肤白貌美的混血小姐姐照片，冒充自己的头像。

结果还是遭到明屹的拒绝。

大表哥这么乖吗？

乔皙忍不住轻笑起来：“谁让你要假装女孩子，他不随便加女孩子呢！”

大鹅很奇怪：“明明很漂亮！这样也不加吗？”

乔皙的嘴角不由得上弯，这回却是换了中文，轻声开口道：“因为……他心里已经有最漂亮的了。”

大鹅一脸茫然，一旁的蒋一炜却被恋爱的酸臭味熏得捂住了鼻子。

他做错什么了？

这一口狗粮他才不吃！吐出来！

颁奖典礼结束过后，是例行的合照环节。

国内几个大型门户网站都派来了现场记者，原本只是简单的合影，可大家在长枪短炮面前，全都有几分束手束脚。

摄影师笑着道：“大家都放松一点，自然一点……哎？小子你干吗呢？”

大家都回过头去，这才发现原来是身上还穿着俄罗斯国家队队服的大鹅，这会儿戴了顶帽子，试图遮掩他那一头亮闪闪的金发。

国家队众人——

“我们中间好像混进了什么奇怪的东西？”

大鹅拽了拽乔皙，然后再次用蹩脚的英语同她交流：“给我照相，明会看见，能想起我！”

乔皙忍不住“扑哧”笑出了声。

想了想，她戳了戳一旁的蒋一炜，示意他将外套借给大鹅。

于是，在记者传回到国内门户网站的一系列IMO现场照片中，广大网友惊奇地发现，中国奥数国家队里多出了一张异国脸孔。

外国小哥戴了帽子，身上披着中国国家队队服，不过蒋一炜的外套裹在个头一米九多的他身上，显得局促极了。

网友纷纷评论——

“哪里来的俄罗斯小哥？好帅啊！”

“呜呜呜，美少年果然是上天的恩赐！求求小哥不要残得太快啊！”

“哇！你们快看！小哥哥脖子上挂的也是金牌！所以小哥哥也是学霸！啊啊啊啊啊，发出土拨鼠尖叫！”

当然，有敏感的网友更是嗅到了八卦的气息——

“等等！为什么……我觉得小哥哥和他旁边的小姐姐配一脸啊！”

“小姐姐‘颜值赛高’！我已经脑补出了一段爱在哈佛的异国偶像剧了！”

“呜呜呜，恨自己当初没有好好学习！小姐姐真的好美啊！”

与此同时，躺在家里过暑假的盛子瑜，刷到了这条消息，当即切换到了自己的小号，在底下评论道：“是的是的，我和小姐姐一个学校，小姐姐肤白貌美大长腿,是美貌仅次于我们学校校花盛子瑜的女生哟！”

网上有人发回了 IMO 闭幕式现场的大量照片，网友们对这对异国学霸情侣的好奇不减，接连又扒出了许多其他照片。

其中有一张照片，是蒋一炜对着俄罗斯小哥翻白眼的瞬间。

网友们个个都是名侦探，很快推断出来——

“大家身上都有外套，只有这个黑乎乎的小哥哥没有哎！所以是他把衣服借给俄罗斯小哥了？”

“所以剧情是这样的吗？黑乎乎小哥哥是痴情竹马，从小默默守护在小姐姐身边……奈何竹马抵不过天降！俄罗斯小哥哥的出现改变了这一切！”

“黑乎乎小哥哥好惨啊，得不到小姐姐的心就算了，连自己的衣服都被抢走……其实仔细看看他也是很帅的！”

同一时刻，大洋彼岸的明屹在自习室里气得几乎要摔电脑。

好在他是有素养的人，强行忍住火气，只是在那些满脑子臆想的评论下面挨个回复：“一派胡言！”

若是他只回复了几条也罢，偏偏他还刷屏。

于是那条新闻底下，所有人的评论后面都跟了一个美国波士顿网友的回复：“一派胡言！”

此举自然是引起了众怒。

大家纷纷在他的评论底下再次回复——

“人家郎才女貌天生一对，轮到你这妖怪来反对？”

今天一整天，明屹在自习室里，不但效率奇高地看完了半本书，而且和众多网友在线舌战了三个小时。

好不容易将所有人都战退，明屹吁了一口气。

恰在此时，他的时间线上刷过一条视频——

“奥数国家队仙女小姐姐的采访视频！”

明屹毫不犹豫地点开。

视频里的镜头对准的正是乔皙，记者很感兴趣地问：

“乔皙同学，我们通过 A 大附中的其他同学了解到，你和上一年的满分金牌得主明屹同学好像是表兄妹的关系哦。

“所以数学好是家族遗传吗？难怪小杜数学一直不好，这是不是该回去怪爸妈？”

乔皙捏紧了话筒，样子有些紧张。她慢吞吞地开口：“我觉得……你们的信息源，应该更新一下了。”

记者很感兴趣地“哦”了一声。

这种新闻节目，观看的人应该不多吧。

不过……乔皙已经下定决心了。她将话筒拿得离自己更近了一些，道：“谁告诉你们是表哥了？

“明明是我最重要的人。”

短暂的愣怔过后，明屹很满意地点点头。

不过……明屹不自觉地皱起眉。

明明是？

“明明”是什么？哭气包给自己取的爱称吗？

乔皙没想到，拿了金牌之后，居然比拿金牌之前还要更摧残人。

等到所有的采访都结束后，国家队一行人回到了下榻的酒店，准备休息一天后便回国。

到了酒店门口，乔皙和卢阳正说着话，旁边却传来一个声音：“乔皙。”

乔皙循着声音望过去，是一个妆容精致、举止不俗的女人。

这样的女人，她见过一次便不会忘。

是之前的 Cecilia Yeh。

对方看向卢阳，很礼貌地开口：“我和乔皙有些话要说。”

卢阳很识趣地回避。

乔皙好奇地看向她：“您找我有什么事吗？”

“皙皙。”对方笑了笑，那一笑风情万种，“我是你妈妈。”

听到这个女人说出来的话，乔皙不敢相信自己的耳朵。

从小到大，她关于母亲的记忆，几乎都是从别人那里听来的。

在她年幼时，时常被工作忙碌的父亲寄放在奶奶家。

那时大伯母和姑妈聊天，从不会顾忌她，还当着她的面，议论起她的生母来——

“她妈真是狠得下心哎，才三岁的女儿，说不管就不管了。”

“人家当然狠得下心来，攀上了更高的枝头，再带个拖油瓶过去不是惹人嫌弃？这么傻的事情她妈才不会做呢。”

乔皙那时还懵懂，听不懂这话，还是长大后再回想，她才明白，原来自己是被母亲抛弃的。

只是爸爸从没说过妈妈半句不好。

小时候乔皙问起来，爸爸说妈妈是出远门工作了。

再大一点，等到她懂事，再问起来，爸爸脸上便显现出了无奈：“皙皙，别记恨你妈妈，她也有她的难处，都是爸爸不好。”

也许妈妈是真的有难处吧。

乔皙将爸爸的这番话听进去了。

她从没记恨过自己的生母。

她不过是当她早死了。

可眼前的这个人，这个容貌美艳，叫人看不出年龄的女人，居然说是自己的生母。

叶嘉仪看着乔皙，难得显现出了几分小女人的姿态来：“皙皙，那次看见你的名字，我就知道……你是我的女儿。”

她试图讨好的脸上，带上了一股矫揉的媚态。

此刻的乔皙，本能地抗拒这个突然冒出来的生母。

她自然相信眼前的 Cecilia Yeh 就是她的妈妈，像她这种身份的人，没必要骗她。

只是乔皙觉得讽刺极了。

她看着面前的女人，说道：“你……为什么还要来找我呢？”

如果此刻出现在她面前的，是一个寻常中年女人，哪怕对方早已重组家庭，或者已有夫有子，乔皙都不会这样抗拒。

因为乔皙知道生活艰难，一个再嫁的女人，若是只能讨好依附于夫家，那自然是希望从前的子女消失在自己的生活中，越彻底越好。

如果她是这样，乔皙根本就不会怪她。

可如今，出现在乔皙面前的是一个妆容精致、保养得宜，看起来更像是她的姐姐而非母亲的美丽女人。

乔皙忍不住想，如果爸爸还活着……

不，哪怕是三年前的爸爸，此刻站在叶嘉仪的身边，他们也不像是同龄人。

岁月没有在她脸上留下任何痕迹，乔皙能轻而易举地看出，这些年来她的生活必定是优渥富足的。

明明她不曾也不必为生活奔波，也没有这样那样的现实难处，可这些年，她却不曾来西京看过她哪怕一次。

乔皙笑了笑："那你……现在来找我干什么呢？"

叶嘉仪柔声道："皙皙，那时你还在准备考试，我不说这个，是害怕影响你情绪。"

她见乔皙一副十分抗拒的模样，从钱包里拿出了一张照片。

到了此时此刻，叶嘉仪的脸上终于流露出几分真实的笑意来。

"皙皙你看，这还是你周岁时，我和你爸爸带着你，在蛋糕店拍的照片。"

照片上的年轻夫妻如同一对璧人，被他们簇拥在中间的小女孩睁着一双黑溜溜的大眼睛，头顶上还扎着一只朝天小辫儿。

乔皙从前在家里，看过同一系列的照片。

照片上的她和爸爸都穿了同样的衣服，是同样的打扮。

可那些照片上只有他们两人。

叶嘉仪离开的时候，将所有的东西都带走了，包括照片。

却唯独忘了她的女儿。

这样一个女人，乔皙怎么可能相信她是爱自己的呢？

见乔皙依旧是一副拒人于千里之外的模样，叶嘉仪苦笑一声："我也有不得已的苦衷。"

乔皙没有想到也不知道是为何，自己居然会答应叶嘉仪，跟着她回多伦多的住所。

大概是叶嘉仪苦笑的那一瞬间，眉间的"川"字纹深深地皱起来。

那一刻，她不再是艳光四射的大美人，像是一个为了儿女操心的寻常母亲。

叶嘉仪住在多伦多的黄金地段，是一个装修精简的高档公寓。

一到家，她让乔皙去洗澡，又帮乔皙将一早准备好的洗浴用品和真

丝睡袍放进了浴室里。

乔皙洗完澡后，叶嘉仪也已经换好了衣服，就在卧室落地窗前的地毯上等着她。

见她过来，叶嘉仪从一旁的托盘里拿起早已醒好的红酒，倒了一杯，然后递给她。

乔皙愣愣地接过来。

见乔皙拿酒杯的姿势，叶嘉仪笑了笑。

她纠正乔皙："手指往下拿，拿着杯柄，不要碰杯壁……手指的温度会影响红酒的口感。"

乔皙觉得一阵尴尬，索性将红酒杯放在一边。

她和叶嘉仪所处的，似乎是两个全然不同的世界。

见她这样，叶嘉仪也并不在意，只是低头抿了一小口红酒，然后开口道——

"刚结婚的时候，你爸爸对我还是挺好的。那时候我也喜欢他，你想啊，穿上了军装的男人，英姿飒爽，二十多岁的女孩子，哪有不喜欢兵哥哥的？

"那时候家里条件不好，我很早就嫁给了你爸爸，结婚没多久，就有了你。

"刚开始的日子还是好过的……我考上了市歌舞团，你也不用我怎么费心带，你奶奶就把一切都安排好了。"

说到这里，叶嘉仪突然笑起来。她看向乔皙："那时候我每天回家，逗逗我的小丫儿，是最幸福的时候。

"后来，你爸爸出任务的时候负了伤，一条腿废了，退伍后在家养伤。那时候他心里烦，我知道，但年轻时候哪里懂得什么退让啊？我在外面上班，晚回来一刻钟他就要发脾气，以为我在外面有情况了。

"可我真的没别人……那时候我还是爱你爸爸的。

"我提离婚，是因为他打我。"

乔皙一口气窒在胸口，她猛地站起身来，大声反驳："不可能！我爸爸不会打人！"

她的爸爸那么温柔，从小到大没动过她一根手指，甚至连瞪眼都没对她瞪过。

这样的爸爸，怎么可能打女人呢？

见她不相信，叶嘉仪倒也没有急着辩解，只是苦笑道："我去医院，医生是我们的熟人，连医生都不敢相信，大家都知道你爸爸之前对我有多好。”

说着，叶嘉仪指了指自己的胳膊和腰腹处，笑着比画道：“那时候……从这里到这里，全是青的，新伤叠着旧伤。

“其实我也知道，你爸爸是退伍受了刺激后，才性情大变的。

“我的脾气也不好，本来应该让着病人，可我还总和他吵，把他惹急眼了。

“离婚的时候，我想带你走，可你奶奶不让。她说，我什么都可以带走，但就是不能带走你。她还说，你爸爸这样，以后也不一定会再结婚，你是他唯一的后代。

“晳晳，我是想和我的女儿在一起的……可我也不会为了你，把自己的一生都搭进去。

“所以我还是和你爸爸离了婚，但每个星期都会去幼儿园看你。

“你那时候才一岁多，那么小的人，就好像是已经懂事了一样，每次趁我中午去看你，要走的时候，你就眼巴巴地拽着我的衣角，不让我走。

“后来，你三岁那年，我交了新的男朋友。你奶奶知道后，直接把你换到了她们单位的幼儿园，也不准我再见你了。”

说到这里，叶嘉仪自嘲地笑了笑：“那就是我最后一次见你。”

乔晳转头看她。

叶嘉仪美丽精致的脸庞隐没在半明半昧的光影当中，乔晳看见她脸庞上滑过一丝晶亮。

乔晳于心不忍。

之前对她所有的怨恨，都不过是因为对她还抱有期待。

乔晳犹豫了一会儿，还是伸手拿过一旁的纸巾盒，递给她，小声道：“你别哭了。”

乔晳回国的时候，明家全家出动，来接她。

在机场见到明爷爷时，乔晳颇为惊讶：“您老怎么也来了？”

明老爷子满脸的理所当然：“我孙媳妇这么出息，还能不来接？”

连爷爷都知道了！

一想到当初面对采访时说的那些蠢话，此刻的乔晳羞耻极了。

在回来的飞机上，她知道网友已经将她和明屹的照片都扒出来了。

好在两人都不是什么名人，因此网友能扒的也只有照片。

当然，唯一的区别就是，之前被脑补成痴心竹马男二的蒋一炜被网友们放过了。

取而代之的是反派男二明屹。

有了姓名的大表哥，被网友们脑补成了在奥数国家队一手遮天的暗黑大魔王。

暗黑大魔王手握着足以决定万千考生生死的秘密武器《奥数经典题解》，以此威胁仙女小姐姐和他在一起。

很快，之前在网上疯狂怼人，和一干网友在线舌战的“美国波士顿网友”的留言又被大家翻了出来。

联想到反派男二此刻正是在波士顿上学，网友越发肯定这位“美国波士顿网友”便是明屹。乔皙想，如果现在机场的这一幕被网友看到，肯定又要觉得她被暗黑大魔王的家人劫持了吧。

想到这里，她忍不住笑出了声。

祝心音走过来，摸摸她的脑袋，柔声道：“傻笑什么，走，我们回家。”

只是……在回去的车上，乔皙又想起来一件事。

她犹豫了一会儿，但想到车上都是自己人，便开口了：“明伯伯，祝阿姨……我妈妈来找我了。”

这话令所有人都大吃一惊。

见大家如此反应，乔皙咬了咬嘴唇，小声道：“可我不想搬去她那里……我还想住在家里。”

“那当然！”祝心音立刻打断了乔皙的话，“谁说你要搬走了？我不同意！”

“就是！”菀菀在一旁帮腔道，“你确定她真的是你妈妈吗？小乔姐姐你不要被人骗了哟。”

乔皙自然是没有被骗的。

两天后，叶嘉仪亲自来到明家。

明家夫妇以前见过叶嘉仪，虽然过去十几年了，但她的容貌依旧如新，因此对于她的身份没有产生怀疑。

只是对着突然出现的叶嘉仪，明家夫妇难免有所不喜。

想起乔父，明骏的态度就更不好了，人一走，他便冷哼道：“当初老乔还躺在医院里，皙皙才一岁，这女人都狠下心离婚，我看不是什么好东西！”

祝心音也有些偏见——

“她说自己是什么集团副总？也不知道是怎么当上的，你赶紧去查查……我怕她把晢晢带坏了。”

明骏很果断地下了决定：“那以后就不要让晢晢跟她来往了！”

“那是人家亲妈！”祝心音忍不住瞪丈夫一眼，语气嗔怪，“就算晢晢成了你儿媳妇，你也不能拦着人家母女不让见面啊。”

顿了顿，祝心音叹一口气：“你看晢晢今天，没听她叫妈，对那个女人态度也不好……但她来咱们家这么久，你什么时候见过她这样，能高兴得抱着狗在地上打滚？”

小丫头这是高兴。

可祝心音不信叶嘉仪的说辞。

这世上有什么东西能阻拦住一个真心想看孩子的母亲？

叶嘉仪说的那些理由，不过是为自己找的借口。

很快，祝心音知道了缘由。

明骏找来的资料里，有一份叶嘉仪的体检报告。

她生了病，再不可能有第二个孩子。

看完资料，明骏勃然大怒：“好啊，果然是别有目的！我这就去告诉晢晢！”

“你回来！”祝心音赶紧拉住他，“你把真相告诉晢晢，和捅她肺管子有什么区别啊？”

明骏依旧怒不可遏：“难道任由她骗晢晢？”

祝心音想了想，劝道：“算了，反正她也不会有其他孩子了……”

这女人的动机不纯，可晢晢是她唯一的孩子，她不可能不对晢晢好。

两年后。

乔晢过十八岁生日。

因为蒋一炜这周回国，在北京待两天便要回老家，因此大家把聚会的日期改在了今晚。

蒋一炜在 P 大数院读了一年，之后便转学去了普林斯顿，这还是他第一次回来。

在 KTV 的时候，大家就捉着他严刑拷问：“说！你在美国有没有发现明屹的小情人？”

蒋一炜嗤之以鼻：“你们怎么那么庸俗啊，我是去挑战他的。”

两人同在美国，再次竞争的机会是代表全美大学生数学最高水平的普特南竞赛。

遗憾的是，这一次的蒋一炜，依旧落败于明屹手下。

此刻回想起来，他仍愤愤不平：“明屹他也太变态了吧？两年就修完了本科所有课程，这就要去读博士了？我还比他大一岁呢！”

众人早已习惯明屹的变态，他们对这个并不感兴趣，抓着蒋一炜继续问：“明屹他真的没有小情人？那他怎么两年都没回过国？是我们皙皙的脸蛋不美还是身材不辣？”

乔皙很无语，哭笑不得道：“好啦，别拿我们开玩笑了。”

明屹的确有两年没回国了。

中间她也有过抱怨……毕竟她想天天见到大表哥。只是她知道大表哥在那边的研究进展十分顺利，他有自己的计划和安排，回国暂时不在他的计划安排里。

既然他不在身边，那乔皙只能努力跟上他的步伐。

每次他忙得没空回复她的信息时，她就默默在网上搜他发出来的那些论文。

看不懂她也硬着头皮看，等到了他们约定好的视频时间，两人各自抱着笔记本在摄像头前，她问他答。

她和大表哥的感情明明就很好嘛！

不过，乔皙还是气哼哼道：“我下个月就要过去了，他要是有小情人，那最好赶紧藏严实！”

当然，男主角不在，所以大家也就只调侃了乔皙几句。

大家聊了一会儿，又开始玩游戏。

是很简单的抽牌游戏，抽到相同牌面的两个人，要面对面地距离30cm对视，谁先憋不住谁罚酒。

乔皙一听便拒绝了：“我不要啦。”

她是有男朋友的人，和其他男生靠得那么近不太好吧？

盛子瑜过来拉她：“知道你对你家大表哥一心一意啦！你就过来凑个人头，抽到你也不算，行吧？”

乔皙乖乖坐下了。

盛子瑜将准备好的牌挨个发给大家。

恰在此时，KTV 包房的门被推开。

乔皙百无聊赖地抬头看了一眼。

只这一眼，她便怔住了，手里的扑克牌滑落在地上。

他是什么时候回来的？

明明每天都视频的人，可怎么……她这会儿见到他，又觉得那么陌生？

两年了，他变得更高更瘦，皮肤也黑了，轮廓倒是越发坚毅。

在包间里其他人的惊讶声中，盛子瑜自发地让出了乔皙身边的座位。

明屹走了过去，在她身旁坐下。

乔皙眼眶有些湿润，于是低下头，不想被他看到。

她小声问："你怎么回来了？"

明屹答："十七岁的生日我不在，十八岁的生日总该陪你过了吧？"

旁边众人纷纷嫌恶地扇扇鼻子："恋爱的酸臭味！"

接着，大家嬉笑着继续先前的游戏。

两轮过后，乔皙抽到了唯一有重复的那张牌——红桃 A。

当下，她便要拒绝。

只是还没等她说话，就看见一旁的明屹将自己手中的牌亮了出来。

也是红桃 A。

蒋一炜在旁边提议："我们取消这个环节吧。"

他实在是不想吃狗粮了。

"那怎么行？"明屹慢条斯理道，"愿赌服输。"说着他将手中的牌往桌上一放，转身看向乔皙，"来。"

乔皙微微侧过身子，努力调整好面部表情，然后抬头看向他。

两人的目光交汇，乔皙先是一愣。

她觉得大表哥比以前要更帅了，更成熟了……她努力控制着面部肌肉，不让自己的嘴角往上翘。

明屹看着自己面前，仰着一张白净乖巧脸蛋的乔皙，眼中是快要将人溺死的柔情。

乔皙的一张脸瞬间成了个红通通的大番茄。

她一把推开大表哥，跑进洗手间。

洗了个冷水脸，她总算是清醒了几分。

算了算了，她才不和大表哥计较呢……他可能就是想她了吧。

深吸了好几口气，乔皙拉开洗手间的门打算出去，可谁知门才刚打开，

一个人影便闪身进来。

“啪”的一声，明屹将门重重带上，然后将怀里的女孩抵到了墙上。

“有没有想我？”

两人在洗手间待了快十分钟，才一前一后地出来了。

洗手间就在包房里面，所以乔皙只能在心底祈祷着，大家没有注意到他们俩在洗手间里待了那么长时间。

只是乔皙一出去，才发现包房里安安静静的，大家既没有在唱歌，也没有在玩游戏，而是都姿势各异地躺在沙发上玩着手机。

完了完了，肯定被发现了。

乔皙硬着头皮走出去，顶着一张通红的老脸。

身后传来“啪”的一声关门声，是明屹紧随其后出来了。

一对久别重逢的情侣，在封闭空间单独待了十分钟……大家用脚趾头想，也能想到刚才发生了什么事。

大家很有默契地低头不语。

原本一直瘫在沙发上玩游戏的盛子瑜，这会儿残血刚被打死，终于抽空抬头看了一眼。

原本他们还打算今晚去吃小龙虾的，但一看明屹来了，宁绎提议将夜宵取消。

盛子瑜气得哇哇大叫:“为什么？大表哥来了正好给他接风洗尘啊！”

明明说好要去吃小龙虾的！

宁绎赶紧将这小蠢货拉到一边，语气是满满的恨铁不成钢：“难不成你以为明屹他来 KTV，是想来和我们聚餐的？”

盛子瑜恍然大悟。

大表哥只是想把她家皙皙拐走！

但是她又意识到不对，满脸警惕地看向了宁绎，眼神怀疑：“不对！好端端的，你怎么突然那么帮着他？”

呵！

宁绎冷笑。

帮着明屹？简直是笑话！

在和明屹手牵手回家的路上，乔皙慢吞吞地说：“我下周，要和她去一趟波多黎各。”

这个“她”，就是叶嘉仪。

尽管，乔皙认回了生母，但她还是住在明家。

乔皙和叶嘉仪的关系不算好，因为没相认多久，乔皙便得知了她回来认回自己的真正目的。

叶嘉仪生了病，不会有孩子了，所以才来找回她这个多年前被抛弃了的女儿。

这事是菀菀说漏嘴的。

不过没过多久，菀菀便主动向她承认了，自己是故意的。

菀菀颇有几分愤愤不平：“小乔姐姐，我不是故意要惹你伤心的，但我就是气不过！她怎么能这样呢？不要你的时候就把你扔掉，想要你的时候就又来找你，这么坏的人怎么能当妈妈呢？”

乔皙并没有怪菀菀。

相反，她很感谢菀菀让她知道了这些。

不然以她的性子，若是一直被蒙在鼓里，时日一久，她会对叶嘉仪掏心掏肺。

祝心音倒是劝过乔皙好几次，说叶嘉仪如今只有她一个孩子，除了她，叶嘉仪还能对谁好呢？让乔皙也对生母好一些，免得寒了她的心。

而这一次波多黎各的旅行，正是叶嘉仪为了改善母女关系，从繁忙的工作中抽出了空当，亲力亲为地选景点、订酒店、订机票，一手操办的旅行。

乔皙原本不想去，但祝心音一番劝说下，还是答应了。

听到她这样说，明屹用力地捏了捏她的手，问：“去多久？”

乔皙想了想，说道：“一个星期吧。”

MIT 八月底开学，原本乔皙是订了八月初的机票去那边。只是她没有想到，明屹回来了。

明屹又捏了捏她的脸颊：“去吧。”

顿了顿，他又补充道：“我在家等你。”

这话说得……也太老夫老妻了吧？

乔皙的脸没出息地红了。

明屹停下来，弯腰在她唇上轻轻啄了一口，然后若无其事地转过身，

牵着她的手继续往前走。

乔皙羞得掐了掐他的胳膊，小声道："在大街上哎。"

现在的大表哥跟变了个人似的。

不管有没有旁人在，逮住机会便要偷偷亲一口。

两人又往前走了一段路，乔皙后知后觉道："你是不是傻了？这不是回家的路啦！"说完便拽着他掉头。

明屹手上使了点劲，将他的小姑娘拽了回来，然后搂进怀里圈好。

他的声音带着奇异的温柔："是回家的路。"

就这样，乔皙跟着他来到了一个高档小区。

保安不认得他，但他亮了出入证后，保安将他们两人放行了。

此刻的乔皙错愕无比，直到明屹将她带到了小区里面，她才回过神来。

他们站在楼下，明屹指给她看："二十四楼。"

乔皙顺着他手指的方向，一层一层地数过去。

他说的那一层楼，透出昏黄色的灯光，暖融融的。

明屹将她搂在怀里，嘴唇贴着她的耳朵，声音低沉——

"那里是我们的家。"

而家里，明天有考试，本应该好好复习的菀菀，却一刻都安静不下来，隔一会儿便下一次楼。

祝心音被她烦得不行："你还不看书去？"

"不是啦！"菀菀一边逗着脚边的斑比，一边委屈巴巴道："哥哥他不是今天回国吗？怎么刚才进来一下就出去了？现在都还没回来……我都好久没见到他了，他不要我这个妹妹了吗？

"还有小乔姐姐，说和子瑜他们出去，可现在都十一点了还不回来，会不会有危险呀？"

祝心音满头黑线："这不是你该关心的事情，上楼看书去。"

第三章

妈妈

直到晕乎乎地被带上了楼，乔晢仍有几分云里雾里。

他们的家……这话是什么意思？

明屹看着她，嘴角勾起了一丝笑：“还傻站着？开门。”

望着大门上的密码锁，乔晢还是没反应过来，茫然地“啊”了一声。

明屹开口道：“密码是——晢晢。”

xixi……乔晢在触摸板上轻轻按下了密码。

“嘀”的一声，门锁打开。

到了这会儿，乔晢算是缓过劲儿了。

但她还是有些不解：“这个房子……是谁的呀？”

乔晢知道，明家并不算是大富之家。

虽然明骏在部队的福利很好，日常的生活用度几乎无需花钱，但是每个月拿到手的钱却是定数。

之前这里的房子刚开盘时，她在饭桌上听祝阿姨和明伯伯讨论过，当时祝心音还咂舌道：“这么贵的房子，都是些什么人在买啊？”

现在一听她这问话，明屹不高兴了。他看向乔晢，冷冰冰地开口：“觉得我买不起是不是？”

一见他生气了，乔晢赶紧辩解道：“不是不是！”接着又放软了声音哄道：“我是觉得，能买得起这里的房子很厉害……大表哥，这真的是你买的呀？”

明屹不轻不重地“哼”了一声，语气依然很生气，但脸色已经缓和了。

乔皙强行从他胳膊底下钻进他的怀里。

一颗脑袋“嗖”地冒出来，她仰着脸看向明屹，委屈巴巴地开始装可怜：“你是不是不喜欢皙皙了？”

她伸出手指去拨弄他垂落在身侧的手掌，在他掌心挠了几下：“好不容易回来一趟，你打算一直跟皙皙生气吗？”

明屹原本紧绷着的脸色，这会儿再也绷不住了。

他伸手捧住乔皙的脸，俯身亲了好几口，然后才道：“之前帮一个公司优化过算法。”

那家公司是从附中毕业的一个陆师兄所创立的，主做高频交易，当时在算法上遇到过很大的困难。

算法上的问题，于明屹而言只是举手之劳。

他用了两个周末的休息时间解决了这个问题，陆师兄为了表示感谢，送了他百分之五的干股。

明屹原本没有将这事放在心上，直到去年年底分红，他才发现陆师兄的那家公司利润十分可观。

手中突然多了一大笔闲钱，明屹索性买了房子。

房子是大三居，两百平方米不到，装修是开发商送的精装。

明屹解释道：“你要不喜欢，可以重新找个设计师装修。”

乔皙赶紧拽住他：“重新装修不要花钱的吗？现在这样我就很喜欢！”

明屹伸手捏捏她的脸颊：“小气包。”

在新房里兴致勃勃地转了好几圈之后，乔皙才意识到，已经快十点了。

她赶紧从书房里跑出去，在客厅里找到了明屹。

他这会儿正蹲在客厅的电视机前摆弄着什么，见她跑出来，他抬起头，问：“怎么了？”

乔皙说：“很晚了，我们早点回去吧……不然祝阿姨该着急了。”

明屹的语气不紧不慢：“她知道我们在这儿。”

乔皙沉默。

她的心中突然生出一种不好的预感。

明屹站起身来，装模作样地看了一眼手表，然后道：“已经没公交车了。”

乔皙气得恨不得一口咬上去："那就走着回去。"

"不行。"明屹义正词严地拒绝，"这么晚，走夜路危险。"

"那就打车回家！"

"好，我没钱，你给。"

今天是乔皙请客，她所有的钱都用来结账了，这会儿身上剩的零钱都不够打车。听他这样说，乔皙知道他肯定是骗人的！

"怎么会没钱嘛？"她嘟囔道，扑上去就要翻他身上的裤兜，"这么大的房子都买了，还说没钱！"

明屹起先还躲了一下，但很快便站在那里，大大方方地任由她摸。

乔皙摸完他两只裤兜，才反应过来。

又着了他的道……乔皙迅速地收回手。

明屹望着她，沉声道："你摸我。"

乔皙咬紧了唇，一言不发。

明屹上前一步，将她拉进自己怀里，在脸颊上亲了一口，然后道："订婚的事情，我妈没和你说？"

乔皙低着头，不自觉就羞红了一张脸："说了……"

其实订婚没什么意义，但还是有不少家庭将小孩送出去之前，把关系确定下来。

这两年，乔皙已经将明祝两家的亲戚都见了个遍。

大人们知道小姑娘脸皮薄，嘴上不打趣他们俩，但心里都知道，这两个孩子算是定下来了。

祝心音问的时候，乔皙并没有拒绝，算是默认了。

可这会儿明屹问起来，她还是很不好意思。

明屹拉着她坐在一旁的沙发上，将人抱到自己腿上，亲了一口。

"搬新房都要暖房，知道吗？"

乔皙的嘴唇嗫嚅几下："可……"

暖房不是都要一大家子人吗？

两个人怎么暖房？

明屹慢条斯理道："我们家人丁稀薄，爸妈工作忙，菀菀要准备考试……我们俩就够了。"

乔皙惊得瞪大了眼睛。

哪里来的人丁稀薄！

她周末出门买个早餐，都能在路上碰到七八个他们家的亲戚！

乔皙还在绞尽脑汁地想理由：“我换洗衣服都没带，怎么过夜呀？”

明屹却是早有准备：“我刚从家里出来的时候，顺带帮你拿了几件衣服。”

这个人！

乔皙“嗖”地站起身来。

他早有预谋！

明屹理所当然地说道：“放几件衣服在这儿，添点人气。”

顿了顿，他又补充道：“又不是只拿你一个人的，大家的都拿了。”

乔皙闷声道：“那我还不太想睡觉。”

她的目光在客厅里巡视一圈，找到了恰当的理由，道：“我想看电视……你累了就先去睡吧。”

明屹从一旁的茶几上拿起遥控器给她：“陪你看。”

乔皙很紧张，又觉得房间里实在太安静了，不由得拿着遥控器心不在焉地一通乱点。

她点开了一部电影，电影的声响立刻充斥着房间，她松了口气。

这是一部小成本的欧洲电影，开始了好几分钟，屏幕上还是毫无意义的画面，连半个人影都没见着。

乔皙有种不好的预感，刚才点进来的时候没细看电影的名字，这会儿想上网搜搜剧情都搜不到。

一旁的明屹早就不耐烦了，他开口道：“你喜欢看这个？这有什么好看的？”

乔皙这会儿生怕他提议要去睡觉，赶紧道：“好看的，我就要看这个！”

明屹没再吭声，只是拿过了一旁的手机低头摆弄着，脸上是意味不明的笑容。

第十分钟，屏幕上终于出现了本片的第一对人影，看起来像是男女主角。

第十五分钟，这两个五分钟前刚认识的人，突然就脱光了身上的衣服，抱在了一起。

看着屏幕上的两个人，乔皙几乎崩溃了。

这……她选的这是什么片子？

电视上为什么会有这种片子？

乔皙当即臊得满脸通红，也不敢看旁边人的反应，像做了错事一般，心虚地低下了头。

只是画面可以不看，声音却忽略不了。

偏偏客厅里这套音响设备的质量还特别好。

女主角的声音从音响中倾泻而出，3D 环绕立体音效在空荡荡的客厅里回响着。

乔皙一个女生都听得面红耳赤。

她偷偷看了一眼旁边的明屹，发现他的呼吸声……也变得有些粗重起来。

乔皙越发紧张了。

她甚至疑心房间里的冷气坏了，不然手心怎么会有一层黏腻腻的汗。

一旁的明屹突然倾身过来，坚实的胸膛压住了她左半边的身子。

乔皙一瞬间脊背绷得僵直，吓得闭上了眼睛，连声音都带上了软乎乎的哭腔："我怕疼。"

明屹探过身子，伸长了手臂从她身侧的沙发上拿过遥控器，然后坐回了原处。

他将电影的音量调低了几分，然后问："还看吗？"

乔皙只觉得脸上火烧火燎的。

她连忙站起身来，颇有几分慌不择路的意味："我……我去洗澡。"

看着小姑娘夺路而逃的身影，明屹在原地站了会儿，然后拿起放在茶几上的出入卡，出了门。

乔皙从浴室里出来的时候，房间里空无一人。

客厅里的电视机还在无声地播放那部电影，乔皙走过去将电视机关了。

余光瞥见镜子里的自己，乔皙颇有几分不自在。

平时她也是这样穿，可在家时只有菀菀和祝阿姨会进她的房间，因此她从未觉得不妥。

可现在……乔皙觉得，自己这身衣服，似乎太暴露了些。

正想着，外面隐约传来一声电梯开门的"叮"声，乔皙记得这里好像是一梯一户，那么……除了是明屹回来，不会再有他人。

她吓得赶紧跑回了主卧，钻进了被子里。

明屹一只手插在裤兜里，另一只手推开了主卧的房门。

一进来，他便看见他家小姑娘整个人都缩在被子里，下半张脸紧紧蒙着，只露出一双黑溜溜的大眼睛在外面。

一见到他，她慌忙地闭上了眼睛。

因为紧张，她那修长卷翘的睫毛微微颤抖着，仿佛一对振翅欲飞的蝴蝶，停留在她光洁秀致的脸庞上。

明屹走过去，将口袋里的那盒东西掏出来扔在床头，然后俯下身，将小姑娘从被子里挖出来："要闷坏了。"

乔皙乖乖从被子里钻出来。

明屹俯身搂住了她，伸手关了一旁的灯。

第二天乔皙起来时，已经是日上三竿。

她醒来的时候，明屹正一只手撑在床头，低头瞧着她。

想起昨夜的点滴，乔皙"腾"地涨红了脸。

她将被子卷起来，密密实实地裹住自己，很没底气道："你走开，我要穿衣服了。"

"遮什么？"明屹笑了笑，"哪里我没看过，哪里我没亲过？"

她气得拿起旁边的枕头便向他砸去："又不是我要！是你非逼着我——"

说到这里，她羞得说不下去了。

"哎！"明屹被她一砸，许是牵引到了伤处，一阵嘶嘶抽气。

乔皙犹豫地停住了手，又疑心他是在诓自己。

明屹将自己肩膀上的牙印给她看："是不是你咬的？"

乔皙有些心虚，不吭声了。

紧接着，他又将自己小臂上的牙印再次亮给她看："也是你咬的。"

乔皙下意识就要辩解："你不讲道理！那里我怎么咬得到嘛！"

一听他这样说，明屹便坏笑着凑近了她："不记得了？"

昨晚明屹见她哭得厉害，便将自己的手臂凑过去给她咬住了。

乔皙嚷嚷着要回家。

她其实是做贼心虚。

昨晚他们都没有回家，祝阿姨又知道他们俩待在一起……乔皙简直不敢往下想了。

明屹正站在床边穿衣服，见她这副胆战心惊的模样，既觉得好笑，又觉得可爱。

他俯低身子，在她唇上亲了一口，然后道："你现在这个样子，怎么回家？"

乔皙有些迟疑。

这会儿她身边没镜子，并不知道他指的是什么。

他笑话她："刚才说了要抱你去看，你不要。"

乔皙咬紧了唇。

她现在害羞得很，用被子将自己全身上下裹得严严实实的，碰都不愿意让他碰一下，更别说是被他抱去洗手间了。

她气鼓鼓地瞪向他："你别碰我，我自己会走。"

小哭气包都这样说了，明屹从善如流地点点头，然后便抱着手臂站在一旁看着她。

乔皙磨磨蹭蹭地掀开被子起身。

她的睡裙昨晚就被撕坏了，好在她偷偷套上了明屹的T恤。

这会儿将被子掀开，她才发觉T恤穿在身上太大，半个肩膀都露出来了。

她一抬头，正撞见一旁的明屹直勾勾地盯着她，那眼神让她脸上一红，她下意识就要重新缩回被子里。

只是下一秒，明屹便伸手将她整个人从床上横抱了起来。

乔皙毫不顾忌地在他怀里胡乱蹬着腿，如同一只刚脱离水面的鱼儿。

她气呼呼地挣扎道："你放开我！讨不讨厌呀！"

没走两步，明屹搂着她又走回来，将人往松软的大床上一扔，随即倾身覆上，声音里带了些许笑意："我的东西，为什么要放？"

乔皙反应过来，他说的是自己身上穿的T恤，气哼哼道："我换下来还给你就是啦！大坏蛋！放手！"

明屹十分理直气壮："你也是我的。"

两人在床上闹了一会儿，眼看又要闹出事来，乔皙赶紧按住他的手，结结巴巴道："那、那个……没有了！"

明屹愣了愣，这才想起来，昨天他买的两盒三支装已经用光了。

他从床上翻身坐起来，看样子就是想要出去再买。

乔皙还有些不舒服，这会儿吓得赶紧拉住他。

“你要这样出去吗？”

好在明屹并不是真正的牲口。

他还是要脸的。

正在这时，一阵手机铃声响起。

乔皙挣扎着要起身：“我的电话……”

明屹压着人亲了好几口不肯放：“别管。”

昨晚两人夜不归宿，乔皙原本就心虚，这下更是疑心是祝阿姨兴师问罪来了，哪里还管得了这么多，一把将他推开，自己跑下床去拿手机。

只是，出乎她的意料，电话并非祝心音打来的。

是叶嘉仪打来的电话。

她们母女二人性格不合，哪怕一开始叶嘉仪掩饰得再好，可时间一长，却还是暴露出她对女儿的控制欲。

至于乔皙，在其他长辈眼中，她都是乖顺温驯的，但在叶嘉仪面前，她格外叛逆，就像是长满了刺的小刺猬。

叶嘉仪在电话那头问：“我现在在明家，你人呢？大清早的怎么不在家？”

乔皙不喜她的质问口吻，当下也语气冷淡地回道：“有事吗？”

叶嘉仪道：“和你说过的，你爸爸的财产官司，这里有几份授权书要你签字。”

乔皙握着手机，沉默了老半天，才不情不愿道：“我中午回来。”

自从当初她们母女相认后，叶嘉仪从乔皙这里知道家里的财产后，便开始同她的那一众叔伯打财产官司。

如今叶嘉仪成功一审胜诉，对方上诉后，现在正在二审流程中。

政法系统的手续烦琐流程冗杂，两年时间能取得这个结果，已经足够令人欣慰。

连祝心音都屡屡劝慰乔皙：“你妈妈虽然从前做错过，但她对你还是好的。”

叶嘉仪的确对她很好，衣食住行上都是大手笔，每个月还会给她大笔的生活费。

乔皙不要，她便转托祝心音帮她存起来。

乔皙仍是对她不喜。

尽管叶嘉仪从未说过，可乔皙还是觉得——

她所做的这一切，无论是物质上的给予，还是帮自己争回父亲的财产，都是在加深所谓的“恩情”，试图让自己感激她。

见乔皙接完这通电话后一副闷闷不乐的模样，明屹也不再闹她。

他伸手在她的脸颊上捏了一把，说：“我去做早餐。”

乔皙颇有几分惊奇。

从前只会蹲在地上啃白馒头的大表哥，如今也会做饭了？

乔皙跟着他进了厨房，看着他站在那里煎鸡蛋。

见她一张脸凑得近，明屹伸出手将人拉了回来：“小心油溅着。”

乔皙乖乖地站到了他的身后。

她从后面抱住年轻男人宽阔坚实的脊背，将脸贴在他的背心上，声音软乎乎的：“你在美国的时候，也是这样做饭的吗？”

明屹想了想，然后道：“一般去食堂，食堂关门了就自己做。”

乔皙的一颗小脑袋贴着他的后背更紧了，她“哼”了一声，语气像在撒娇：“有没有别的女孩子给你做过饭呀？”

明屹想了想，然后道：“如果我妈也算‘女孩子’的话。”

乔皙捶了他一拳：“怎么那么讨厌？我要告诉祝阿姨！”

明屹发出低低的笑声，胸腔轻微地震动着。

乔皙重新抱紧了他，脸颊又在他背上蹭了好几下：“那你给别的女孩做过饭吗？”

这个问题……

“唔……”明屹难得有些迟疑。

上初中的时候做饭喂蠢妹妹，结果差点把蠢妹妹害得食物中毒住院算吗？

乔皙也反应过来他想的那件事，当下又捶了他一下，只是语气娇娇软软的，半点也不像生气的模样：“大坏蛋，以后你也要让我食物中毒吗？”

之前在系统学习某门实操课时，明屹了解到，女孩子在经历过某个特殊的夜晚后，大多会在短时间内变得敏感、多愁善感。

就比如此刻的哭气包。

只是明屹觉得这样的哭气包可爱极了。

明屹转过身来，低头在她的唇上啄了一下，然后道：“皙皙不是仙

女吗？”

乔皙愣了愣。

他低笑一声：“小仙女是喝露水长大的。”

乔皙一时没有反应过来，不过很快就明白了大表哥这一番话的用意。

因为，他做的饭……实在是太难吃了！

乔皙只咬了一口煎蛋，便“哇”的一声全吐出来了。

这种东西吃两年都还好好的，大表哥真的是牲口！

中午的时候，两人回到了明家。

叶嘉仪已经离开了，只留下一个文件夹的合同，嘱咐了刘姨，说是等乔皙回来让她签好字给律师寄过去。

祝心音也在叶嘉仪离开之后出了门。

乔皙好奇道：“祝阿姨去哪里了？”

刘姨笑着解释道：“你和你妈妈不是要出去玩？去那个叫什么波的地方——”

乔皙提醒她：“波多黎各。”

“对对，波多黎各。”刘姨点点头，“她说你吃惯了家里的饭菜，去旅游哪里吃得惯外面的东西，所以说要去买点虾回来，做成虾干让你带在路上吃。”

乔皙哭笑不得：“我哪有那么娇气啦？而且才去一个星期，吃不惯忍忍也就好了。”

“什么忍忍就好？”刘姨嗔怪地看她一眼，“前两个月还吃坏了肚子，食物中毒住院，把全家人吓成什么样了，你这是好了伤疤忘了痛呢？”

乔皙不好意思地低头笑了笑。

说完，刘姨的眼中已经有泪光：“等你从外面回来，在家待几天就又要走了，这一走就老长老长了。”

乔皙咬了咬唇，一时不知该说什么。

刘姨叹了口气。

太太私底下还哭过几回，原本家里三个孩子热热闹闹的，可这已经送出去了两个，家里还有一个最小的，也成天念叨着要出国去读艺术系。

孩子一个个送走，以后也不知道还回不回来，连她都觉得难受。

乔皙将叶嘉仪留下的那几份授权书签好了字，然后按照她先前留下的地址，寄给了律师。

乔父的遗产官司一直是由这位律师在代理。

没过多久，祝心音也回来了。

她也没空搭理自家儿子，而是将乔皙拉进了自己房间里说悄悄话。

她将自己刚嫁进明家时，明奶奶给她的金镯子给了乔皙。

“这东西也不值什么钱——我当初嫁给你明伯伯的时候，那可是真正的下嫁，我爸妈都说他们家是破落户，能拿出什么好东西来？”

说着，祝心音将那个金镯子放进乔皙的掌心里，温柔一笑：“不过呢，总归是老人家的心意，这么多年，我都好好收着呢。”

顿了顿，祝心音又握着她的手，笑道：“皙皙，明屹他有些时候会犯浑，你别惯着他，他敢犯浑你就跟我说，跟你明伯伯说……他要是敢对不起你，我就是连夜飞过去也要收拾他。”

毫无预兆地，乔皙的鼻子泛酸。她轻轻眨了眨眼睛，眼眶里已经是泪光盈然。

她低下头，声音里带了几分哭腔：“祝阿姨好讨厌啊，干吗现在就说这些？”

“傻孩子。”祝心音摸摸她的头，“我知道你平时性子太软了，不懂得为自己考虑……我是要告诉你，你来我们家当儿媳妇，可不是来受委屈的。谁要敢给你委屈受，你告诉我。”

乔皙吸了吸鼻子，低低地“嗯”了一声。

当天晚上，祝心音和刘姨熬夜做了一大盆虾干，分装了好几个密封罐，帮乔皙塞进了行李箱里。

实在太多了……

乔皙只留下两罐，剩下的通通从行李箱里拿出来。

她无奈道：“虽然这个海关不查，但带这么多也不好吧？”

一旁的明屹不客气地“嗯”了一声，然后将那几罐虾干都拿走：“我吃。”

祝心音忍不住打了他一下，口中嗔怪道：“你怎么那么招人烦？走

开走开。”

不过是出一星期的远门,可看祝阿姨的架势,活像她是要去荒岛求生。

乔皙哭笑不得。

连明屹也给她准备了东西。

乔皙试图翻开那本素描本，却被明屹大力地按住手。

“干吗啦？”她瞪向大表哥，“不是给我的吗？”

明屹将那本素描本塞进她的背包最深处：“七个晚安故事，每天只能看一个……你现在看了，第七天就没得看了。”

噢？

乔皙怀疑地看他一眼。

大表哥他吃错药了吗？为什么突然那么浪漫？

不过，乔皙的一颗心像浸透了蜂蜜一般，甜滋滋的。

她将那本素描本从背包里拿出来，跑到床边，放到枕头底下，信誓旦旦道：“大表哥，我就枕着它睡，绝对绝对不会看的。”

明屹低头，在她唇上亲了一口：“姑且相信你。”

第二天，是祝心音和明屹送她去机场的，明骏在外地出差，菀菀要考试。

叶嘉仪突然有公事，便提前回了香港。因为她们的行程原本就要去中国香港转机，所以乔皙先飞去香港，再和叶嘉仪会合。

祝心音放心不下乔皙一个人坐飞机，便让明屹也买了机票，将她护送到中国香港再回来。

出关前，祝心音仍拉着乔皙，一刻不停地叮嘱：“皙皙，这几天就和你妈妈好好地玩……千万别和她吵架啊，她毕竟是你的妈妈。”

乔皙突然就红了眼眶。她看着祝心音，语带哽咽：“您明明知道，我心里只有一个妈妈……”

祝心音别过脸去，抹了一下眼睛，然后笑着道：“说什么傻话呢。”

不远处的明屹等得有几分不耐烦，他催促道：“又不是生死离别，她过一个星期就回来了。”

祝心音赶紧拍拍乔皙的手：“好了，乖孩子，快进去吧。”

乔皙依依不舍地回头望她。

出发前的晚上乔皙没有睡安稳，做了一整夜光怪陆离的梦。

因此在飞机上，乔皙枕着明屹的肩膀，几乎睡了全程。

完全不知道乔皙上飞机就睡了的明屹和哭气包说话：“等你去 MIT 报到后，不用住学生宿舍，房子我都已经找好了。”

他在那边待了两年，一个人没有什么好讲究的，可哭气包要来了，自然不能再随随便便应付了。

而且，他也知道有些学校的荒唐事。他不想哭气包学坏，也不想哭气包被吓着，搬出来住算是上上之选。

这事他盘算了许久，在买北京的那套房子之前，就已经有了这个念头。

他甚至花费了挺大的劲儿在学校附近找房子，但是他担心哭气包不愿意。

想了想，明屹将手机里拍好的照片给靠在自己肩上的哭气包看：“房子很新，一共三层。合租的还有一对情侣和一只‘单身汪’，都是一个学校的。”

哭气包很安静，一声不吭。

明屹有几分紧张。

毕竟他撺掇哭气包出来同居这事，意图昭然若揭。

接着，他又加重了天平上的砝码：“以后都是我做饭。”

听到他要做饭，哭气包居然没有暴跳如雷。

可这种不言不语的沉默态度却叫明屹更紧张。

他心虚地轻咳一声，补充道：“家务也都交给我。”

哭气包依旧一声不吭。

但她的小脑袋已经在他肩膀上一点一点了。

明屹低头看去，才发现哭气包竟然不知道什么时候睡着了。

明屹咬紧了牙，心情很沉重。

不过……

刚才他说的做饭家务全包，想来哭气包一个字都没听见。

这样一想，明屹瞬间便释然了。

路过的空姐注意到这对小情侣，回去拿了一只枕头过来给他们。

明屹接过来，身子没动，依旧维持着先前的姿势，小心翼翼地将枕头塞到哭气包的腰后，然后调整了自己的坐姿，将肩膀放低了几分，让她枕得更舒服些。

果然，哭气包的这一觉睡得很香，口水将他肩头的衣料都打湿了。

直到行程过了大半，乔皙才揉着眼睛，迷迷糊糊地坐直了身子。

明屹轻微地活动了一下肩膀，问她："肚子饿不饿？"

乔皙摸摸肚子，摇了摇头，声音软乎乎："飞机餐好难吃……我们留着肚子，等下飞机再吃吧。"

他们落地的时间是中午一点，而叶嘉仪要到傍晚五点才来和乔皙会合，因此两人还有一段独处的时光。

只是等下了飞机，乔皙发现了异样。

大表哥是左撇子，但今天下飞机的时候却是一直拿右手帮她搬行李。

他毫不犹豫地解释道："左手要留出来牵皙皙。"

这个人……

乔皙的嘴角忍不住弯起，但很快又绷紧了。

大表哥的甜言蜜语说得也太溜了吧？

乔皙忍不住掐他的胳膊。

明屹不由得皱紧了眉头。

只是这细微的动作，却没逃过乔皙的眼睛。她随即反应过来："是不是压着筋了？"

她刚才在飞机上枕着他睡了两个多小时。

乔皙很愧疚，忍不住打他："你倒是把我叫醒呀！"

她自责极了："都怪我！我不去度假了，我要留下来陪你！"

明屹毫不留情地拆穿她："你就是不想去，拿我当借口吧。"

乔皙有些心虚地低下头。

"别拿我当幌子。"明屹将人搂进怀里，抬起她的下巴，亲了一口，"让我在丈母娘面前有个好形象，不行吗？"

乔皙鼓着脸颊不说话，有点气呼呼的。

吃饭的时候，乔皙凑过来和他同坐一边，说他的左手不方便，非要喂他吃。

回来这么久，明屹早就想使唤一下哭气包了，如今见哭气包这么贤惠，他十分满意。

吃过饭后，两人又去逛了一会儿免税店。

先前要给祝心音和菀菀代购的东西，他们早已经买好了，这会儿纯属瞎逛。

不过，走到口红专柜前，乔皙还是有几分挪不动步子。

她从小受到的教育一直都是好好读书，从没正经打扮过。

等到高中毕业，身边的女生都光明正大地开始学化妆、烫发染发时，她依旧素面朝天。

盛子瑜拉着她要去染头发，也被她拒绝了：“男朋友又不在，我打扮给谁看呀？”

那会儿盛子瑜就笑话她，说她活脱脱就是一个小修女。

只是这会儿到了娇兰的专柜前，看着亮晶晶的口红壳子，乔皙还是忍不住伸手拿了一支。

一旁的明屹立刻道：“喜欢是不是？我们都买。”

乔皙赶紧按住就要将口红全都打包拿去结账的大表哥：“我看这些颜色都差不多哎，我挑一支就可以了。”

“谁说差不多？”明屹拧着眉，“我看这些口红每一支都不一样，各有各的美。”

乔皙很怀疑地看着面前的钢铁直男。

他什么时候长本事了，还分得清女孩子的口红色号了？还各有各的美？

乔皙心中一阵警铃大作。

是谁教他认这些口红色号的？

明明她都分不清的！

乔皙想了想，从试用装里挑了一支口红，又找了好一会儿，再挑出来另一支，齐齐地放到明屹的面前，问他：“这两支哪一个好看？”

明屹道：“都好看，两支都要。”

乔皙睁大了眼睛看向他：“可是这两支差不多哎。”

“哪里差不多了？”明屹挑挑眉。

说着，他又捧住哭气包的脸，一本正经道：“左边性感，右边清纯……行了，别挑了，都买了。”

“哐当”一声，乔皙心里的那块大石头终于落了地。

她手里拿着的这两支试用装，是一个色号。

钢铁直男还是钢铁直男，而且……大表哥真的是很蠢很蠢。

什么左边性感右边清纯……明明就是为了骗她把两支口红都买下。

他还编得那么认真，想这些词想了很久吧？

乔皙和叶嘉仪在波多黎各待了五天。

不同于乔皙的没精打采，叶嘉仪的兴致很高，五天里就有四天在潜水。

而且这次脾气也是十分好，平日里她和乔皙说不了几句便要吵起来，可这一次，半点不计较乔皙的顶撞，一连几天脸上都是笑眯眯的。

乔皙也不是没事找事的人，见叶嘉仪这副模样，她倒是有些愧疚。

自己同她出来这一趟，她就这样高兴……也许祝阿姨是对的，世上每一个母亲，都对自己的孩子有舐犊之情吧？

虽然还不习惯，但乔皙也在努力说服自己，要对她好一点。

波多黎各没有直飞回去的航班，因此她们两人还要先飞回亚特兰大，再从那里回国。

登机前，乔皙在明家的微信群里发了一条消息："我和妈妈马上要回亚特兰大啦，在那里留一天我就回国，周二晚上到北京，我给大家都带了礼物哦！"

十分罕见的是，群聊里面并没有人回应她。

就连往常恨不得住在手机里的菀菀，这次也没有吭过一声。

乔皙算了一下，这会儿国内时间是周末下午。

好奇怪……也不知道大家都干什么去了。

不过，乔皙自己很快也是焦头烂额。

一到亚特兰大，叶嘉仪便生了急病进了医院。

异国他乡的，乔皙哪里经历过这种阵仗，哪怕英语再好，可到底没有在国外生活的经历，碰上这种事，也是顷刻间慌了手脚。

好在叶嘉仪给了她兰德集团在当地办事处的工作人员电话，这才解了乔皙的燃眉之急。

叶嘉仪似乎是急性肠胃炎，又似乎是胃病，乔皙也没听懂医生的话，但好在住了一天的院，叶嘉仪便可以出院了。

第二天，她带着乔皙回了波士顿，回到自己的公寓里。

乔皙对她这安排不解，但想到她是刚生了场急病的人，回到波士顿，也许是想再多休息几天，因此乔皙也没急着催促她出发。

只是，到第三天的时候，乔皙心中的不安越发扩大。

因为她发现……她已经有好几天没能联系上明屹了。

先前他们每天都要找时间视频。

但前几天叶嘉仪住院，她忙得晕头转向，可明屹居然也没有来找她。

不仅仅是明屹，还有明家其他人……她一个都联系不上了。

乔皙越发担心起来，她给盛子瑜打越洋电话，拜托她帮自己去明家看看。

盛子瑜答应之后，却一直没有消息传回来。

乔皙恐慌了。

她顾不得叶嘉仪的身体到底有没有休养好，要求立刻回国。

叶嘉仪伫立在原地，看了她好一会儿，点点头："我送你去机场。"

此刻乔皙无暇顾及她的情绪，只是迫切地想要回到国内，确认明家所有人是否安好。

只是……在去机场的路上，乔皙发现自己的护照不见了。

她慌乱地将背包翻了个底朝天，却一无所获。

乔皙慌忙叫她停车："你可不可以送我回去一趟，我的护照可能落下了。"

叶嘉仪目不斜视地往前开，说出的话听在乔皙耳中却是如同一道惊雷。

她微微哂笑着："不用找了。来美国第一天，你的护照就被我撕了。"

乔皙不可置信地望向她。

叶嘉仪的嘴角勾起一抹笑，她转头看向自己的亲生女儿，语气淡淡："还想着回去吗？乔皙，你再也回不去了。"

乔皙想，如果不是叶嘉仪疯了，那就是她疯了。

"你到底在说什么，你放我下车！"说完，乔皙便要开车门。

但叶嘉仪的动作比她更快一步，直接将中控锁锁上了。

"你着急回去，不就是想看看明家到底出什么事了吗？"

乔皙看着身旁的这个女人，她是她的生母，尽管她们之间从未有多亲密过，但此刻的乔皙仍觉得她陌生无比。

她的牙关打战，整个身子都在发抖："明家到底怎么了？你是不是知道？你告诉我！"

此时恰逢一个红灯路口，车子停下来。

叶嘉仪白皙柔软的指尖一下又一下地敲在方向盘上。

她蓦地笑起来：“乔皙，我怎么会有你这样蠢的女儿？”

时至今日，这个蠢丫头还不明白她接近她的意图，竟然真以为她是一个试图挽回亲情的无助母亲，叶嘉仪实在是觉得好笑极了。

“明家是遭了殃，对了，我还要告诉你，明家遭殃是因为我。而你，就是我接近明家的工具。不过，只要你乖乖做我的女儿，你可以过比从前还要好上千百倍的生活。”

乔皙全身都在发抖，牙齿咬得“咯咯”作响。

从一开始就是假的。

相认是假，相处是假，试图挽回亲情更是假。

她从头到尾都被她的亲生母亲当作了一颗棋子而已。

乔皙的双眼都要滴血，咬牙切齿地看着面前这个女人：“为什么……你为什么要这么做？他们有哪里对不起你吗？为什么？”

“没有为什么。”叶嘉仪眼神轻蔑，“你爸爸不是还救过明骏一条命吗？现在这样，不是正好扯平了？”

说着，她又看向乔皙：“我说过了，你是我女儿，你乖乖听话，我不会亏待你的。”

乔皙只觉得自己整个人都在发抖。

她觉得这一切太荒唐了。

太荒唐了。

天底下怎么会有这么好笑的事情呢？

这种女人居然是她的母亲？

生下她不久便将她抛弃，时隔十几年后再找来，却是要榨取她最后一点利用价值。

小时候大伯母说她是扫把星，如今看来，竟没有半点说错。

父亲疼爱她，她给父亲带来厄运。

明家待她如同亲女儿，她却愚蠢地被人利用，给明家招致厄运。

乔皙突然放声大笑起来，眼中全是疯狂：“对，我们是母女……”说着，她便倾身扑上去，抢夺叶嘉仪手中的方向盘，“我们死在一起，就再也不会去害别人了！”

……

乔晳在医院里躺了一个月，才终于醒来。

车祸发生的时候，乔晳是解开了安全带去抢方向盘的。

所以在车子撞上公路边的防护栏后，叶嘉仪几乎毫发无损，只有轻微的脑震荡，可乔晳却受了极重的外伤，当场昏迷。

起先叶嘉仪还一直在医院里守着她，但等到医生宣布乔晳没有生命危险后，便请了一位护工来照料她。

中午的时候，叶嘉仪从护工处得知了乔晳醒来的消息。

她原本没有打算去医院，但很快院方又打来电话，说是病人情绪激动，有自杀倾向，希望她立即赶到。

叶嘉仪到的时候，乔晳正被两个膀大腰圆的华裔护工按在床上，不得动弹。

穿着病号服的少女闭眼躺在床上，脸孔苍白到近乎透明，泪水源源不断地从眼中滑落出来。

她一只手腕上的输液管被拔掉，另一只手腕上缠着层层纱布还在不停地渗出新鲜血迹来，看着极为恐怖。

但乔晳毫无知觉。

事到如今，她总算是全想明白了。

从一开始，叶嘉仪就做得天衣无缝。

知道她被明家收养后，叶嘉仪便以亲情为饵，用母亲这个身份接近她。

一个十五六岁的小女孩好糊弄，明家夫妇却半点不好糊弄。

所以叶嘉仪有意露出破绽，叫明家以为她是因为不能再生，所以才重新回过头来找这个曾被她抛弃的女儿。

此举成功地骗过了所有人，再没有人会怀疑她还有其他意图。

后来的两年里，她一直在蛰伏。

直到两个月前的那一次，叶嘉仪从香港过来出差，两人在外面一同吃过晚饭后，她开车送乔晳回明家。

叶嘉仪一早就算好了时间，所以乔晳才会在刚进家门的时候便腹痛难忍。

见她这模样，明骏和祝心音都乱了手脚，全家上下乱作一团。

就是那个时候，叶嘉仪得手了。

叶嘉仪在乔皙的病床前站定，声音很冷淡："你做出这副要死要活的样子给谁看？"

顿了顿，她继续道："乔皙，我说过了，你再也回不去了。明家已经遭了殃，还全是因为你……你觉得他们还会像以前那样对你吗？"

乔皙的眼睛失了焦距，望着空荡荡的天花板："我没有做过对不起明家的事情。"

"那又怎样？"叶嘉仪的语气波澜不惊，"你是我的帮凶。"

乔皙闭上眼睛。

没错，是她太蠢，所以成为恶人的帮凶。

冰凉的泪水顺着脸颊滑落下来，乔皙喃喃道："你为什么要这样对明家，他们到底有哪里对不起你……只是因为他们收留了我，所以你才选上他们的吗？"

叶嘉仪伸出手，帮她擦了擦眼泪，动作温柔无比，可说出的话却是不带半点感情——

"这世上的事，有因就有果。明家为什么收留你？是因为你爸爸帮明骏挡过子弹，废掉了一条腿。他欠你爸爸的，现在还给我，不正好扯平了吗？"

乔皙露出了一个讽刺的笑，这世上怎么有人能如此无耻？

叶嘉仪拉过椅子，在乔皙的病床边坐下来。

"乔皙，你自己想清楚，你是我的女儿，你这辈子不可能和我撇清干系，你以为你回去了明家人就会接受你吗？留在我身边，你起码还有财富和自由……这么简单的选择题，你难道都不会选吗？"

乔皙闭上眼睛，不再说话。

当天夜里，叶嘉仪不在，平日里看着她的护工也不知所终，一个年轻的男人出现在了乔皙的病房里。

他简单自我介绍道："我姓顾，和韩公使——哦，就是你那个同学韩书言的爸爸，我们是同事。"

乔皙愣了好一会儿，才明白过来，他是国内派来的人。

她挣扎着从床上坐起来，定定地看着面前的男人："带我回国。"

无论要付出什么样的代价，她都可以接受。

年轻男人看着她："有人保你，你可以走了。"

“是谁？”乔皙的语气慌乱，“我犯了错……应该回去的。”

年轻男人道：“你不过是个小角色，回去又有什么用？”

乔皙嗫嚅了几下嘴唇，没有说话。

年轻男人笑了笑，道：“小姑娘，留在这儿，好好读书、好好过日子……以后你对我们的用处大着呢。”

乔皙仍有些懵懂，但好歹算是听出来几分对方的意思。她看向坐在自己对面的年轻男人，迟疑着开口道：“你们是想要我……”

后者点点头，无声地肯定了她的猜想。

乔皙愣住，过了好一会儿，她才点点头，语气坚定：“好。”

她愿意将功赎罪。

见她这样，年轻男人挺满意，就要转身出去。

“等等！”乔皙叫住了他。

年轻男人应声停住。

乔皙抬头看向他，不自觉咬紧了唇：“他们……还好吗？”

对方背对着她，嘴角勾起，似乎是在玩味“好”这个词。

愣了好一会儿，乔皙换了一种问法：“他们都还平安吗？”

这个问题就好答多了。

年轻男人点了点头：“平安着呢。”

乔皙的语气哀求：“能让我和他们通一下电话吗？不会说很久，我只是想——”

对方转过身来，打断她的话：“小姑娘。”

乔皙收声。

他笑笑：“你现在连自己都没有能力保护，就不要连累别人了。从现在起，你就当作从没你这个人……这样对明家才是最好的，你明白了吗？”

乔皙被叶嘉仪带回了她在波士顿的一处别墅里。

原本她以为这里是叶嘉仪名下的产业，可是傍晚时分，却有一个中年男人回到别墅里，对方看见乔皙，神色十分不悦，转头就质问上了叶嘉仪：“你把她带回来干什么？”

叶嘉仪挽着男人的胳膊，娇声道：“让她在这儿养养病，你不想见她就不让她出来好了。”

男人拂开叶嘉仪的手，冷声道："行了！别把人留在家里，赶紧送走！"说完从沙发上起身，往楼上走去了。

叶嘉仪追在男人的身后，声音娇滴滴："好了好了，我今天就把她送走。你不是说——"

乔皙盯紧了男人的背影。

他就是叶嘉仪的情人。

等到那两人离开后，乔皙才默默地转向了一旁的照片墙。

他有两儿一女，大儿子已经有二十多岁，墙上挂着他博士毕业的照片。小儿子年纪和她差不多大，似乎格外得宠，半面墙壁上挂着的都是他的照片，有骑自行车、赛马或是打曲棍球的。

还有一个小女儿，看起来不过五六岁，是混血儿的模样。

乔皙紧盯着墙上的照片，眼睛都不敢眨，恨不得将这些照片全印入脑子里。

乔皙很快被送去了 MIT。

开学已经一星期了，好在叶嘉仪有手段，哪怕已经错过了报到的日期，仍让她顺利入学。

乔皙当初申请 MIT 的时候拿到了高额奖学金，足以覆盖她的全部学费，但生活费还要自己想办法。

乔皙申请了校内勤工俭学的岗位，在等待面试时，有人叫出她的名字："你是……乔皙？"

乔皙愣了愣。

她在这里没有从前的熟人，人人都叫她 Sissie。

而眼前这个叫她中文名的女生，她并不认识。

短发女生自我介绍道："我叫宋渝，是 Sloan（斯隆）商学院的硕士。"

顿了顿，她又解释道："你是明屹的女朋友吧？我们和他一起合租了一栋房子，上次搬家的时候见过你的照片。"

还没等乔皙说话，宋渝又道："明屹他怎么了？都开学这么久了还没来，是家里有事吗？"

乔皙狼狈地低下头，没有说话。

因为她怕自己一开口就会哭出来。

缓了好一会儿，她才点点头："家里有些事，他可能要过段时间再过来……学姐，能带我去你们住的地方吗？"

"当然了。"宋渝笑起来，"这本来就是他租的房子，你申请了学生公寓吗？有的话赶紧退了吧，我们那儿明屹已经付了两年的租金呢，别浪费钱了。"

乔皙是直接带着行李去的。

房子就在离学校不远的街区，步行二十分钟就到了。

是一栋三层的小楼，宋渝拿了一把大门的钥匙给乔皙："二楼那间主卧是你们的。"说着又指挥自己男朋友帮乔皙搬行李。

说是行李，不过是乔皙当时出来旅游时带的东西。

对宋渝学姐他们道过谢后，乔皙将房门推开，推着行李箱进去了。

房间真的很大很漂亮，和明屹给她看的照片一模一样。

想到这里，乔皙突然笑起来。

是呀，以大表哥那种直男拍照水平，不会挑角度，不会选光线，当然是原汁原味地还原了房间的本来模样。

主卧里摆着一张很大的双人床，床上摆了好几只她最喜欢的海绵宝宝公仔。

靠着进门处的墙壁是一张很宽阔的书桌，配了两把椅子，足够双人使用。

桌上胡乱叠着几本专业书，乔皙翻了翻，都是大表哥已经读完了的。

旁边还有一个小小的电动理发器，见到这个，乔皙忍不住笑了起来。

之前还在美国的时候，大表哥就同她抱怨过这里理发贵。

他说："大院门口王师傅那儿才十块钱一次，这里要三十美金！"

后来明屹便在网上买了电动理发器，花了 19.9 美金，还和她炫耀过一次，说他会过日子。

再后来，有一次晚上，照例是两人的视频时间，可那一回大表哥却怎么也不肯开摄像头。

还是乔皙先发脾气了："你是不是不在宿舍里？还是旁边有别人？"

她气得哇哇大叫："你开始学会骗我了吗？"

万般无奈之下，明屹只得将摄像头打开了。

明屹没去外边，旁边也没有别人。

直到中途明屹起身离开去上厕所，乔皙才发现，难怪小和尚刚才一直侧对着她，原来是他的右边脑袋上剃秃了一块。

乔皙没忍住，当场便毫不留情地哈哈大笑起来。

小和尚挺生气的：“不准笑！”

乔皙不管，依然笑得上气不接下气：“怎么秃了那么一大块，哈哈哈哈哈！”

结果小和尚真的生了气，“啪”地就将视频关了。

乔皙只好跑跑颠颠地去哄恼羞成怒的小和尚：“对不起嘛……以后我帮你剃，不要生气啦好不好？”

乔皙擦了擦眼睛，把行李箱打开，将里面的东西一样一样拿出来，摆放好。

将这一切都做完后，乔皙拍了拍手，走到门边，环视着这间房间，觉得总算是没有那么空荡荡了。

乔皙看了一眼时间，将近九点了。

她摸了摸咕咕叫的肚子，下了楼，烧了一锅水，下了半包速冻水饺。

临行前，祝阿姨塞给她的那两罐虾干还满满当当的。

先前乔皙不敢吃，是因为害怕一旦吃光了，祝阿姨认定她爱吃这个后，等到真的来这边上学了，势必会往她的行李箱里塞上个十几罐。

现在倒是没这个顾虑了。

乔皙坐在桌边，将自己煮好的饺子吃完，然后又夹了一块虾干放进嘴里，一点一点地嚼着，仿佛是这世界上最美味的东西。

吃过之后，乔皙将桌子收拾干净，重新回到楼上的房间。

她洗完澡，将房间里的大灯关了，只留下床头的小灯亮着。

乔皙躺在床上，拿起放在床头的那本素描本。

明明已经看过很多遍了，但她还是不厌其烦地从第一页开始翻。

他给她画的晚安故事，是小兔子的四格漫画。

大熊在森林里遇见小白兔，问：“小白兔小白兔，你掉毛吗？”

看到这里，乔皙的嘴角弯起，噙着一丝微笑。

“傻瓜。”

尽管身在异国他乡，乔皙还是凭借着自己超强的适应能力，迅速融入了这边的生活。

还没来 MIT 之前，就曾有众多学长学姐告诉过她那句早已烂大街的忠告——

在 MIT，社交、学习和睡觉，三者只能择其二。

乔皙放弃了社交，选择了学习和睡觉。

不过，她花在学习上的时间却是旁人的两倍甚至三倍。

同其他学校一样，学校给每一位新生都配备了相应的导师，类似国内大学的辅导员。

乔皙第一学期选的课太多，连导师都再三同她确认——

“这么多门课程，你没办法应付过来。”

乔皙却很坚持：“我可以。”

为了说服对方，她又补充道：“之前有人两年就修完了所有的本科课程。”

说起明屹，导师的脸上也忍不住浮起了微笑：“明是天才。”

话说到这里，导师也停住了。

有些话，再说下去就是歧视了。

于是，对方痛快地在乔皙的选课单上签了字。

除了这个导师，在这个学校里，对明屹念念不忘的还有肖尔茨教授。

他是明屹本科期间的指导教师之一。

在此之前，明屹早答应要来读他的博士。

可谁知道明屹一回国，却是音信全无。

肖尔茨教授给明屹发了无数的电子邮件，也打了无数的电话，甚至还联系上了他的高中母校，但都没能探得这位爱徒的半点音信。

乔皙找到肖尔茨教授，请求他出面，为明屹申请延缓入学。

她解释道：“明因为一些事情被耽搁了……也许他很快就回来。”

只是，第一个学期过去了，明屹依旧没有半点消息。

但乔皙在开学后没多久，接到过一通盛子瑜从法国打来的电话。

电话那头的盛子瑜说：“明家一切都好，我问过宁绎了，他们就被隔离审问了几天，现在都已经放出来了，明屹他爸爸也还在任。”

这个结果对于乔皙而言，自然是意外之喜。

她几乎喜极而泣。

紧接着，盛子瑜又迅速补充道："但你千万不能再打电话回来，千万不能。"

乔皙心下一凉。

子瑜说的这话，和那天在医院里，那个男人同她说的，一模一样。

"宁绎他说，如果你再和明家联系的话，他们会有很大的麻烦……宁绎还说，让我也不要再和你联系了。"

乔皙声音哽咽："子瑜……"

"你别担心，我是出了国才给你打电话的。"

大概是为自己先前说出的话感到抱歉，盛子瑜的语气懊恼极了——

"你现在这样，我什么都帮不了你，我真是太没用了！"

"没有没有，你已经很好了！"乔皙安慰道，"子瑜，谢谢你给我打这个电话……我不在的话，麻烦你帮我照顾明伯伯一家。"

盛子瑜容易被旁人情绪感染，一听乔皙这一副"托孤"的语气，她"哇"地哭了起来——

"我会好好照顾他们的！大表哥现在不在了，宁绎也会好好照顾他们的！"

乔皙震惊地反问："子瑜……你说什么？"

盛子瑜反应过来自己说漏了嘴，慌忙止住了哭泣，结结巴巴道："我……我什么都没说。"

只是乔皙怎么可能被她蒙混过去，她赶紧说道："什么叫他'现在不在了'？你刚刚不还说他们都很好吗？明屹他到底怎么了？你快说啊！"

盛子瑜有些慌了，她结结巴巴地解释道："宁绎说他们一家人都好，只有明屹没有人再见过他，连菀菀都不知道他去哪儿了。"

那场隔离审讯过后，明屹被单独带走，便再无音信。

当天晚上，乔皙失眠了。

第二天一早，乔皙独自坐车，跨越了大半座城市，到了东边的昆西，找到一家营业厅，买了一张电话卡，打给当初在医院同她见过面的那个年轻男人。

她握着手机，声音是前所未有的坚定：

“你说过，我可以将功补过。我要怎样做……才能回国？”

电话那头的年轻男人笑了笑，语气懒洋洋的：“你见过容一山了？”

想起那日别墅里她见到的那个男人，乔皙点了点头：“嗯。”

“这种人，他一辈子都不会去法国、意大利、泰国这种地方，你知道为什么吗？”

乔皙咬紧了唇，思索了半分钟，试探着回答道：“因为这些国家……和中国有引渡条例？”

电话那头传来极轻微的笑声：“和聪明人说话就是轻松。”

随即，他又说道：“所以，小姑娘……你要做的，就是发挥你的聪明才智，把他骗到他一辈子都不会去的地方。”

这一年的圣诞节，乔皙是和叶嘉仪一起过的。

不过，叶嘉仪其实不愿意将她这个女儿带去容家一起过平安夜。

毕竟，她费尽心思维持容貌和身材，为的就是令人忘记她的年龄。

而乔皙的出现，却无时无刻不在提醒她的情人，这个看似年轻的女人，其实是一个孩子的妈了。

更何况，哪怕乔皙的容貌不及叶嘉仪，风情也不及她万分之一……可十几岁少女却足以令四十岁的女人产生不小的危机感。

所以她有意赶在周末，去了叶嘉仪的住处。

因为每个月的第二、三个周末，容一山都会在叶嘉仪这里过。

跟容一山第一次见到的那副苍白虚弱的模样不同，如今的乔皙，经过几个月的休养，面色红润、眼神明亮，娇憨的模样叫人移不开眼。

容一山将她打量了一番，然后第一次同她说了话：“在学校过得还适应吗？”

乔皙没有理会他的问话，一言不发地转过了视线。

坐在他身旁的叶嘉仪倒是先出了声：“你容伯伯跟你说话呢，你没听见？”

容一山抬了抬手，不悦地打断了叶嘉仪后面的话：“小孩子，你跟她计较什么？”

说完，他又重新看向了乔皙。

他的面色稍缓，再次沉声开口道："你一个人在学校里，也没什么朋友……圣诞来家里一起过吧。"

一旁的叶嘉仪面色微变。

容一山又坐了一会儿，接到了一个电话，便急匆匆地走了。

叶嘉仪将人送到门口送上了车，然后回到客厅的沙发上坐定。

她端起面前的红茶小抿了一口，下一秒，对着乔皙，便是毫无预兆的一巴掌扇过来。

叶嘉仪这一巴掌用了极大的力气，乔皙毫无防备，被打得跌坐在了地上。

叶嘉仪弯下腰，一只手捏住乔皙的下巴，迫使她抬起脸来。

面前的这张脸蛋年轻鲜艳，无须像自己一样，哪怕男人留在她这里过夜，她也要提前一小时起床，躲在洗手间画好全套妆容，以此掩盖不再紧致的肌肤和日益暗淡的肤色。

而且她一眼就看了出来，乔皙今天是化了妆。

眉目被淡淡描摹过，唇上也涂了一层淡淡的唇彩……男人看不出，可女人扫一眼便全都明白了。

乔皙以前是从不化妆的，所以她的意图昭然若揭。

叶嘉仪冷笑道："小狐狸精，你想干什么？"

第四章

七年

圣诞节这一日，容一山专程打电话给乔皙，说是会派司机来坎布里奇接她去布鲁克林，让她安心在家中等着。

彼时宋渝正在家里办派对。

这是宋渝到这里的第三年，她的人脉广，过去每年圣诞节都会组织留学生的小型聚会。

波士顿的华人虽多，但留学生圈子却很窄，不少人在国内时就已经认识。

蒋一炜，他便是宋渝的高中学弟，再加上他离得近，所以也被邀请过来和他们一同过平安夜。

中午的时候，蒋一炜刚到，还没来得及喝口水，便被宋渝使唤起来：“快去楼上帮乔皙的忙。”

他上楼去的时候，乔皙正踩在凳子上，往二楼转角处的圣诞树上挂着铃铛。

他走过去，扶住她脚下的凳子：“下来，我来吧。”

乔皙将手中的最后一个铃铛挂好，然后扶着墙从凳子上下来了。

蒋一炜个子高，不必踩凳子，那些装饰物他稍微踮踮脚便挂好了。

他一边干着活一边同乔皙说着闲话。

“乔皙，今年的普特南数学竞赛你参加了吗？”

乔皙“嗯”了一声。

普特南数学竞赛面向全美本科生，代表了全美大学生数学竞赛的最高水平。

前两年明屹在这里读本科的时候，曾参加过两届比赛。

连续两年，他的排名都是第二名，因此顺利地拿到了只授予前五名的荣誉——“Putnam Fellow（普特南会员）”。

当初在国内的奥数集训营没能成功挑战明屹的蒋一炜，哪怕后来稳居国家队第一，又拿到了 IMO 金牌，可他依旧不甘心。

直到去年来到美国，他终于有资格参加普特南数学竞赛，可以再次挑战明屹。

他的竞赛成绩是全美第 24.5 名，但对比明屹的第二名，他还是输了。

想到这里蒋一炜便来气，他语气愤愤道：“你说你男朋友，真不要脸，拿了第二名居然还和我说，没拿第一是因为答最后一题时忘了一个单词怎么写，为了不暴露自己的英文水平，所以就空在那儿了。不是我说，就他那英文水平，还需要特意暴露？”

乔皙听完笑出了声：“他是故意气你。”

蒋一炜当然知道，但还是气得不行：“你说你男朋友语文那么差，怎么气起人来就那么在行？”

乔皙看了蒋一炜一眼，微笑着开口道：“你不知道吗，菀菀——就是他妹妹，给他起过一个外号。”

蒋一炜好奇道：“什么？”

乔皙忍着笑开口道：“钮祜禄 · 山乞。”

那会儿菀菀正沉迷在宫斗剧中，看到剧中的女主角“黑化”之后充满心机，便表示自家哥哥和女主角简直一模一样，然后强行给明屹冠上了“钮祜禄”这个姓氏。

话一说出来，两人便一齐笑出了声。

只是笑完之后，两人之间陷入了短暂的沉默。

此时此刻，在异国他乡，谈论起旧人前事，大概总是伤怀的。

明家出事的时候，蒋一炜就在国内，因此对于那件事情，他也模糊知道一些。

但到底是局外人，个中真相究竟如何，并非他能明悉。

可原本应该出国读博的明屹却不见踪影，不需要太多的想象力，蒋一炜便能确定，这同他家中出事有关。

网络上还能找到他留下过的痕迹，他获得过的荣誉、曾经同导师合作发表过的论文……甚至每隔不久，网络上都会有人询问，曾经拿过IMO满分金牌的明神，近况如何。

明屹在圈子里的名气不小，在MIT他师从肖尔茨教授，两人的成长轨迹十分相似。

肖尔茨教授当初参加了三届IMO，拿了两届的满分金牌，抛却竞赛，他在数学研究方面同样出色，本科时便在顶级数学期刊发了两篇论文；年届三十，就已经拿到了MIT的tenure（终身教职）。

明屹跟着他，短短两年时间内已经做出不小的成果，圈里人都知道他。

因此在询问明屹近况的帖子下，哪怕是不甚熟络的人也能回复道——

“没有转专业，还在潜心研究理论数学，成果斐然，未来可期。”

只是到了最近半年，网上再有人询问起明屹的近况时，已经有不明真相的人回复——

“在MIT读不下去，已经退学了，可见中国的奥数竞赛选拔不出真正的数学人才，填鸭式教育教出来的都是废物，一到国外就现了原形。”

尽管有不少留学生在这条回复底下斥责其不实传言，可“奥数天才少年陨落”这种符合大众心理预期的回复，被顶到了最上面。

连向来不关心诸事的蒋一炜看见，都被气得跳出来实名回复——

“明屹没有被退学！没有被退学！没有被退学！他在MIT两年就拿到了BSc（理学学士）学位，也拿到了MIT和哈佛大学的PhD Offer。至于有没有继续读博，这是他的个人选择，与你何干？连明屹这样的人答主都觉得是废物，那请问答主到底有多强？”

乔皙感激他为明屹说话，蒋一炜却并不承认：“谁帮他了？我就是看不惯别人睁眼说瞎话，他都是废物了，那我们其他人算什么。”

过会儿，蒋一炜又笑起来，只是那笑容里也带了几分索然无味：“不过……今年的普特南没有明屹参加，我都没有动力准备了。”

他想要战胜的是明屹，一直以来的动力也是明屹。

乔皙望着窗外的皑皑白雪，出了神。

今天是圣诞节，北京那边……也该下雪了吧？

斑比和球球还好吗？

如果下了雪，它俩应该会出去玩雪球吧。

带着它俩出去玩的人，一定是菀菀。

菀菀嘴上虽然说自己最爱血统纯正的斑比，嫌弃球球是一条“串串”，

可是乔皙不知多少次撞见过她私底下偷偷拿着斑比最爱的鲜罐头去喂球球。

至于明伯伯，每年冬天等到冰冻得足够厚实了，就带着他们这群孩子去大院里的一个小型人工湖上去溜冰。

乔皙刚来北京时，并不会溜冰，还是明伯伯手把手地将她教会了。

祝阿姨……这个时候，一边操心家里的孩子不穿秋裤，一边又要操心明伯伯这么大个人，还像个孩子一般，大冬天的在外面锻炼热了就敢脱外套，然后，夸上她一句："还是我的皙皙最让我省心。"

其实乔皙一直没有告诉祝阿姨，就因为她的这句话，她都没好意思和斑比球球去打雪仗。

而大表哥，他在干什么呢？

每到了冬天，他便最喜欢睡懒觉。

今年的冬天，应该不会有人扯着他的耳朵，一边骂着"小王八蛋"一边将他从热被窝里扯出来吧？

不知道他有没有想起过她呢？

应该会想的吧。

可他会不会知道，在这异国他乡，她和他的朋友，都在想念着他呢？

楼下突然传来一声汽笛声，将乔皙从思绪中拉了回来。

她透过窗玻璃往外看去，发现楼下停着一辆雷克萨斯。

与此同时，她的手机响起来，电话那头的司机说："乔小姐，容先生让我来接您。"

容家的别墅在栗树山，是波士顿寸土寸金的富人区。

乔皙到的时候，其他人都已经在餐桌上等候了。

见她来了，容一山示意她坐在叶嘉仪身边的座位。

在座的还有容家的两个儿子。

容家大儿子叫容凛，小儿子叫容准——乔皙在看到他们的照片后，便在社交网络上将他们扒了个底朝天。

容凛二十七八的年纪，戴一副无框眼镜，看上去十分斯文稳重，据说他早已接手了部分家业。

容准的年纪同乔皙相似，在耶鲁大学念书，是校赛艇队的主力。

今天的家宴，容准还带了女友前来。

坐在上首的容一山看着乔皙，十分和蔼地朝她开口了：“皙皙，这是你第一年来我们家，来，这是我给你准备的礼物。”

乔皙一言不发地接过，当着众人的面直接将礼物拆开。

盒子拆开，墨蓝色的丝绒衬底上静静躺着一条钻石项链，在灯光的映射下，流光溢彩、华美异常。

容一山从自己的座位上起身，走到乔皙身后：“喜欢吗？我帮你戴上。”

他话中的暗示意味很明显。

乔皙在心中冷笑。

只是乔皙心中厌恶，面上却丝毫不显，依旧是那副冷淡模样。

坐在她身边的叶嘉仪将牙咬得“咯咯”作响，见她如此反应，乔皙心中才终于畅快少许。

另一边的容凛面色如常，只是静静瞧着这场面。

反观容准，见了这番场面，大概是恶心到了，他冷笑出声：“什么不三不四的东西都往家里招！”

容一山手中的动作停住，很不悦地出声提醒他：“容准。”

容准冷眼，直接拉着一旁的女友上了楼。

容一山面色不悦，似在压抑着极大的怒气。

一旁的容凛依旧波澜不惊，淡定开口道：“不用管他，吃饭吧。”

吃过饭后，因为外面下着大雪，所以乔皙今晚留在这里过夜。

她猜到今晚会发生什么——这里是容家，容一山想要进她的房间，对她下手，简直容易得很。

但她却并没有献身的打算。

容一山这种老狐狸，看上她也不过是一时新鲜好玩。钻石项链？乔皙能从他身上拿到的，也就只有这种东西了。

更多的代价，他根本没打算付出。

虽是圣诞假期，但容凛还有不少工作需要处理，在书房里回复了好几封国外厂商的电邮后，才回了房间。

在浴室中冲了个澡后，他推门出来。

房间里很暗，只开了一盏落地灯，他走到墙角，将那盏落地灯关掉后，摸黑走到了床边。

突然耳边传来一阵均匀的呼吸声，容凛察觉不对，往床上一摸，摸到了一具温热柔软的身子。

卧室吊灯打开，房间内霎时明如白昼。

在他的床上睡得正熟的少女此刻被惊醒，拥着被子慌忙从床上坐起来。

大概是因为之前熟睡，少女脸色酡红，发丝有几分凌乱，一双水汪汪的大眼睛布满了惊惧，可比起之前的模样，又平添了几分风情。

对于自家父亲的种种风流事，容凛没有兴趣多加过问，但眼下这女孩居然爬上了自己的床，他十分不悦地皱了皱眉。

容凛后退一步，也没打算闹大，只想让她自己出去。

只是出乎他的意料，还没等他开口让她出去，裹着被子坐在床上的女孩，已经先他一步，小声尖叫了起来。

容凛的眉头皱起来，他上前一步，眼明手快地捂住女孩的嘴，低声斥道："你喊什么？"

父亲看上的人，他并不愿意同她扯上半点干系。

少女雾蒙蒙的眸子中布满了泪光，她看着容凛，满脸惊惧。

容凛反应过来了。

她是走错了房间。

到底是不是真的走错了，容凛不知道，也无兴趣知道。

他开口道："这是我的房间。"

果然，此言一出，被他捂住嘴意图挣扎的少女终于安静下来。

她含着泪的一双大眼睛再次看向容凛，先前眼中的惊惧与戒备已经消失不少。

见她这样，容凛松开了捂住她嘴的手。

这回乔皙没有再尖叫，只是在房间里环视了一圈，似是反应过来。

她看着面前的男人，声音低低地道了一声抱歉。

少女的演技实在拙劣。

但容凛没有兴趣计较她为何到了自己的房间。

有意也好，无意也罢，他并不想为难眼前的这个女孩，只是摆了摆手，说："出去吧。"

少女的眼神迟疑，她仍维持着先前的动作，抱紧了被子坐在床上，并没有要下去的意思。

这会儿，容凛总算是看出了几分。

她摸到自己的房间来，也许意图并非是勾引，而是为了寻求庇护？

她……大概知道留在自己房间会发生什么，所以才摸到了他的房中来。

容凛揉了揉太阳穴，还没来得及开口，身后的房门被粗暴地推开。

开门的是容准。

在隔壁听见从大哥房间里传出来的那一声尖叫时，他便认出了这声音。

是容一山新的小情人。

容凛和容准两兄弟是一母同胞，当初容一山因为叶嘉仪与妻子离婚时，容凛已经十五六岁，正是上高中的年纪。

但那时的容准，仅有五岁。

他记得小时候叶嘉仪在深夜打来的嚣张示威的电话，更记得母亲在被伤透了心后远走加拿大，直到前年去世，都一直隐居在那里。

相对于容凛的无所谓，容准对于叶嘉仪的态度，向来是厌恶至极。

容一山宠爱这个，可也只是宠爱而已。

在女人的事情上，他不会听取任何人的意见。

不过好在这些年来，随着叶嘉仪的年纪增长，容一山对于她，也显露出了厌烦之意。

可容准没想到的是，叶嘉仪这个女人，为了拉拢容一山，竟然将自己十几岁的女儿都献上。

偏偏叶嘉仪的这个女儿，骨子里是和她母亲如出一辙的不知廉耻。

眼下见她在自己大哥的床上，他怒不可遏，冲到床边，将她从床上拽了下来，怒声道：“你到底要不要脸？”

乔皙没有反应过来，身子重重往旁边一跌。

好在容凛伸手挡了一下，这才没让容准真的将她扯下床，却扯下了她紧紧裹在身前的薄被。

乔皙只穿了一件吊带睡裙，单薄消瘦的身体刹那间暴露在两个男人面前。

她也不避让，抬头撞上容准的视线，冷冷反问道：“不要脸？我对你不要脸了？你管得着吗？”

容准语塞。

更要命的是……他不由自主地被少女所吸引，大脑一片空白。

好在他很快反应过来，狼狈地转过了脸。

容凛也侧着头，没有往乔皙的方向看去，他弯腰将掉落在地上的薄被捡起来，披在了乔皙身上。

他看向自家弟弟，语气里带了几分无奈："出去，这里不关你的事。"

容准脸上一阵火热，心也慌乱无比，也不再说话，掉头走出了房间。

见自己弟弟离开后，容凛将房门关上，转身对着乔皙道："今晚你就睡这儿吧，我去外面办公。"

他的卧室是一间套房，卧室的外面有一间不大的会客厅。

这一举，是为了消除两人共处一室的尴尬。

乔皙的声音很低："谢谢。"

听见她这声道谢，容凛看了她一眼。

过了好一会儿，他才开口道："如果不愿意，为什么要来呢？"

乔皙垂下了眸子，又长又卷的睫毛在她的眼睑处打下一道阴影，看上去乖巧又文静。

她微微抬起头："她是我妈妈，我没有办法。"

容凛皱了一下眉头，声音清冷："中国有句古话，叫'君子不立危墙之下'。想要避免危险，首先应该做的，是远离危险。"

少女没有说话。

沉默了片刻，她才缓缓地说道："我知道了……谢谢你，大哥。"

刚说完，乔皙便察觉话里有些不妥，又补充道："我可以叫你大哥吗？"

"睡吧。"容凛没有回答，只是转过身，走向外面的小房间，"我出去了。"

平安夜过后，乔皙第二天一大早，赶回了坎布里奇。

只是没有想到，在回家的进门处，她遇上了宋渝。

她昨晚没有回来，宋渝是知道的，此刻两人视线对上，气氛便有些微妙。

宋渝往旁边让了让，心里不免为明屹感到不值。当初乔皙还没过来时，明屹在这边有很多女孩追，不光是国内的留学生，就连许多白人女孩也喜欢他。

后来，明屹将所有社交网络上的状态更改为“恋爱中”，连自己的头像也换成了女友的一张背影照。

此举成功地劝退了众多跃跃欲试的女孩。

她那时还揪着自己家男朋友的耳朵，让他多和明屹学着点。

可是现在明屹不在，他的女朋友却在平安夜这天夜不归宿。

虽说异国恋艰难，少有好下场，甚至不少留学生国外一个对象，国内一个对象。

可当这种事情发生在了明屹身上，宋渝忍不住为他感到心寒。

不过她也不会做得罪人的蠢事，当下只是朝乔皙笑笑，然后便出去了。

回到了楼上的房间，乔皙换了身衣服，便在书桌前坐下，开始写作业。

MIT 的课业繁重，再加上她选修的课程是旁人的一倍，繁忙之余还要跟上肖尔茨教授的科研进度，几乎没有半分喘息的时间。

不过想到昨晚见到的容准，她觉得她之前花费时间打探的消息值了。

接下来，就是等待猎物主动上门了。

圣诞节过后，便是新年。

和乔皙他们合租的另一位室友是本地白人，寒假刚开始的时候便回家了。

而宋渝的男友有亲戚在新泽西，于是两人在 30 号上午动身前往新泽西过元旦了。

别墅里只剩下乔皙一人，不过她也乐得清静，一个人在楼下看了一上午书。

中午的时候，她煮了几个饺子，就着祝阿姨给她带的虾干，吃了两大碗，平时她都舍不得多吃。

两罐看着很多，其实吃起来非常快，她到这里不到半年，却吃了小半罐。

今天是 31 号，国内已经是新年了吧。

她很想他们，但好在已经习惯了。

到了下午，乔皙等来了她的猎物。

容准在外面“咚咚咚”地砸门，语气暴躁：“姓乔的你给我开门！”

乔皙打开门，波澜不惊地望着他，似乎并不意外他的出现。

一见到她，容准又突然泄了气，但面上还强行维持着声势，凶巴巴道：“姓乔的，我警告你，离我大哥远一点！”

乔皙松开按在门框上的手，转身回了房间，冷笑道：“你管得着我是当你后妈，还是当你大嫂？”

大概是她这话有些惊世骇俗，容准语塞，整个人被噎在原地。

过了好一会儿，容准才反应过来，跟在她身后进了房间。

他同样冷笑道：“大嫂？你不配！我大哥他有未婚妻！比你不知道好看多少倍！他眼瞎了都不会看上你！”

乔皙只是“哦”了一声，抬头看他：“那你来我这里干什么？”

面对着少女清冷冷的眸子，容准的心跳突然漏了一拍。

是啊，他为什么要来这里……连他自己都说不清楚。

他狼狈地撇过头去，故作镇定道：“我是怕你认不清自己的定位，去骚扰我大哥。”

乔皙没搭理他，只是重新盘腿坐在了沙发前的地毯上，淡淡道：“还有事吗？没事就滚吧。”

说完，她自顾自拿起放在一边的素描本，重新看了起来。

容准本意是想来好好羞辱她一番，却不想碰了一鼻子的灰，可是他又不甘心离开。

他走到乔皙身边，伸手抢过她手中的素描本，嘴里嘀咕道：“看的什么东西？”

乔皙一时不防，伸手就要将素描本重新夺回来：“还给我！”

容准仗着身高优势，将素描本举起来翻看：“这什么东西啊……‘兔子你掉不掉毛？’幼不幼稚啊？”

“别动我的东西！”乔皙几乎气得发昏，威胁道，“我打电话叫警察了！”

还没等容准回答，门口一阵敲门声响起。

容准往外面看了一眼，脸色骤变。

外面停着的，是路易莎的车。

他没有多犹豫，直接闪身躲进了客厅后面的转角。

乔皙走过去开门，见到来人并不意外，是她在容宅见过的容准女友，路易莎。

路易莎一进门便气势汹汹：“容准是不是在你这里？我在门口看见他的车了！”

乔晳冷笑：“你的男朋友在哪里，还需要问我吗？”

路易莎气结：“别以为我不知道，你这种女人，处心积虑地就想勾搭他！”

“我勾搭他？”乔晳冷静地反驳对方，面带嘲讽，“是你的男朋友来我的家，你说是谁勾搭谁？”

路易莎反驳不过，一脸狰狞，抬手便是一耳光扇过来。

容准出来的时候已经晚了，乔晳被那一巴掌扇得后退了好几步。

他怒不可遏，一把捏住路易莎的手腕，质问道：“好好的你打人干什么？”

路易莎的眼眶瞬间红了，甩开他的手，头也不回地走了。

看着女友离去的背影，容准收回视线。他转头看向一旁的乔晳，语气有些歉意：“你要不要敷一下？”

乔晳没理会他近乎讨好的关心，只是朝他伸出了手：“还给我。”

容准将素描本还给了她。

想起刚才路易莎说的那些话，他忍不住开口了：“你刚才为什么不解释？”

别人误会她的时候，她都不解释的吗？

就像他之前对她说的那些话，其实全是污蔑，可她半点不反驳。

新年过后的第一天，乔晳接到了盛子瑜打来的电话。

她在电话那头哭道：“晳晳，我要来找你。”

乔晳有些意外，压低了声音反问道：“子瑜，你怎么给我打电话了？”

自从出国后，她因为害怕牵连从前的同学好友，从不敢和他们联系。

对于盛子瑜，除了数月前法国打来的那一通电话后，就再没有同她联系过了，直到刚才。

电话那头的盛子瑜几乎要哇哇大哭了：“连你也不要理我了！”

“不是。”乔晳寻了个僻静地方，这才提高了点声音，“子瑜，你不该给我打电话的。”

“我要来找你！”盛子瑜伤心欲绝，“求求你，让我来找你吧。”

子瑜是个很情绪化的人，往常也总是对着她这样撒娇耍赖，乔皙习以为常，但这会儿似乎有些不同。

她担心地说道：“子瑜，你到底怎么了？”

电话那头的盛子瑜“哇”地哭出声：“我怀孕了……可是我什么都不知道，怎么就怀孕了，呜呜呜……到底是哪个王八蛋搞大了我的肚子！”

一个星期后，盛子瑜来到美国待产。

乔皙去机场接她的时候，她正抱着一大桶薯片满脸生无可恋地啃着。一见乔皙，她嘴里的薯片都还来不及咽，就抱着乔皙“哇”地哭出声。

乔皙赶紧拍拍她的背：“不哭不哭，到底怎么了？”

盛子瑜的说法是，她和家人闹别扭，离家出走了几个月。

等她再被家人找到时，刚因为一场车祸被送进医院，而这几个月的记忆也被撞得一干二净。

因此也就忘了是哪个王八蛋搞大了她的肚子。

对于失忆的说法，乔皙有些怀疑。

毕竟子瑜这样的小机灵鬼，是向来不肯吃半点亏的，怎么会被人占这么大的便宜？

只是她见盛子瑜的情绪实在不好，不好再多追问了。

盛父嫌弃女儿未婚先孕，丢了自家的脸，因此一见女儿显了怀，就给她办了休学手续。

如今刚过完年，连正月都还没出，盛父又火急火燎地将她送到了美国待产。

乔皙问道：“子瑜，你联系好月子中心了没有？”

盛子瑜含着泪看向她：“我不想去月子中心，我害怕……能不能去你家？”

乔皙无奈地笑：“当然可以。”

其实盛父一早便联系好了盛家在洛杉矶那边的亲戚，打算等盛子瑜卸货之后，就将孩子寄养在亲戚家。

这样一来，没有人会知道她未婚产子的事情。

但盛子瑜不愿意，执意要和皙皙待在一起。

盛父拗不过她，怕自家女儿给乔皙添了麻烦，托海外的亲戚给乔皙的户头里打了一笔钱，数目可观，然后又安排了好几个保姆，租下邻近的一栋别墅，平日里轮流来照顾盛子瑜。

乔皙没打算要这笔钱，但知道盛父关心女儿，她要是不收钱，对方反而不安。

所以她假意收下了，只打算着等盛子瑜生产后，将钱还回去。

盛子瑜看着乔皙的住处，满脸新奇："皙皙，你一个人住这么大的房子吗？晚上你不怕呀？"

乔皙讷讷地解释道："之前合租的同学搬走了……新租客来之前，就只有我一个人。"

"喔喔！"盛子瑜恍然大悟，"那租给我吧。"

即使将整栋别墅都租下了，盛子瑜还是闹着要同乔皙住一间卧室。

她一个孕妇，乔皙也不敢放她晚上一个人睡，于是往主卧里加了一张床。

盛子瑜好奇地在她的房间里摸来摸去："咦？你这儿怎么还有个电推子呀？"

乔皙将那个电推子从她手里拿走，放进了抽屉里："给狗剃毛的。"

盛子瑜原本还有些将信将疑，可等一打开衣柜，看见里面男人的衣服，恍然大悟。

盛子瑜坐回到沙发上，看着快步走过来，将衣柜里的那几件男人衣服都收进最底层抽屉里的乔皙，忍不住开口了："皙皙，你还在等他吗？"

乔皙蹲在衣柜前，正将衣服一件件叠好，放进最底层的抽屉里。

听见盛子瑜的话，她停住了动作。

顿了顿，她笑着说："还没找到更好的，你就当我是在等着呗。"

"皙皙，"盛子瑜一副欲言又止的模样，"其实我出来之前，明家人托我带了话给你。"

乔皙蓦地转身，直直地看向盛子瑜。

盛子瑜沉默了半天，斟酌着如何开口："其实……宁绎后来告诉我，当初闹到那么大，和你没有多大的关系。

"是明屹他爸爸在地方上的时候……他性子直，做事一板一眼，时间久了，挡了很多人的路，有人对他怀恨在心。

“但是瓜田李下，皙皙，你是那个人的女儿……你应该避嫌。”

乔皙不由得咬紧了唇。

盛子瑜想了想，接着道：“还好有人保明家……宁绎他爷爷，和明屹的外公，是上过战场的交情；还有沈桑桑的爸爸，他们俩当年是同学，在明家的事情上也出了很多力。

“明家现在什么事都没有了，除了家属不能再出国，其他待遇都和从前一样。至于明屹……我虽然没问到他的消息，但他绝对是平安的，你相信我！”

听完子瑜的这一番话，乔皙的一颗心，却是一点点地沉了下来。

她看着盛子瑜，听见自己的声音缓慢地响起：“子瑜，你说了这么多，到底想说什么？”

盛子瑜咬着嘴唇：“我……我是想让你不要再自责。那件事情根本就不是你的责任，明家最后也没有因为你受牵连，你不必再有愧疚。”

乔皙慢慢地垂下眼睫，一字一句地发问：“还有呢？”

看着她这模样，盛子瑜有些不敢再说下去了。

可她还是狠下心来，强迫自己将话说完：“所以，皙皙，你可以开始新生活了……这话是明家让我转告你的。”

乔皙听完了，脸上没有任何表情，只是沉默地站立在那里。

盛子瑜有几分不安，试探着叫她：“皙皙？”

乔皙回过神来，她抬头朝盛子瑜笑了笑，说道：“我没事。”她转身将衣柜的门关上，又从一旁的包里拿出来一串钥匙递给盛子瑜。

她对着盛子瑜露出一个笑容来：“保姆待会儿就会到，我下午要去上课……你乖乖待在家里，不要乱跑。”

乔皙的课业依旧繁重。

她在这里的学习之路也不顺利。

她参加的 12 月普特南数学竞赛的成绩出来了，她的排名在全美是第 167 名。

对于曾经的 IMO 金牌得主而言，这个成绩很不理想。

肖尔茨教授直言，她并不适合继续理论数学的学习，建议她转应用数学。

乔皙十分不服气，生平第一次同肖尔茨教授争辩起来——

“我的平均成绩是全系第一，每门课都是A以上。我所有的业余时间，除了写作业，就是用来阅读最新最前沿的数学期刊，您凭什么认为我不适合再学下去？”

肖尔茨教授看着她：“晢晢，你十分优秀。但你听从过自己内心的声音吗？”

乔晢没有说话。

“你跟随着明进了数学系，一路以他为目标，却没有认真地考虑过自己的未来。

“正是因为你十分优秀，也十分努力，所以我不建议你继续学习理论数学，你没有发自内心地热爱数学，继续下去可能一辈子都没有成果，这样的后果你能忍受吗？

“晢晢，转应用数学吧……你会做得十分出色。”

乔晢失神地从肖尔茨教授的办公室离开。

容准来接她，一路上叽叽喳喳：“有一个很不错的西班牙餐馆，今晚可以去。”

乔晢一脸不耐烦：“闭嘴！”

容准不说话了，规规矩矩地看向前方，专心致志地开车。

在容准身上，乔晢确认了一件事，大部分男人都是贱骨头。

她对他不假辞色，连目光都吝于给予，可他偏偏还往上凑，对她有着超乎寻常的兴趣。

甚至她故意跟他说，你女朋友看起来很爱你。

哪知他第二天就跑来告诉她，他已经恢复单身了。但乔晢依旧不答应他，将他视作了一头骡子，吊一根胡萝卜在他跟前。

有时候，她自己也分不清楚，她的所作所为，究竟是为了那个目的，还是单纯地想发泄自己在异国他乡的苦闷，所以才会以耍弄他为乐趣。

容准开着车将她送到了家，乔晢想，蒋一炜应该已经到了。

蒋一炜听闻盛子瑜来了美国，特意逃了周五下午的课，提前从新泽西过来看她。

只是，看到盛子瑜微微隆起的腹部，蒋一炜觉得命运弄人。

他陪着盛子瑜在客厅里看动画片。

两人有一搭没一搭地闲聊着。

盛子瑜问他：“这地方是不是就是美国的学区房？”

蒋一炜失笑道：“算是吧。你问这个干什么？”

盛子瑜摸着自己的肚子，懒洋洋地开口道：“距离王虫胖高考还有6711天，我要提前给他买套学区房。”

说完，她指了指这房子，问：“像这么一套，要多少钱啊？”

蒋一炜想了想，斟酌着道：“一百万到一百五十万左右吧，美金。”

盛子瑜慢吞吞地“哦”了一声，没再说话。

突然，盛子瑜听见外面传来了停车的声音，知道是乔皙回来了，嘴里便支使起蒋一炜来：“家里的可乐喝完了，你去给我买。”

蒋一炜十分无奈地开口：“买买买，我这就去买，姑奶奶。”

盛子瑜并不是能够憋住话的人，看着蒋一炜出去，乔皙一进来，她便开门见山地说：“皙皙，你哪来的钱买这套房子？”

乔皙装傻：“你说什么？这房子是我租的呀。”

盛子瑜将藏在抱枕底下的账单拿出来，给乔皙看。

“下午我收到水电费账单，上面的户主名字是你……你哪儿来的这么多钱？”

乔皙将那张水电费账单接过来，笑了笑：“年初房东要卖房子……反正都要住的，所以我凑了点钱，把房子买了下来。”

而她手上的钱还跟明屹有很大的关系。

明屹之前跟她说过，他帮一位陆师兄优化过算法，还拿到了5%的干股。

到了这边之后，乔皙才知道明屹口中的那位陆师兄，全名叫陆琛。

陆琛在哈佛大学念本科时便开始创业，做高频交易起家，淘到第一桶金后，便开始将手伸向其他领域。

此人智商极高，玩资本运作玩得十分熟练。

他能精准地发现资本市场所有公司的弱点，一旦选定目标，便会像一条嗜血的鲨鱼，狠狠地咬住对方的弱点，将其占为己有——正如他的公司名字一般，Predator（掠食者）。

据说他曾以两千万的本金，通过层层杠杆，外加各种复杂的交易结构设计，将一家上市公司的最终控制权置换到了自己手中。

乔皙收到他的邀约，邀请她加盟Predator。

为表诚意，对方直接往她的户头里打了一百万美金，并言明如果她愿意放弃在学业上进一步深造，能够在毕业后就加盟Predator，报酬只多不少。

乔皙就是用了这笔钱买下了这栋房子。

盛子瑜看着她：“为什么……为什么要买这套房子？”

乔皙不说话了。

盛子瑜拿起手上的素描本：“皙皙……我不是故意要看你的东西，是在你床头看见的。”

那个素描本，还是之前出国时，明屹送给她的。

上面画了七个晚安故事，明屹告诉她，等看完这七个晚安故事，她正好回来。

第七个晚安故事，是一个脑筋急转弯。

最后一张简笔画上的小乌龟歪着脑袋，眼睛圆溜溜的，旁边还有一个对话框——

“爸爸说，妈妈明天回去，要亲他三下，才能知道答案。”

那个时候的乔皙以为他们只会分别七天。

只是她从没想过，他们会分开这么久。

盛子瑜看着她，慢慢道：“是因为那个房间吗？”

那个房间，一开始是明屹为她租下、为她布置的……尽管两人从未在这里同处过，可依然是他们最美好的回忆。

就因为那个房间，所以乔皙不惜借钱，也要将这栋房子买下来。

盛子瑜的眼眶中有莹莹泪光。

她觉得皙皙太傻，这世上怎么会有这么傻的人呢？

“明家人让你不要再自责和愧疚了，让你开始新生活，是因为明屹他早就把你放下了。他早就开始了他的新生活。”

她偷听到宁绎打电话，终于知道，为何沈家会不遗余力地帮明家。

“沈桑桑她从小就喜欢明屹……她已经和明屹订婚了！是宁绎在电话里亲口说的，他以为我睡着了……皙皙，他不会回来了……你清醒一点，别再等他了，好不好？”

说完这些话，盛子瑜又后悔了，因为皙皙整个人看起来……都不太好了。

原本盛子瑜狠心说下这些话，就是为皙皙着想，让皙皙死心。

当初皙皙和大表哥在一起的时候，大表哥对她的好，大家都看在眼里。

可现在，大表哥同别人订了婚，却是事实。

若是换作别人，她还能理直气壮地谴责一声“渣男”。

可当对象是大表哥时，盛子瑜什么都说不出来了。

从前她觉得大表哥好傻，明明已经吃完了饭，可就为了多和晳晳说一句话，居然能再吃上一顿。

明明就是喜欢晳晳，可总说一些气人的话，让她听了都想打爆他的头。

所以她一直觉得，大表哥除了聪明一点，长得高一点帅一点，无半点可取之处，晳晳愿意跟他在一起，是他八辈子修来的福气。

可后来她才知道，事到临头，大表哥这样的，才是真正有担当的男人。

为了维护晳晳，他甘愿付出那样的代价，哪怕知道他们不可能在一起了，依旧不后悔。

有过大表哥这样的男朋友，从今以后，晳晳哪里会看上其他人呢？

其实还有一点，她没有告诉晳晳，大表哥同沈桑桑订婚是真，可两人却并不一定有感情。

她不敢。

大表哥那么好，她只能把他说得坏一点、再坏一点，不然晳晳怎么会对他死心呢？

乔晳看起来并无大恙，只是听完盛子瑜的那一番话后，她开始一言不发地做家务。

她将衣柜里的所有夏天和冬天的衣服翻出来，分别装成一篮又一篮，轮流塞进洗衣机里。

楼下的洗衣机在“嗡嗡”运转着，乔晳又趁着这空当，拿着吸尘器一路从楼上吸到楼下。

见她这样，盛子瑜又是担心又是心虚：“晳晳……”

乔晳面色如常：“脚抬一下。”

盛子瑜干脆将双腿一盘，嗫嚅着开口：“我知道你心里不好——”

乔晳打断她：“我待会儿包饺子，你想吃什么馅儿的？”

盛子瑜不由自主地咽了一口口水：“牛、牛肉。”

乔晳应了声“好”，然后便举着“嗡嗡”作响的吸尘器转到沙发后面去了。

等到乔皙一个人在厨房里绞肉馅的时候，容准又上门来了。

是盛子瑜给他开的门，他还带了新鲜的花和蛋糕，一进门便高声道："两位美女出来接花……皙皙，今天晚上吃什么啊？"

他摆出这样一副与她熟稔的态度，乔皙并没有搭理，只是转向盛子瑜，低声道："子瑜，以后开门前先看看，别什么人都放进来。"

容准一脸惊讶地看向盛子瑜，用口型问她："吃炸药了？"

盛子瑜赶紧将他拽走了。

也不知道盛子瑜同他说了些什么，过了没多久，容准又回来了。

他站在乔皙对面，手肘撑在中央岛台上，斟酌着开口了："他……是个什么样的人？"

乔皙不语，像是没听见一般。

容准怕她生气，不安地解释道："我不是故意打听你的过去。"

乔皙低头沉默良久，忽然笑了笑，开口道："我爸爸和他爸爸是战友，十五岁的时候，我寄住在他家。"

乔皙面不改色地继续道："其实他一开始也不和我说话，还是后来有一次，学校的游泳课上我差点溺水，他把我从水里救了出来。

"那个时候我就喜欢上他……后来我们一起参加竞赛，从学校到市里，再从市里到全国。

"他因为我放弃了考试……那时我答应他，等考完试就和他一起去苏梅岛学潜水，他教我，他潜水很厉害。"

一旁的容准嘴唇微动，一副欲言又止的模样。

乔皙假装没有注意到，继续说下去："只是后来没等我考完试，他就来了美国念书了。我们很早以前就约好……但现在看来，应该是没机会了。"

容准试图开口道："我也从小就——"

但乔皙并无兴趣听下去，未等到他话说完，便转身离开。

盛子瑜的预产期在七月底，到了七月中旬，她日理万机的老爸放下手中所有公事，特意飞来波士顿看望她。

时值暑假，乔皙早已经认同肖尔茨教授的看法，从理论数学专业转到了应用数学系，并开始在Predator实习。

她的工作变成全职,每天下班回来,便能看见盛家父女在房子里吵架。

但今天不同，她一推开门，就看到房子一片漆黑，安静得可怕。乔皙心生不安，子瑜已经临近预产期了，她不应该好好待在家里吗?

她立即将客厅的大灯打开，突然听见“砰”的一声香槟开启声，然后是齐齐的一片声音：“生日快乐!”

乔皙在原地愣了好久，才反应过来，今天是自己的生日。

看着这群特意给自己惊喜的好友，她的脸上浮起微笑来：“谢谢大家。”

容准推着个蛋糕车，站在乔皙的面前，深情款款道：“皙皙，生日快乐。”

他今天穿了一身白，配上一个蛋糕车，像极了糕点师，乔皙没有忍住笑了出来。容准不明所以，以为乔皙喜欢自己给她准备的惊喜，当下往前走了一步：“有一件事情我想告诉你，我——”

话音未落，身后的盛子瑜突然传出几声“哎哟”。

乔皙连忙转过头去。

只见盛子瑜扶着腰，“嘶嘶”抽着气：“王虫胖……王虫胖他是不是闻到杧果味，想要出来了？”

她的羊水破了。

当晚众人手忙脚乱地将盛子瑜送到医院。

乔皙知道，盛子瑜本来是不想留下这个孩子，但医生下了诊断，若是打掉这个孩子，她之后不能再生育了。

权衡再三，盛子瑜决定生下这个孩子。

盛父在产房门口急得团团转，像是热锅上的蚂蚁。

乔皙也着急，平日里的淡定冷静全部抛诸脑后。

这个时候，容准反倒成了最冷静的那一个。

到底是在这边长大的,他几个电话便约来当地最负盛名的产科医生,又清出了一间病房供他们休息。

乔皙劝了很久，才将盛父劝去了休息。

盛父离开后，容准走了过来，站在乔皙身后，出声道：“你也上了一天的班，不用休息吗？”

乔皙摇摇头：“我不累。”

顿了顿，她又解释道：“子瑜在里面那么辛苦，我只是站在这里，她知道我在外面陪着她，心里会舒服一点的。”

容准点点头：“那我陪你。”

乔皙看他一眼，笑了笑：“谢谢你。”

盛子瑜在产房里整整待了一天一夜，终于将孩子生了出来，她被护士推出来的时候，居然还有力气大喊：“快给我看看王虫胖长什么样！”

乔皙将襁褓中的胖虫虫给她看，微笑着道：“虫虫长得像你，多好看。”

一见自己的胖儿子，盛子瑜“哇”的一声大哭起来：“脑袋长得这么大，他一定是故意的，这个黑心坏胖子，呜呜呜！”

乔皙与容准对视一眼，无奈地笑。

乔皙逗弄着襁褓里的胖虫虫，开口道：“虫虫，要是按北京时间算，你和皙皙干妈可是同一天生日呢。”

她伸出一只食指，钩着小家伙软乎乎的小拳头：“以后皙皙干妈和你一起过生日，好不好？”

虽然刚才嘴里还骂着“黑心坏胖子”，可一见胖儿子的可爱模样，盛子瑜忍不住红了眼眶。

乔皙赶紧将胖虫虫交给一旁的容准，俯身哄着盛子瑜：“不哭了不哭了，这不是高兴的事情吗？”

盛子瑜吸吸鼻子，瓮声瓮气地开口：“别人生孩子都有老公陪着，我连王虫胖的爸爸是谁都不知道……”

她又擦了擦眼睛，接着说道：“皙皙，你一定要找一个能陪在你身边，对你好的人。”

一旁的容准不失时机地咳嗽一声，以示自己的存在感。

乔皙偏过脸去，正撞上容准的视线。

她有些不自在地低下头去。

等到将胖虫虫送入婴儿房，又将盛子瑜安置好后，两个一天一夜没合眼的人，总算是松了一口气。

走出医院大楼的门口，乔皙突然一阵小跑，跑到了大楼前面的草坪上，直接仰面躺了下来。

“好累。”她轻声咕哝道。

容准走过来，同她肩并肩地躺下来。

他开口道："我之前有话没说完。"

乔皙望着繁星点点的夜空，没有说话。

容准知道自己不是一个擅长说情话的人，此刻却笨拙地开口道——

"他陪你从十五岁到十八岁，我可以陪你从十九岁一直到老。

"你说你想学潜水，其实我没告诉过你，我也很爱潜水。如果你愿意，以后每年你生日，我都可以陪你去苏梅岛潜水。

"皙皙，你愿不愿意，和我在一起？"

容准遵循了他的承诺。

从乔皙的十九岁，一直到二十五岁，每一年她的生日，他都会放下手中的所有事情，陪她去潜水。

从佛罗里达到洪都拉斯，从马来西亚到巴布亚新几内亚。

这一年乔皙的生日，他们飞往苏梅岛。

就在他们抵达的第二天，容一山收到了由泰国传来的消息——容准在苏梅岛的一个洞穴潜水时遇险，此刻正在医院抢救。

"都是骗你的。"乔皙坐在医院单人病房的沙发上，这句话说出口后，她有片刻的出神。

这一切，该从哪里开始说起呢？

"第一次看见你的照片，就是在栗树山的别墅里……比起容凛，你爸爸明显更疼你，你的照片挂满了半面墙。

"里面有一张你在赛艇队的照片，你穿的是灰蓝色队服，所以我猜你在耶鲁大学念书。

"有了学校和姓氏，能找到的东西就很多了……你在耶鲁大学的校内论坛发过不少帖子，你喜欢运动，尤其是登山和潜水。

"所以我才会告诉你那些。他在游泳课上救起我是假，约好去苏梅岛也是假……都是我给你下的套而已。"

就连容准当初无意间听到盛子瑜说明屹已经同旁人订婚了，也是乔皙有意安排的。

当然，远远不止这些。

乔皙笑了笑，继续道——

"我说，因为小时候住在大伯家时被堂哥骚扰，所以在和男人亲密接触这件事上，一直都有心理阴影……

“前半句是真的，后半句是假的。”

说到这里，乔皙停顿了一下。

“其实没什么心理阴影……我所有的第一次，都给了他。”

一旁的容准咬紧了牙，一声不吭。

事到如今，容准这副模样，并不在乔皙的预料当中。

她并没想过他会如此受伤。

他们维持了六年所谓的“男女朋友”关系，可这六年来，他们平均每月见面一次，最亲密的接触也不过是拥抱。乔皙也知道，容准没有为自己守身如玉。

他还有其他女人，有几次他有意露出破绽给她，可她装聋作哑，并不在意。

毕竟，她连捉奸的戏码都懒得演。

念此，乔皙看了他一眼，甚至笑了笑，才缓缓说道：“我以为你心里早就清楚，我并不爱你。”

乔皙觉得，容准之所以同她维持这场漫长无味的关系，大概是出于男人奇怪的自尊心。

他就像是故事里那头执拗的驴子，哪怕挂在眼前的萝卜早已失去吸引力，但仍固执地想要尝上一口，哪怕一口也好。

沉默在房间里弥漫。

不知道过了多久，容准终于开口了，他声音沙哑：“所以……你等了六年，也从没忘记过他，对吗？”

乔皙点了点头，没有说话。

怎么可能忘呢？

少女情窦初开的第一次心动、第一次崇拜与仰望、第一次暗恋的甜蜜与酸涩……这些怎么可能忘记呢？

容准看着她，眼睛有几分发红。

他轻声发问：“那我算什么？我的六年……在你眼里就一文不值？”

乔皙语气平静地开口：“这六年，我一点都不想要。”

容准的六年……她为什么要在意？

谁来在意她和明屹失去的那六年呢？

如果不是他的父亲，过去这六年，从十九岁到二十五岁，在她最好的光景里，本该同最爱的人一同度过。

容准突然笑了："我知道了……我要感谢我爸，如果不是他，你可能都不会多看我一眼。"

乔晳没有出声，默认了容准所说的一切。

是的，她就是这么坏的女人，就是这么铁石心肠。

随便他如何想，最好他将她想得坏一点，越坏越好。

乔晳从沙发上站起身来，看着面前的容准。

"容一山和叶嘉仪已经在飞过来的航班上了……还需要委屈你多在这里待几个小时，等容一山落地入关，他们就会放你走了。"

说完，乔晳干脆利落地走出房间，没有再给容准说话的机会。

三天后，乔晳重新从大使馆拿到自己的护照。

时隔七年，她终于搭乘上了由泰国飞往北京首都机场的航班。

七年是多久呢？

两千多个日日夜夜，哪怕是在梦中，她都希冀着能够重回这片土地。

如今愿望成真，她竟觉得恍惚。

她回来的消息，并没有任何人知晓。

大使馆原本在北京这边安排了人来接她，但被她拒绝了。

她还笑着同对方开玩笑："回家的路，我还是认得的。"

可等到飞机终于在这片土地上降落了，乔晳却觉得茫然极了。

她的家……在哪里呢？

过去的七年，恍如大梦一场。

与同行国际旅客的大包小包相比，乔晳浑身上下所有的行李也不过是手中的一只袋子。

这一趟航班的大部分乘客都是旅行团，下机的时候，有面目和善的中年阿姨同她搭话："姑娘，你不是出来玩的吧？"

乔晳一愣，点点头。

对方笑了，说道："我就说，你不像我们大包小包的，穿这一身也不像是出来玩的。"

乔晳低头看一眼自己身上的小西装，也笑了笑。

那中年阿姨看她一眼，有些心疼地开口："是在外面忙工作吧？怎么把自己搞得这么憔悴，回家你妈妈看见肯定要心疼死了，让她多给你熬汤补补身子呀。"

下了飞机后，乔皙不知该往何处去。

她跟着人流一路往外走，走到了取行李的地方。

旁边人一个个都取完了行李，最后就只剩下她，还茫然地站在远处，看着空转的传送带。

直到不远处的工作人员走过来，问：“女士，是行李丢了吗？”

乔皙才回过神来，有些尴尬地笑了笑：“没有……我忘了，我没有行李。”

说完，她便转身离开了。

可是她又能去哪里呢？

奶奶在前年去世了……这茫茫天下，唯一能被她称之为家的地方，只剩下那一处。

她费尽心机，不就是为了能够回来再见他们一面？可此刻，乔皙胆怯了。

她不敢回去。

前座的司机一连叫了她好几下：“姑娘？姑娘？你到底去哪儿？”

乔皙回过神来：“去 A 大附中吧。”

七月底，是一年中最热的时节。

此时的 A 大附中，依旧是十年前乔皙初见它的模样。

今年的高考成绩已经出来了，IMO 也正式落下帷幕。

附中校门口张贴了大大的光荣榜，今年高考的全市理科状元花落附中，奥数国家队中附中也占了两人，分别夺得一金一银。

乔皙站在校门口，看着里面的女孩陆陆续续地走出来，一路说笑着走向校门口的奶茶店。

她不知道自己在原地看了多久，直到身侧传来试探性的一声——

“皙皙？是你吗？”

乔皙抬起头，看见的是头发已经有几分花白的刘姨。

自己走的那年，刘姨刚过完五十岁生日……如今算来，她也五十六七了吧？

等到确认真的是她之后，刘姨赶紧走过来，一把握住她的手，眼眶有些湿润：“怎么在这儿傻站着？回来了也不说一声？快跟我回家。”

近乡情怯，大概就是如此。

一路上，乔皙都是愣愣地被刘姨拽着往家的方向走。

眼看就要到大院门口了，乔皙猛然反应过来。

她停了下来，眼神有几分躲闪：“我……我还是不进去了……”

刘姨知道她在顾虑什么，心疼地看着她：“傻孩子，已经没事了呀。”

乔皙咬紧了嘴唇：“我真的不进去了……您帮我给大家带句话，我……我还有事，就先走了。”

说完，她便强行挣开了刘姨的手，头也不回地走了。

刘姨本想追上去，但是突然冷静想了想，虽说七年前那件事情已经没事了，但仍心有余悸，她这样贸然将人带回去，的确有些不好。

乔皙出了这条街后，又默默地折返回来。

她就在离大院门不远处的地方站着。

菀菀每天傍晚都会出来遛斑比和球球，祝心音不放心她，勒令菀菀只准在大院里遛狗，但她有时候会带着菀菀一起出门遛狗。

明骏工作忙，加班是常有的事。

但他每次从外面回来，都会降下车窗，同大院门口站岗的小战士打一声招呼。

乔皙只是想见他们一面，哪怕远远地看一眼就好。

一会儿，前面不远处传来一个熟悉的女声：“皙皙呢？人呢？”

乔皙惊讶地瞪大眼睛，下一秒便捂住嘴巴，泪如雨下。

从来都雍容得体，只要出了卧室就要穿戴整齐的祝心音，此刻穿着一身居家服、披着头发从大院里面跑出来，连脚上的拖鞋都没换。

刘姨在一旁也急得声音都变了：“刚才在这里，应该还没走远，我去找她……”

乔皙上前一步，带着哭腔喊了一声：“祝阿姨！”

循着声音，祝心音转过头看向她，接着捂着嘴哭出了声。

乔皙直接在她面前跪了下去，语带哽咽地说：“祝阿姨，对不起……”

祝心音身子晃了几晃，整个人也跌坐在了地上。

她冲着乔皙打了好几下，泪如泉涌道：“回来了不来看我，还要我来找你……你怎么这么不孝顺？”

第五章 你要是愿意的话，就跟着一起去吧

直到被领回了家里，乔皙的眼泪还没有止住。

她紧紧搂着祝心音的腰，仿佛一个迷路归家的孩子。

“祝阿姨，对不起，真的对不起……”

家里的陈设同七年前她离开时没有太大差别，以至于令乔皙生出了一种幻觉，仿佛她只是出了个远门，时间还停留在她十八岁那年。

祝心音抱着她，同样是泪如雨下。

只是想到刚才乔皙回来后不见她的行径，她是心疼又生气——

“回来了说都不说一声，要不是刘姨看见，你是打算一辈子不见我们了是不是？”

越想越气，她一边抹着眼泪一边道：“当初明骏要接你到家里来的时候我就不该同意，我掏心掏肺三年，没想到养了一头白眼狼！”

乔皙在她的怀里呜咽不止：“祝阿姨，我闯了那么大的祸，我不敢再来见您……”

乔皙说的是实话。

在美国的这七年，她费尽心机，为的不过就是重回故土，重新见到她所爱之人。

可等到真的回来，她又胆怯了。

乔皙知道当初叶嘉仪的所作所为对明家造成的影响有多大。

也正因为如此，她觉得无颜再面对明家人了。

她都已经想好了，如果明家人真的对自己冷眼相待，那也是她活该，是她罪有应得。

她不会有丝毫怨言。

可她心里还是存了几分希冀，希冀他们能毫无芥蒂地再次接纳她。

因为有期望，所以她才会这样胆怯。

祝心音气得在乔皙身上又是重重一拍，眼泪也掉得更加凶了："我在你心里就是这样的人吗？"

刘姨在一旁看着，也是又哭又笑的。

她拍着祝心音的肩膀，安慰道："太太，皙皙这不是回来了吗？之前还天天念叨着怕她饿了冷了，现在真见到了人，怎么反倒闹了起来？"

被刘姨这样一说，看着面前的乔皙，祝心音再次心疼起来。

"一个人在外面连照顾自己都不会是不是？怎么把自己搞得这么瘦？"

家里还没来得及开火，祝心音怕乔皙饿着，赶紧让刘姨先给她下了一碗面条。

熟悉的味道扑面而来，一瞬间，乔皙的眼泪再次涌出来。

她借着低头的动作掩饰过去，轻轻咬了一口卧在面上的荷包蛋，然后含着泪小声道："那时候你往我包里塞的那两罐虾干，我怕很快吃完，所以每次都只舍得吃一点。"

后来虾干坏掉的时候，还剩下大半罐没有吃完。

那个时候的乔皙，真的是难过极了。

听见她这一番话，祝心音心中哪还有气啊，她搂着乔皙，声音哽咽："好了好了，回家了，终于回家了。"

明爷爷的身体还硬朗，现在每周都还要去爬香山。

明骏这几天正在外地参加军演，至于菀菀，她今年刚刚硕士毕业，已经签了工作，现在趁着还没入职，和同学毕业旅行去了。

祝心音将其他人的情况都说了个遍，唯独略过明屹。

沉默了一会儿，她试探着小心翼翼地开口了："皙皙，你现在……有男朋友了吗？"

乔皙咬紧了唇，她有几分猜到祝阿姨想说什么。

当初明家连同宁绎，有意骗子瑜，说明屹已经同沈桑桑订婚了，为的便是要子瑜传话给她。

正如他们对她所说的那样……他们希望她能开始新生活。

"祝阿姨，我知道明屹他没有和别人订婚。"乔皙抬头看向祝心音，语气坚定，“这些年，我没有喜欢过别人……我一直都等着有一天能够回来，和他重新在一起。”

祝心音愣了愣，显然是没料到乔皙会这样说。

从前的皙皙是怎样的呢？

害羞，爱脸红。

那会儿明屹刚出去念书，家里的亲戚也都知道了他们俩的关系。

那时候小丫头面皮不知道有多薄，旁人随便调侃一句，她一张脸便会羞得通红，当着众人的面还要义正词严地表明自己才不喜欢明屹。

可是现在，她能当着自己的面，一气儿说出这样的话来。

可是……

祝心音看着她，慢慢开口了：“皙皙，明屹他上一次回家，还是三年前。”

乔皙愣住了。

祝心音叹口气，继续道：“你刚出国那会儿，明屹去了科研单位。究竟是哪儿，我不知道……恐怕连他爸爸也不太清楚。

“他平时不能和家里打电话，三年五载不回家也是常事……这些都是纪律，我心里不情愿，可我是他的妈妈，再不情愿也得受着。”

“可你不同。”祝心音看着她道，“他现在这个样子……我不希望耽误你。”

乔皙重新在北京安顿了下来。

还在国外时，她毕业后直接进入了 Predator，现在已经坐到技术总监的位置。

此次乔皙回国，恰逢 Predator 斥巨资进军国内人工智能市场，她被任命为 Predator 旗下人工智能平台“X-Brain”的首席科学家。

一时间乔皙被推到风口浪尖。

年纪轻轻便坐到国际巨头公司的首席科学家位置——哪怕只是公司旗下一个项目的首席科学家，依旧引起外界对她的探究、好奇与质疑。

互联网上对女性的评价大多刻薄。

长得普通的女性，被认为是“书呆子”“死读书”“事业再成功又如何，反正嫁不出去”。

长得稍有姿色的女性，便会被质疑自身实力，甚至大多数时候会遭

到更加恶意的揣度——

她是睡上去的。

很不幸，乔皙属于后者。

好在 Predator 的公关十分给力，舆论上刚出现这种苗头，公关人员立刻将乔皙从小到大无可挑剔的履历展现在公众面前——

16 岁时以高一生的身份夺得 IMO 金牌；18 岁赴美念书，就读于 MIT 数学系；毕业后进入 Predator，技术实力有目共睹。

当然，随着乔皙过往的经历被扒，七年前，她当众表白的那一段采访也重新浮现在公众视野。

明屹重新被大家回忆起来。

当年那个光芒远盖过乔皙，更确切地说，是光芒远盖过同龄人的天才少年，在七年后却销声匿迹。

网上的流言数不胜数，有说明屹研究数学研究得已经疯了，有说明屹去了非洲支教，还有说明屹同许多研究数学的前辈一样，去龙泉寺出家了……种种说法，令人眼花缭乱。

盛子瑜在得知乔皙回国后，第一时间跑来看她。

她看着面前的乔皙，小心翼翼地问道："那……你当时是怎么回答明屹他妈妈的呀？"

被问及此，乔皙笑了笑，说道："我说，我就在这儿，等他回来。"

不管是怎样的科研单位，再怎么重要，总不能让人一辈子不回来。

既然明屹上一次回家是三年前，那她就继续等，等第四年、第五年……总会将他等回来。

听到皙皙这样说，盛子瑜凑近了她，神秘兮兮道："我那天问我老公，他说……"

乔皙立刻坐直了身子。

子瑜的消息向来十分灵通，她告诉自己的，总不会有错。

盛子瑜咬着冰激凌勺子，继续道："我就是随口问了一下，我问他明屹他们单位的项目是不是已经做完了，现在是不是都放假了……他虽然没搭理我，但我看他的表情，脸上明明就写着'你这么蠢是怎么猜到的'。"

乔皙一时间哭笑不得。

"所以皙皙，"盛子瑜突然严肃起来，"我觉得明屹现在可能不涉密了，我给你创造机会，你要把握住。”

盛子瑜说话总是神神道道，乔皙一时间没有反应过来。

直到晚上，盛子瑜拉着她一起回家吃饭——确切地说，是回她老公的姑妈家吃饭。

盛子瑜将自己的胖儿子塞给乔皙，解释道：“作案工具。”

看着怀里多出来的胖团子，乔皙满脸诧异。

被乔皙抱在怀里的胖虫虫十分乖巧地伸出手环着她的脖子，奶声奶气地开口道：“皙皙，你的手累不累呀？”

他知道自己是个胖家伙，皙皙抱着他，肯定会很累的。

盛子瑜指了指楼上：“王虫胖最近不理姑父，姑父很伤心……你抱着王虫胖上去，问姑父明屹人在哪儿。只要能说，姑父一定会告诉你的。”

她感激地看向盛子瑜：“谢谢。”

盛子瑜挥挥手，示意她赶紧上去。

乔皙一路抱着胖虫虫上楼去，敲开了姑父的书房门。

一见是她，原本姑父的第一反应就是要将她轰出去的。可视线一转，看见了乔皙怀里的胖团子，姑父的脸色由阴转晴，瞬间满面春风地招呼着她：“小乔，来。回来也有段时间了，过得还适应吗？”

乔皙迟疑着点了点头。

胖团子在乔皙怀里气哼哼地挥舞着肉拳头：“皙皙，我们去外面玩！不理姑爷爷！”

胖虫虫要气炸了！

刚才去幼儿园接他的时候，姑爷爷又叫他招妹！

他的名字明明是“王虫宝”，才不是“王招妹”！

“招妹”明明就是女孩子的名字！

姑父忍着笑，一脸严肃道：“虫虫，姑爷爷在和你小乔干妈说话呢，你这样没有礼貌。”

胖虫虫转身看向乔皙，一脸如临大敌的模样：“皙皙！我们不要和姑爷爷说话！他也会给你起外号的！”

乔皙低下头，亲了亲胖虫虫的圆脑门，安抚道：“虫宝在这里，陪皙皙干妈和姑爷爷说说话，好吗？”

见皙皙都这样说了，胖虫虫尽管很不情愿，但还是气哼哼地在她怀里坐好了。

乔皙没有心思想这么多弯弯绕绕，直接开门见山道："姑父，我想见明屹。"

一听见这个名字，姑父的脸色立刻变了。

他反应过来自己中了美团子计，短短几秒时间，原本圆润可爱的胖团子，此刻在姑父眼中成了个烫手的胖山芋。

姑父原本想立即将乔皙赶走的，可一见坐在她怀里的胖团子这会儿正眼巴巴地看着自己……

考虑到自己在胖团子心中的形象，姑父忍了下来。

乔皙继续低声开口，语气哀哀："明屹他……我十五岁那年，他就看上我了。

"我那个时候年纪小，什么都不懂……他仗着自己成绩好，天天逼着我学数学。我要是和别的男生说话，他就仗着自己数学好去羞辱人家。

"那个时候我就想，我才不喜欢他呢，可是他骗得我那么惨。我十八岁的时候，什么第一次都给他了……就和子瑜当年一模一样，除了没有生一个像虫虫一样可爱的——"

姑父听得脑仁儿一阵疼，赶紧伸手叫停了："你别说了！"

乔皙瞬间安静下来。

胖虫虫反应慢半拍，这会儿反应过来，刚好扭过身子，仰着一张胖脸蛋看向她，模样又乖又软又萌："皙皙，你是在说我可爱吗？"

姑父从座位上站起身，在书桌后面转了好几圈，才开口道："明屹现在挺好的，但他没个三年五年不可能回家，你好好的一个姑娘家，跟着他图什么啊……作孽啊。

"他现在人在南极科考站，下星期正好有一艘破冰船出发运送越冬物资。

"你要是愿意的话，就跟着一起去吧。"

三天后，乔皙跟随着"雪龙"号出发，踏上了前往南极科考站的旅途。

"雪龙"号由上海港出海，一路经由南太平洋，在智利稍作停靠，然后破冰船载着他们穿过波涛汹涌的德雷克海峡，终年风力在八级以上的魔鬼西风带。

大半个月的航行过后，乔皙终于来到了南极。

同行的大多是国家海洋局第三十七次南极科考队的成员，唯有乔皙一个编外人员。

当然，她也有正当理由的。

乔皙原本只是想请假，但老板不光痛快地给她批了三个月的长假，甚至还提出可以将公司最新投产的 AI（人工智能）机器人带去南极，试验野外探测的可能性。

乔皙带了五个样品机器人过来，经由检查过后才带上了船。

他们抵达的时候，南极正值暴风雪，天气十分糟糕。

“雪龙”号在外围等待了整整两天两夜后，风雪稍歇，乌云散去，一丝微弱的太阳光照亮南极大陆。

趁着这个机会，船长将“雪龙”号停在了麦克斯韦湾的一片浮冰之中，这里距离科考站还有两公里。

同行的一个女孩叫鹿小萌，是此次科考队的后勤厨师。

见到破冰船终于靠岸，她十分兴奋：“听说科考站上的人都会来接我们！”

乔皙笑着纠正她：“是来接物资的。”

南极的天气多变，为了在涨潮前加紧卸运物资，这时通常科考站里的所有人都会出来帮忙，昼夜奋战。

“雪龙”号已经靠岸，船上的人们陆陆续续地下去。

乔皙拉紧了冲锋衣的拉链，转身冲鹿小萌开口：“准备下去吧。”

她和鹿小萌是最后两个下船的。

没有什么欢迎仪式，旁边的人都在默默帮忙卸下一箱箱运送过来的生活物资。

乔皙从舷梯上下来，谁知她踏上南极大陆上的第一脚，就不慎踩进了一堆未冻严实的软雪里。

一只脚陷进去了，乔皙下意识便将身子往一侧使力，试图将陷进去的那只脚拔出来。

等她反应过来自己违反操作的时候，两只脚已经更深地陷入了雪地。

乔皙刚想喊人来帮忙，还没来得及出声，突然一双手便托在了她的肋下。

她下意识地一挣。

“别动。”身后响起低沉的男声，“腿不想要了？”

乔皙却在这一瞬间愣住，全身僵直。

旁边几人看见，纷纷过来帮忙托着乔皙的腿。

同船的顾大副也走过来，哭笑不得：“乔老师，不小心踩进雪地，不能挣扎，不然会越陷越深……这是明明白白写在操作手册上的东西，你怎么给忘了？”

此刻的乔皙呼吸几乎都已经骤停，神思早飞到了九天之外，哪里还听得见顾大副的话。

身后那人并不再理会乔皙，只是托着她的肋下，配合着旁边人将她从雪地里拽出来。

好不容易将乔皙放在了一旁的木板上，那人似乎终于松了口气。

他放开乔皙，一边往前走去，一边对着顾大副语气轻松地开口道：“又欠我一件，我记下了啊……让你给我带的书你带了没？”

乔皙站在原地，仿佛身体不受自己控制。

她听见自己带着哭腔的声音响起：“明屹！”

已经走了好几步远的人，蓦地停下了脚步。

片刻后，明屹愕然回头。

隔了七年的滔滔时光，乔皙终于再见到她的小和尚。

她在浮尘俗世中奔波行走，而他，却依旧眼神纯粹，不被这俗世沾染，同从前那个少年，并没有什么分别。

有那么一瞬间，明屹以为自己生出了幻觉。

若非如此，梦中才能见到的人，此刻怎么会就站在自己眼前？

听见乔皙直呼明屹的名字，一旁的顾大副惊奇开口道：“乔老师，你们俩认识呀？”

顾大副年纪三十左右，只比明屹略长几岁。

虽然顾大副与他们也算是同龄人，可他是海军学校毕业，毕业后就上了极地科考船工作。

船上的生活简单枯燥，他们对外界资讯的接收渠道很窄，连最当红的娱乐明星都认不全，更别说乔皙七年前的表白事件。

因此，谁也不知道此刻隔着短短几步距离却遥遥相望的这对男女，其实是一对旧日恋人。

乔皙一动不动地望着眼前的小和尚，几乎舍不得错开眼。

他比从前还要更高更瘦了，站在那里十分挺拔。

同七年前略显青涩的大男孩不同，如今的他轮廓越发坚毅，已经是个成年男人的模样了。

但他的发型依旧是极短的寸头，在这冰天雪地的室外连帽子也没戴，看上去有几分愣，同乔皙印象中的小和尚再一次重合起来。

明屹同样愣愣地看着她，不自觉地走近一步。

过了好一会儿，他才声线紧绷地开口道："你……怎么会来？"

乔皙也不知道自己是怎么了，她明明是想笑的，可话还没说出口，眼泪就像断了线的珠子滚落了下来。

她望着明屹，轻声开口道："我来找你。"

一旁的顾大副眼睛瞬间瞪得和铜铃一般大。

明屹学历高、人聪明，又长得帅，除此之外，私底下还有传闻，说此人家境很好。

就连隔壁俄国科考站里，有两个金发碧眼的俄罗斯小妹，在见过了明屹之后，整天有事没事就往他们这儿串门。

只是明屹对上这些姑娘，惯来是一副冷淡疏离的态度，若非工作需要，他同大多数姑娘之间说的话都不超过十句。

起先顾大副觉得这人性子太傲，不好相处。

但科考站的生活无聊，工作之余，明屹也常同他们这些人待在一起打打桌球、喝喝酒什么的。

熟络起来之后，顾大副才知道，虽然明屹看起来像是个公子哥儿，但其实半点架子都没有。

不过，明屹"不近女色"的作风却是真的。

大家都调侃他，说他在外面看见一只母企鹅，都要立刻躲出五百米之外。

如今……看着不远处一脸泪光的乔皙，顾大副硬生生地将自己几乎脱了臼的下巴合上。

他默默地转向明屹，脸上的表情分明是在说："你们俩到底什么关系？你是骗财还是骗色了？人家姑娘追你追到南极了！"

明屹早已经站到了乔皙面前。

他脱下手套，一只手将乔皙的脸抬起来，另一只手覆在了她的脸上。

他沉声开口道："哭什么？不怕把脸冻坏了？"

乔皙吸了吸鼻子，强忍过那一阵泪意，然后抱着他的胳膊，就着他的衣袖，胡乱擦了擦满脸的眼泪。

眼见着这一幕，顾大副有些尴尬，又有些觉得好笑。

难怪明屹从不搭理这里的姑娘们！

有这么漂亮的女朋友，换成是他，他肯定也懒得搭理其他人！

顾大副冲着明屹的肩膀不轻不重地砸了一拳，语气调侃：“行啊你，藏得够严——”

还没等他将话说完，明屹便打断他，简单解释道：“这是我高中学妹。”

南极的天气复杂多变，众人原本以为今天是个卸货的好天气，但中午才过，天空骤地暗沉，看着像是又要起暴风雪了。

因为此处离科考站还有近两公里的距离，是以站长当即叫停了正在卸物资的众人，让大家先坐接驳船回去，等到天气好了再继续卸货。

乔皙和鹿小萌是这次考察队的新人当中，唯有的两个女队员，因此两人被分配到了同一间房间。

鹿小萌快速收拾完行李，蹦蹦跳跳地要出去：“皙皙！我想先去厨房看看，你陪我一起去吧！”

鹿小萌这次来科考队应聘的就是厨师后勤岗位，从上“雪龙”号的第一天，她便自称是小厨娘。

乔皙的嗓音还有点哑：“我有些累，想休息一下。”

鹿小萌有些担心，她刚才也是故意这样说的。

因为她看见乔皙哭了，虽然不知道乔皙到底是为了什么，可伤心总不会是假的。

所以这会儿她想拉乔皙出去逛逛，也是想要分散一下乔皙的注意力。

鹿小萌再次拉着乔皙的手撒娇道：“初来乍到，我一个人不好意思去，你陪陪我嘛，好不好？”

乔皙深吸一口气，收拾了一下情绪，然后站起身来，打算陪鹿小萌出去。

只是两人才刚走到门口，外面便响起一阵敲门声。

鹿小萌跑过去开门，见门外站着一个年轻女孩。

对方笑眼弯弯地开口：“你们好，我是孙希凌，是站里的医生，就住在你们对面的房间。”

这个科考站是中国在南极设立的最大一个，人员规模超过了一百人。

为了方便管理，这里和其他科考站的男女混住不同，是将不同性别的人员安排在了不同楼层。

鹿小萌受宠若惊，赶紧侧身将她让进来：“我叫鹿小萌，这是乔皙……刚才在码头怎么没见到你呀？”

孙希凌笑了笑，解释道：“今天天气难得好一些，所以我就在旁边遛了一会儿。”

顿了顿，她又继续道：“我刚才听他们说，你是明老师的高中同学，是真的吗？”

乔皙看了她一眼，没有说话。

孙希凌不由得有些尴尬，想了想，她补充道：“乔皙姐，你不要介意呀……就是从没听明老师提过你，我有些好奇而已。”

乔皙沉默了两秒，终于开口了：“你读医科，硕士毕业出来起码就二十五岁了吧？”

孙希凌一愣，大概是对突然转换的话题摸不着头脑。

乔皙笑了笑，继续道：“科考站招医生要两年以上工作经验，你是去年来的。”

换句话说，孙希凌今年起码二十八岁了。

被如此直白地指出年龄，孙希凌脸上浮现出了真正的尴尬之色。

乔皙看着她，不紧不慢地说：“明屹他跳了好几级，十九岁就大学毕业，虽然工作时间久，可今年也才二十六……你叫他明老师不合适，叫我姐也不合适。”

其实乔皙很不喜欢拿年龄说事。

毕竟，仗着年轻而扬扬自得的人，多半是除了年轻，再无其他拿得出手的优点。

可女人之间总有一种神奇的第六感，在见到彼此的第一眼，便能分辨出对方是敌是友。

眼前的这个孙医生，她说出第一句话的时候，乔皙就知道，她来这里，一是为了示威，二是为了打探底细。

若她性子软一点的话，恐怕下一秒，对方便要拉着她的手，求她帮忙出谋划策追明屹了。

今天是“雪龙”号到达的第一天，考虑到要给新队员足够的休息时间，

因此站长将欢迎仪式定在了明天白天。

今天晚上大家吃过晚饭后便都各自回了房间。

乔皙跟着明屹去了他的房间——也许是因为级别问题，他住的是单人间，卧室里面还嵌着一个小书房。

先前在外面的时候，两人有许多的话不方便说，现在倒是可以说清楚了。

明屹站在门口，一时间不知道该从何说起。

想了好一会儿，他开口道："年初院里的一个项目刚结束，有过来这边考察一年的机会，我就申请了。"

大概是觉得自己说得太笼统，明屹又补充道："我现在的工作和制导相关，来南极，主要是研究电磁波方面的东西……更多的，不能再和你透露了。"

乔皙看向他，眼眶轻微地发红："我们之间只能聊这个了吗？"

明屹躲开她的视线，声音罕见地有几分不自然："你……你回北京看过了吗？"

乔皙依旧一动不动地望着他："我知道，你和沈桑桑订婚……是你和宁绎故意说出来骗子瑜的。订婚是假的，对不对？"

明屹脸上有些尴尬，声音有些小："那个时候，的确是想骗你。"

顿了顿，还没等乔皙说话，他又抢先道："至于现在，我对你……"

他笑了一声，脸上的笑容有几分无奈："人都是会变的，我现在对你……是真的没什么感觉了。"

明屹的双手插在裤兜里，只有这样，才不会让她发现自己的双手在微微颤抖。

他在十三院干了七年，见识了太多。

老杨老婆怀孕的时候，从产检到生孩子，老杨统共就回去过一次，第一次见到儿子的时候，儿子都已经半岁了。

老杜和老婆从高中谈到现在，谈了十年的恋爱，结婚八年。可十八年的感情也终于消磨殆尽，嫂子前阵子闹着要离婚，就因为家里成天没有男人，几乎和丧偶没什么两样。

如果是他的哭气包呢？

明屹不敢想象。

她从前受了那么大的委屈，吃了那么多的苦，表面上看起来好像很坚强，但明屹知道，她还是个娇滴滴的小姑娘。

他常年待在戈壁滩里的封闭基地，一年半载也回不了一次家。

无数个漫漫长夜，她该怎么过呢？

就停在这里，明屹想，停在这里，就已经很好了。他不耽误她，她也能找到比他更好、更能照顾她的人。

乔皙含着泪看向他："你现在……有女朋友了吗？"

明屹别过脸，含糊地点点头。

"我以为……"乔皙想要笑，却还是呜咽出声，"祝阿姨说，你当初去基地的时候，把球球和斑比都带走了……我以为你对我还是有感情的。"

明屹不敢看她，强迫自己硬下心肠来："我那时候也这样以为。但是，七年……"

"七年。"他笑了笑，"我都差不多忘记你了。"

乔皙愣愣地看向他。

明屹依旧低着头，双手仍插在兜里。

他这样说，哭气包会生气的吧？

生气了也许就死心了。

他已经做好被甩耳光的准备了。

可谁知道，下一秒，乔皙打开自己的背包——从进房间起，她便一直带在身边。

她从背包里拿出了好几沓装订整齐的资料，轻轻地放在了一旁的桌上。

乔皙花费很大的力气，说得很慢很慢，才能掩饰住声音中浓浓的哽咽——

"这是我来之前，找的最近几年质量比较高的数学论文。

"有些国外的秘刊，我不确定你能不能看到，所以就都打印出来，带过来了。

"对不起，我不知道你已经有女朋友了……"

大概是为了缓解这尴尬的气氛，乔皙强行挤出一个笑容来，可却比哭还难看。

看着她这模样，明屹不自觉地走近一步。

他的嘴唇动了动，最终却什么也没说出来。

乔皙明明是想要好好将话说完的，可说到一半，还是忍不住痛哭出声："我没有想破坏你们……但这些论文，是我花了很长时间搜集来的……你留着好不好？她应该不会介意的……"

明屹咬紧了牙关，双手捏成拳，旋即又蓦地松开。

乔皙知道自己今天失态了，并不愿意继续让他看见自己这副模样。

她胡乱抹干净脸上的眼泪，站起身，轻声开口："对不起……我不会再来找你了。"

说完，她朝门口走去。

明屹紧盯着那个瘦弱纤细的背影，只觉得自己的一颗心脏，似乎被一只无形的手紧紧攥住，几乎要让他窒息。

终于，在乔皙的手触到门把手的那一瞬，他大步走出去，"砰"地重重合上门。

乔皙转过头，泪眼蒙眬地看着他。

明屹只觉得自己的心尖都被揪得生生发疼，他哑声道："没有……没有什么女朋友。"

他将乔皙禁锢在门板和自己的双臂之间，只觉得一颗心脏都要爆炸："我都是骗你的。"

从头到尾，他只有她一个，再没有旁人。

下一秒，明屹便紧紧地抱着她。

乔皙被这突如其来的变故弄蒙了，她脸上的泪珠还未干，陡然间却是铺天盖地男人陌生又熟悉的气息。

乔皙的大脑一片空白，尚未反应过来他刚才说的"都是骗你的"是什么意思，身体却本能地抗拒。

乔皙在男人的怀里呜咽着挣扎起来，却未料到男人的双臂收得更紧了几分。

她浑身都是软的，再没力气挣扎了，只是呜咽着低声开口："是你让我走的……"

明屹紧紧搂着她，哑声道："我刚才说的是疯话，我是浑蛋。"

他本意是想让她走的。

可真等到她要离去的那一刻，他却心如刀绞，失了神志一般。

明屹捧着她的脸，低头去吻她脸上滚落的泪珠儿。

乔皙渐渐地不挣扎了，她的手脚都软了下来，整个身子都软软地搭在了男人的身上。

明屹将怀中的女人打横抱起，走回了卧室之中，然后便将人放在了房间正中的大床之上。

十一点多的时候，顾大副在外面敲他的房门：“出来打牌了。”

明屹亲了亲怀里的女人，帮她掩住被子，自己下床套了条裤子，裸着上身去开门了。

意外的是，门外站着的，除了顾大副，还有孙希凌。

明屹重新掩上了门，拿过门后的一件 T 恤套上身。

重新打开门，明屹发现，面前的顾大副正一副惊呆的模样，往他房间里看。

顾大副真的是惊呆了！

房间里床上躺着个女人，虽然只能在一床雪白的枕被之间看见女人又黑又亮的头发，但他还是轻易猜到了是谁！

说好的高中学妹呢？

明屹注意到他的视线，有几分不悦，直接走了出来，然后关紧了身后的房门。

顾大副瞧见了房间里床上躺着的女人，一旁的孙希凌自然也瞧见了。

不光瞧见了人，还瞧见了地毯上散落的一件女式上衣。

平日里明屹对着其他女孩子不假辞色，这会儿床上却躺了一个女人，只要不傻，都能猜到房间里的是谁。

只是孙希凌直接当没看见，她笑盈盈地朝着明屹开口道：“明老师，我在房间里煮了火锅，小江他们都在，你要不要也来和大家一起吃夜宵？”

顾大副原本是来拉明屹去打牌的，但刚才看见了房间里的那番景象后，他意识到，自己这是坏人好事了。

难怪他刚才想去将乔老师一起拉来吃火锅打牌的时候，没在房间里找到她呢！

这会儿听孙医生还想要将人拉走，顾大副只觉得自己要哭了。

这孙医生平时看着挺伶俐的一个人，怎么现在就咋咋呼呼的，没看见人家在忙着吗？

顾大副拼命朝着一旁的孙希凌使眼色。

明屹一愣。

他思索几秒，点了点头，道："走吧。"

孙希凌脸上露出喜色。

顾大副有些惊讶，没料到明屹竟然答应了。

他默不作声地转头看一眼紧闭着的房门。

这是要把学妹独自一人留在这里？

全天下的男人都有同样的独占欲，无论是出于什么目的，来自于旁人的窥探总是令人不悦。

因此明屹再次挡在了紧闭的房门前面。

他和顾大副的视线正好撞上，明屹扬了扬下巴："怎么？"

奇奇怪怪的……顾大副及时收回了目光，不再管这一茬。

孙希凌在科考站的人缘很好，再加上她又是科考站里"唯二"的两个医生之一，谁还没个头疼脑热的时候？

因此大家都对着她客客气气的。

这会儿站里的通讯工程师小江、国内A大过来考察的厉博士，还有好几个科考队员都聚在她的房间里，大家围着热气腾腾的火锅炉，好不热闹。

房间里的其他人有些没反应过来："老明，不一起打牌呀？"

明屹淡淡拒绝道："不了，还有事。"

每次要故意输给他们，也是很累的一件事情。

明屹将小书房的门关上，回到卧室里。

床上的人严严实实地窝在被子里，明屹在床边坐下，俯身对着他的哭气包亲了一口。

谁料他刚亲完这么一口，怀里的人居然开始挣扎起来，整个人都往被子里缩，意图挣开他的桎梏。

明屹将他的哭气包从枕被间扒拉出来，却看见她眼睛又红又肿，满脸泪痕。

明屹瞬间心疼得不得了。

他将人抱到了自己膝盖上，吻了吻她满脸的泪痕，语气心疼极了："好好的，怎么哭了？"

乔皙红着眼圈，哑着嗓子，瓮声瓮气地开口："你别碰我。"

乔皙觉得自己真的太没用了。

刚刚这个人对自己说了那么多过分的话，结果他轻飘飘一哄，她就乖乖地被他牵着走。

念及自己先前听闻他已经有新女友的无措和心碎，乔皙更加生气了，双手撑在男人的胸膛上，就要将他推开："你放手！"

明屹这会儿也明白哭气包的心结，当即便收紧了手臂，将怀里的人圈得更紧了些。

他亲亲乔皙哭得红肿的眼皮，哑着嗓子哄道："是我犯浑，你别和我计较，行不行？"

乔皙是真的被气到了。

她不明白，这个人怎么能编出这样的谎话来骗她？

她的伤心和难过都是真的。

她费尽千辛万苦，不惜伤害旁人也要回国，等来的却是他的欺骗。

乔皙不让他靠近自己，带着哭腔道——

"你离我远点……你怎么这么恶心？有女朋友为什么还要和我在一起？你们男人真过分！"

嘶——

哭气包这会儿拿着他口中虚构的那个女朋友说事，他半句不敢反驳。

事到如今，明屹总算体会到了自作孽不可活是什么滋味了。

明屹强行将人按在怀里，哑声道："对，是我恶心，都是我不好。"他像是哄孩子一般哄着怀里的哭气包，"皙皙不高兴就打我，好不好？"说着他抓起乔皙的手，往自己的脸上招呼。

乔皙哪里舍得真打他，慌忙地收回了手。

一见她这样，明屹不由得笑出了声。

看，哭气包还是关心他的。

听到他的笑声，知道暴露了自己对他的关心，当下乔皙更加恼怒了，眼泪更是源源不断地滚落了下来。

她哑声道："是我自己犯贱，知道你有女朋友还要和你在一起，都是我犯贱。"

明屹搂着怀里的女人，轻柔地说道："不关皙皙的事，都是我的错……刚才是我强迫皙皙的。"

乔皙原本还生着气，可乍然听见这不三不四的话，瞬间脸上便烧了起来。

刚才……她的确是不愿意，是这人带了几分强迫的意思在里面，后来才半推半就的。

明屹亲了亲她的嘴唇，稍微缓解了自己那股躁动，才松开了她。

科考站里的几栋小楼都是由国内运来的集装箱组成的，他们住的是“生活栋”。“生活栋”有一个小房间，便是这个科考站里的医疗室。

医疗室早上八点到晚上十点由站里的两个医生轮流值班，其他时间也是半开放的，里面的药品架上放了一些简单的药品，可以供人随时取用。

明屹下楼的时候，碰见了孙希凌。

孙希凌朝他笑了笑：“明老师，这么晚了你去哪里？”

明屹简短答道：“医务室。”

孙希凌满脸紧张：“你生病了？哪里不舒服？是发烧了吗？”说完便要伸手去探他的额头。

好在明屹个头高，身子一偏便躲开了。

他冷淡道：“没有。”

脚下没有停留地往一楼走。

孙希凌跟了上去，模样是真的关心：“明老师，你别逞强，这里天寒地冻的，有什么不舒服不能藏着。”

明屹懒得说话了，到了一楼，他径直往医疗室走去。

医疗室里的玻璃门锁了，里面房间进不去，但摆放着药品架的外面房间却是灯火通明。

明屹原本想拿完就走，但想到身边还有个女人，还是耐着性子对她说道：“我没事，你回去吧。”

明屹回房间的路上，正撞上了在老站长房门口的鹿小萌。

明屹并不认识她，但想起站长先前说过的，此次随“雪龙”号破冰船前来科考站的新队员中，仅有两个女队员，因此便猜到了她就是乔皙的室友。

此刻的鹿小萌正急得团团转，眼泪就快要冒出来了。

她一把揪着老站长的袖子，泪眼汪汪道：“站长！皙皙不见了！吃过晚饭她就没回房间了！她会不会被什么北极熊拖走了呀，呜呜呜……”

科考站里没有电话，大家只有外出考察的时候才会带通讯设备，因此鹿小萌简直不知道该如何联系乔皙。

老站长十分和善地提醒她：“小萌，这里是南极。”

但是，此言并未安慰到鹿小萌，她依旧是满脸的着急：“那会不会是被什么狼叼走了呀？”

“不会。”老站长安慰着手足无措的鹿小萌，“你别担心，我这就让大家都找找。”

在一旁静静听了半分钟的明屹，忍不住开口了：“她在我房间里。”

明屹不动声色地捏了捏口袋里的那三盒东西，面不改色道：“很久不见，我和她有许多话题要聊。”

此言一出，老站长和鹿小萌皆是瞪大了眼睛，愣愣地看向了明屹。

本来明屹对这种事情没什么所谓，放在平常，他懒得多解释。

可眼下这事涉及哭气包……若是教哭气包知道，来南极的第一天，全科考站的人都知道了他们俩共处一室，恐怕又要气成炸药包了。

是以，顿了几秒，他语气平静地补充道：“比如，黎曼猜想。”

鹿小萌有几分被他唬住。

但老站长毕竟是过来人，一时没忍住，当场“呵”了一声，语气里满满的嘲讽。

明屹的表情却是十分认真，他看向老站长，一脸严肃地开口：“黎曼猜想不但是现代数论的基石，在量子物理和密码学许多领域都有很广泛的应用，这是无数数学家费尽一生心血都想要证明的命题……我和乔皙，对它都很感兴趣。”

说完，明屹还颇为友善地开口邀请他：“您要不要一起来聊聊？数学世界，很有趣。”

老站长沉默。

鹿小萌沉默。

女队员的宿舍在顶层，明屹和鹿小萌一起上了楼。

明屹双手插兜，淡淡开口：“鹿小姐。”

鹿小萌挑了挑眉，“噢”了一声，回头看他。

明屹提醒她道：“乔皙在我房间讨论数学的事情，希望你不要说出去。”

鹿小萌不解。

“毕竟，讨论黎曼猜想这种事情，是——”说着，明屹点了点自己的脑袋，“是智商压制。站里的其他同事，如果知道我只愿意和乔皙一个人讨论这种耗费智商的问题，而不去找他们的话，他们的自信心会受

挫的。”

鹿小萌不解。

最后，明屹下了结论：“所以，为了同事之间的和谐，请你保守秘密。”

他不敢再招惹哭气包了，只好十分憋屈地进了洗手间，关上门，摸了摸口袋里的那三盒东西。

明屹思索两秒，拿出其中一盒，放进了盥洗盆下面的储藏柜里。

紧接着，他又走进书房，往书房大书桌的抽屉里放了一盒，然后才若无其事地走了出来。

明屹默默地憋了一肚子的气。

乔皙将自己散落在地上的外衣捡起来，进了洗手间打算换好衣服出来。

明屹紧跟在她身后，一只手撑在门板上，轻而易举便挡住了她关门的动作。

他闪身跟进来，然后“啪”的一声将洗手间的门关上了，密闭的狭小空间中，只剩下他们两人。

乔皙咬紧了唇，还没来得及开口将讨厌鬼小和尚赶出去，却已经被他先一步抱上了盥洗台。

她口中低低轻呼了一声，然后重重在他肩上捶了一拳：“你放手。”

看着怀里的女人，身上还套着自己的宽大衬衫，偏偏扣子也不扣好，轻轻动了这么几下，衬衫已经从她的一侧肩膀滑落下去。

明屹将她的一只手反握在了她的身后。

他紧盯着她，哑声道：“都这么晚了……你现在回去，吵着别人睡觉怎么办？”

他眼神里的暗示意味太明显……

当下她脸上有几分发烫，态度也不像之前那样强硬了，但还是开口道：“那、那我也不要留在你这儿。”

明屹凑上前去，在哭气包的唇上轻轻咬了一口，哑声道：“皙皙不生我的气了，好不好？”

说完，他又强行捉住了她的手。

乔皙挣扎不得，小手被他包在掌心中，紧紧攥住。

明屹又亲亲她，声音中的忍耐已经十分明显，他哑声道：“我都说了，没有别人，只有你……七年了，我想你。”

乔皙咬紧了唇，几乎要气昏了头：“你别碰我，我不要跟你有什么关系！”

明屹愣了三秒，开口道：“刚才我们不是已经……”

乔皙气极，要不是自己的手被他捉住，她真的要一巴掌呼过去了。

她的眼眶发红，哑着声音道：“刚才是我犯贱，现在我后悔了，我后悔了……你放开我！让我走！”

明屹后悔自己失言，又看出哭气包要打他的意图，便松开了她的手，又没脸没皮地开口道：“我错了……打我不是痛着了你自己的手？”

说完，他的目光在乔皙身后的盥洗台搜寻着。

只是找了半天，明屹也只找到一个刷牙杯，当下他便拿起那个刷牙杯，递给乔皙，道：“拿它打，你的手不痛。”

见他这副模样，乔皙鼻头一酸，眼泪又要掉下来。

她挣开他的手，红着眼睛开口道：“我不要打你……你放我走。”

他想放她走……他之前已经试过了。

逼着自己硬下心肠来，狠心对她说那些不好听的话……

可通通不管用。

见到她灰心失望的那一刻，明屹慌极了。

他此生都没有如此害怕过。

既然刚才没能放走她，那他此生就不会再放手了。

明屹将人紧紧按在怀里，头埋在她的肩颈间，像是个抱住心爱玩具不肯撒手的小男孩，语气是难得的执拗：“不放，你不准走。”

乔皙原本是在生着气的，可见他这模样，又有几分难受。

她任由他抱着，自己伸出手，轻轻摩挲着他的头发。

又短又硬的发茬刺在手掌心，痒痒的。

乔皙的眼泪“哗”地流下来了。

她哑声开口道：“明屹，我已经等了你七年……”

一个女人，又有几个七年可以等待呢？

她的眼泪簌簌地落下来：“你如果不愿意和我结婚，就放我走。”

“皙皙，”明屹捧着她的脸，声音是少有的耐心，“你听我说。”

乔皙安静了下来，含着泪看向他。思索了几秒，明屹继续道：“我来这边，只是暂时性的。”

南极科考当然并非他的本职工作，不过是所里一个项目因为遇到了技术瓶颈，进展搁置了三年有余。

明屹是这个项目的技术主力，也是为它头疼了三年有余。

恰逢此时，所里有一个同国家海洋局合作的高空物理项目，于是上面便指派了明屹同另一位同事一道前往。

说是科考，其实只是为了让他散心。

干这一行的都知道，很多东西不是终日坐在研究所里便能有结果的，许多成果都是在轻松状态下的灵光乍现。

接着，明屹又道："我的具体工作内容，不能向你透露……但我在这里不会待太久，至多一年。

"回去之后，我每个月可以和家里联系一次，每次通话时间半小时，通话内容会被监控。

"手上项目不忙的时候，每半年可以回家一次，但不能出国。"

乔皙抓紧了他的袖子，含着泪开口道："你以为我会在意这些吗？"

如果她在乎的是一时的陪伴和日夜的相守，那她当初怎么可能不惜一切都要从国外回来？

"你知道这意味着什么吗？"明屹别过了脸，一时间声音中带了几分涩然。

"你怀孕、生孩子的时候，孩子长大、长辈病重，或是你伤心难过的时候……所有你需要我在场的时刻，我可能都没办法陪在你身边。"

乔皙坚定地看向他："我根本不在意这个，我只在乎你的快乐……明屹，你以前想做的不是这个。"

乔皙一直都知道，明屹从来都是志在理论研究。

对于应用科研，他向来都是带了几分不屑的。

正如十年前，她还在上高一那年，在北京的那个平交道口时，明屹曾对自己说过的那番话："高斯只能是高斯，牛顿也只能是牛顿。"

历经十年，乔皙比从前更加懂得这句话的意思。

明屹说的是对的，其他人皆可被替代，但天才不可或缺。

没有瓦特，依旧会有蒸汽机。

没有莱特兄弟，依旧会有飞机。

没有贝尔，依旧会有电话。

这些东西总会被发明出来，如同历史创造伟人一般，是大时代下应运而生的产物。

可理论研究不一样。

费马猜想是当年法官费马在一本书页边缘上写下的定理，却因为书页空白太小写不下证明过程，后人花了整整三个半世纪，才终于证明了费马猜想。

与之相对，哥德巴赫猜想历经两个半世纪、黎曼猜想历经一个半世纪，时至今日依旧悬而未决。

这些猜想背后的定理，仿若数学世界中蒙尘的瑰宝，静静地等待着下一个天才的发掘。

时间的流逝于理论科学的进步无半点助益，这些漫长岁月中蒙尘的瑰宝，等的只是那个有能力将它们从故纸堆中发掘出来的天才。

所以，明屹想要做的，从来都是理论研究。

并不是为了成为流芳百世的大数学家，而是希望以一己之力，将理论研究的进展往前推进一点。

乔皙揪紧了他的袖子，声音里带了哭腔："你的理想从来都不是进研究所，不是研究卫星导弹制导系统的。"

听闻乔皙的这番质问，明屹脸上闪过一丝不自然。

他偏过脸，低声道："人长大了，总会认清事实。我没有从前以为的那般有天赋……做理论研究，可能一辈子籍籍无名。转到应用领域，反而能够做出成绩，这样不好吗？"

"你怎么可能没有天赋？"乔皙接受不了明屹对他自己的贬低，大声反驳道，"你走了七年，肖尔茨教授还一直在打听你的消息，他说你是他见过最有天赋的学生……"

明屹不想听这些，他捧住了怀里哭气包的脸，低头在她的唇上接连亲了好几口，然后道："我们不说这个了好不好？你肚子饿不——"

话音未落，乔皙打断他："是不是因为我？"

她看向面前的人："是不是因为当年我的事情，你才会进研究所？"

许多事情，当初看不透。

可事隔经年，再往回看，却是一目了然。

乔皙当初都已经找到大使馆自首了，尽管机密泄露的事情与她并无干系，可她还是愿意回国接受审讯，为的就是重回故土。

可是她在大使馆滞留了整整七十二个小时，最后却被放走……

除了明屹，还有谁会保她？

他不过是以自己为交换条件，换她此后在国外安稳度日。

沉默良久，明屹亲亲怀里的哭气包，哑声道：“我以为……你不会再回来了。”

当初乔皙被叶嘉仪连累，他帮不了她什么，他唯一能为她做的，不过是让她未来的路走得顺一些。

自己长久以来的猜测得到验证后，乔皙的眼泪掉得更凶了。

她搂住他的脖子，哗啦啦地流着眼泪：“我已经回来了……以后我再也不会走了！

“你根本不知道我是怎么回来的……如果你敢不要我，我就去你以前的幼儿园、小学还有附中门口贴大字报！让大家看看你这个人有多坏！”

明屹亲着她的眼皮，好声好气地哄着：“不哭了，哭肿了眼睛明天怎么见人？”

他一路将怀里的哭气包抱回了卧室，放到了大床上，声音极其温柔：“工作的事情我会想办法……等我安排好一切，我们就结婚，好不好？”

乔皙乖巧地在床上躺下来，又拽了拽明屹的胳膊：“你也上床来。”

明屹依言换了衣服，从另一边爬上床，钻进被子，拥住了她。

她像只八爪鱼似的缠在他身上，偏偏声音又乖又软：“你记不记得，我走之前，你给我画的那个晚安故事？最后一个故事的结局，到底是什么？”

被哭气包这么抱着，明屹只觉得喉咙像是火烧似的，脑子里哪里还分得清她在说些什么。

当然，乔皙也没有想要他的答案，只是躺在他怀里，一直絮絮叨叨地说着：“你不知道我是怎么回来的……我不会告诉你的，说了你肯定就没有那么喜欢我了……所以你不要问，问了我也不会说。

“我还记得，我十八岁那年，你为了给我庆祝生日，特意从美国回来……那个时候你说，以后每年的生日都要陪着我的……可是你缺席了七年。

“我没有怪你的意思，就是心里有些难过……不过，就像现在这样，你抱着我，我们什么都不做，只是说说话，就已经很好很好了。”

什么都不做，只是说说话……

明屹的脸色黑如锅底。

不是。

这不是他要的。

第二天一早，明屹八点就起来了。

反倒是哭气包，大概是因为倒时差的关系，此刻睡得很沉，明屹怕将她吵醒，自己轻手轻脚地下床，换了衣服，然后出了房间。

食堂里的早餐已经开始供应了，餐桌旁稀稀拉拉地坐了几个人。

明屹同大家打过招呼后，熟练地钻进了后厨里。

大师傅正指挥着几个帮厨准备今天的午餐，见明屹来了，他笑着道："今天起这么早？外面不是还有饭吗？"

之前明屹时常工作到忘了饭点，总是要大师傅帮忙开小灶。

明屹解释道："我是想问问，您会做蛋糕吗？"

大师傅挑眉："蛋糕？"

明屹点头肯定："蛋糕。"

他欠了哭气包好多个蛋糕。

大师傅笑起来："做是会做，你要做多大的？"

明屹想了想，然后说："两个大的吧，够请大家一起吃的那种。"

一听他这样说，大师傅立刻拒绝道："那可不行，哪来那么多鸡蛋？"

在这里，肉和鱼什么的都不缺，但唯有蔬菜、鸡蛋之类难保存的新鲜东西，才是稀缺物资。

明屹站在原地愣了愣。

经大师傅这么一提醒，明屹才反应过来，做蛋糕是要放鸡蛋的。

不过按照科考站的规定，除了后勤人员，科考人员每天都是有一个鸡蛋供应的。

想了想，明屹便道："要多少个鸡蛋？这个月、下个月我都不吃鸡蛋就是了。"

大师傅打量他一眼，满脸狐疑："好好的，你要做什么蛋糕？咱们站里有谁过生日吗？"

当然，明屹既然打定了主意要给哭气包一个惊喜，当然是要守口如瓶的。

预支掉了自己下个月的鸡蛋份额之后，明屹又从食堂里挑了几样面点和一碗小米粥，带回了房间。

回去的路上撞见孙希凌和喻歆，后者是国内海洋大学派来科考的硕士生。

两个姑娘脆生生道："明老师。"

明屹朝她们点了点头，算是打过招呼了。

等过了转角，孙希凌才忍不住笑出了声。她看向喻歆，笑话道："你看你，那没出息的样子。"

喻歆脸上泛起了红晕："我、我和他说话就是会忍不住紧张嘛！"

孙希凌接着道："你呀你，纠结了这么久，喜欢就告白嘛，反正他又没女朋友。"

喻歆一副犹犹豫豫的模样："不好啦，人家又不喜欢我。"

"怎么会？"孙希凌笑起来，安慰她，"都说女追男隔层纱，你长得这么漂亮，主动告白难道他还会拒绝？"

喻歆低下了头，不说话。

见她这样，孙希凌继续劝道："小歆，你知道碰上条件又好、你自己又喜欢的男孩子多不容易吗？你不试试怎么知道他会不会接受你呢？哪怕真的失败了，也不会掉块肉。"

喻歆有些动摇："可是……"

"别可是了。"孙希凌拍拍小丫头的肩膀，"今天不是为了迎接新队员，要全体聚餐吗？你到时候告白，明老师怎么可能当众驳你的面子？多相处不就有感情了？"

第六章

一生

明屹回到房间的时候，原本在床上睡得正香的哭气包醒了。

“我不睡啦，越睡人越晕……你是不是给我带吃的了？”

明屹“嗯”了一声，将自己从食堂里带回来的饭盒放在一边的桌子上。

“过来吃饭。”

南极终年都是八级以上大风，因为防风需要，所以科考站的房间在设计时都是开的小窗。

明屹住的这间房因为极昼极夜的关系，卧室里是没有窗户的，只有书房里开了一扇圆形的小窗。

她赤脚跑到窗户前面，往外看了一眼，发现外面正在刮着暴风雪。

房间的窗户玻璃是加固过的，但此刻仍被窗外呼啸的寒风吹得哐哐作响，强风卷起的冰雪打在建筑物的外体上，一阵噼里啪啦的声音响起。

乔皙趴在窗前看了一会儿，觉得很新奇。

窗外是天寒地冻的极地，屋子里却是暖融融的。

房间里有地暖，乔皙光脚踩在地板上也没有半点不适。

她突然想起，她在来南极之前，一直以为这边的生活艰苦，大表哥他们在这里是靠抖取暖。

虽然知道大表哥跟牲口似的吃住不挑，但她来的时候，还是悄悄往行李箱里塞了好多暖宝宝贴。

不过现在……冻死他算了！

明屹走到窗边。

他从身后拥住乔皙，亲了亲她的耳垂，高挺的鼻梁蹭在她的颊侧。

男人滚烫的鼻息喷洒在耳后，乔皙被他弄得有几分痒丝丝的。

但是想到自己还在生他的气，她便挣了起来：“你放手！”

他收拢了双臂，将人紧紧圈在自己怀里，语带威胁：“还蹭？”

此言一出，乔皙满脸通红地停住了动作。

明屹又伸出一只手，两指捏住她的下巴，将她的脸转了过来。

明屹捉住她的手腕，眼神在一瞬间变得幽深起来。

两人不知在房间里腻歪了多久，等鹿小萌来敲门的时候，将近中午了。

书房里被两人弄得有些凌乱，草草地整理了一下，乔皙回到卧室里去穿衣服。

明屹将地上的丝袜捡起来，乖乖地递到她面前。

乔皙心中憋着的那股气总算顺了几分。

趁着她弯腰穿丝袜的工夫，旁边的男人从后面抱着她好一会儿，才恋恋不舍地松开手。

鹿小萌在门外没等很久。

只是……从昨晚到现在，要不是她来敲门，恐怕这两人还不会出来。

这讨论得该有多激烈啊？

单纯如鹿小萌，这会儿都不相信这两人是在讨论数学难题了。

他们肯定是背着大家在玩什么好玩的游戏！

乔皙起初脸还挺红，不过刚出房间，她便看见大表哥像是换了个人一般，双手插兜、面无表情地跟在她们俩后头，还是从前那副冷淡疏离的模样。

于是乔皙的脸皮也厚起来，自顾自地和鹿小萌说着话。

鹿小萌满脸兴奋：“今天早上食堂有烤冷面哎！中午的菜单上还有炸猪排！我刚才去问了，大师傅说晚上还有大惊喜！”

每次看到鹿小萌，乔皙仿佛看见了第二个菀菀。

当下，她的眼神不自觉地柔软起来，像哄妹妹一样，柔声道：“什么大惊喜呀？”

“不知道呢。”鹿小萌有些沮丧地摇摇头，“我本来想去厨房帮忙的，但是大师傅让我先好好休息，以后有的是活儿干。”

晚上的时候，为了迎接科考队的新成员，老站长安排了大家在食堂聚餐。

“雪龙”号刚运送了一批新的物资过来，是以这顿晚餐颇为丰盛。

明屹看了一眼手表，又抬头看向后厨的方向。

他和大师傅约好是七点整将蛋糕推出来，现在还有五分钟。

明屹遥遥望着同鹿小萌坐在食堂另一头的哭气包，心情不由得有些烦躁。

他再次抬腕，不耐烦地看了一眼手表。

还有三分钟。

突然，他旁边响起一个女声——

“明老师。”

明屹转过头看向突然站起来的女孩，皱了皱眉，才想起来是谁。

“我、我……”小姑娘看着他，眼神躲闪，声音结结巴巴，“我一直……”

明屹等了十秒钟，没等到她的下文，便再次转过头去了。

见他这样，女孩突然生出了无穷的勇气来。她大声道：“明老师，从到科考站的第一天，我就喜欢上了您，我……”

女孩突如其来的声音，叫偌大的食堂瞬间安静了下来。

明屹的视线还没来得及转回来，因此看见了他的哭气包瞪大了眼睛，满脸愕然地看向这里。

喻歆看着自己面前的男人，因为自己陡然成了众人的焦点，她有些不好意思，但很快又鼓起了勇气，继续说道：“明老师，虽、虽然您平时看着冷冰冰的，也不怎么和大家说话，看起来好像很不耐烦我们似的，但我知道，其实您心里并不是这样想的……”

明屹打断她，冷冰冰地开口：“我心里也是这样想的。”

喻歆愣了愣，又重新扬起了笑容：“明老师，您别这样说，我知道，您其实是个特别好的人。”

明屹皱紧了眉头，盯着站在自己面前的女孩。

他甚至怀疑下一秒，她的嘴里就要蹦出来一个“敬爱的明老师”了。

不过，他更想知道的是，谁给她的勇气来向自己告白的？

喻歆看着他，脸上已经泛起了红晕。

她小声道：“我刚来科考站的时候，那次野外作业，我不小心踩进

雪坑里，也是您把我抱出来的……”

明屹不等她说完，语气严厉地纠正她：“不要乱说，我是把你‘拎’起来。”

说完，他想转头看看哭气包的反应，但又意识到，自己这样做反而像是做贼心虚，于是只好艰难地忍住。

而且，他觉得有些事情需要说清楚：“我之所以把你拎起来，是因为你踩到了我的东西。”

喻歆不解。

顿了两秒，明屹继续面无表情地解释道：“我媳妇儿送给我的链子掉进了雪地里，是你不看路，踩在了上面。”

喻歆道：“媳妇儿？”

乔皙也犯了糊涂。

什么链子？

她什么时候送过链子给大表哥？

另一边，乍然得知自己喜欢的人已经有媳妇儿的消息，喻歆在短暂的愣怔过后，迅速地反应过来，一瞬间眼中盈满了泪水。

明老师怎么可能有女朋友呢？

喻歆难以相信。

跟他同一个单位、一起来南极的褚老师都说过，同事七年，他平均每周有三次都能看见明老师脚上穿的两只袜子不是一双。

这样的明老师，怎么可能会有女朋友？

恰在此时，一直在后厨准备着今晚大惊喜的大师傅，推着蛋糕车从里面走出来。

在南极这样的地方，新鲜蛋糕可谓是极其难得。

上个月老站长的五十岁生日，大师傅也没舍得拿宝贵的鸡蛋给他做生日蛋糕，而是做了一个大寿桃，又往上面插了几根蜡烛，权当作是生日蛋糕。

这会儿眼看这么大的两个蛋糕，几乎够整个科考站的同事都吃上一块，大家一下子都兴奋起来，有人询问道——

“是有人过生日吗？谁呀谁呀？”

“不知道哎，好有排面呀！之前站长不是说没有蛋糕的吗？”

乔皙和鹿小萌在看到那个缀满水果的大蛋糕时，就被吸引了所有的注意力，将原本正在看的热闹抛到了脑后。

鹿小萌的眼睛亮晶晶的：“原来大师傅说的惊喜就是这个呀！”

实在是太久没吃到蛋糕了，因此这会儿的乔皙也忍不住咽了一口口水，眸子同样亮晶晶的：“现在可以吃吗？还是要等到吃过饭以后？”

大师傅笑眯眯地推着蛋糕车穿过了大半个食堂。

几个眼尖的人，一下子看见了蛋糕上写的几个字，一时间发出此起彼伏的抽气声。

“这样有意思吗？我已经闻到酸臭味了！”

“嘘……你没看见下面的落款吗？”

鹿小萌也从座位上站起身，好奇地踮起脚往那边看去。

她一字一句地将自己看到的念出来：“初、初吻……十周年快乐……M、i、n、g？”

一旁的乔皙愣了愣，但很快反应过来，瞬间一张白净的脸涨得通红。

什么跟什么……

大表哥真是好欠揍啊！

蛋糕车被一路推到了明屹面前。

站在他近旁的喻歆看了一眼蛋糕上的字，一时间脸色变得十分难看。

坐在她身边的孙希凌见她这副模样，也站起身看了一眼，看完之后，脸上的笑容瞬间变得有些僵硬。

不过明屹并未留意这两人的反应。

他拿过摆在一边白瓷盘里的细长锯齿刀，转头看向了食堂的另一边。

他的视线正撞上一只热气腾腾、白里透红的哭气包。

虽然哭气包一言不合就不搭理他，而且今天已经同他闹了快五个小时的脾气……但明屹觉得，自己的媳妇儿，宠着她是应该的。

关于自己为了哭气包，预支了这个月，以及下个月的鸡蛋份额这件事……明屹决定不主动说出来，等哭气包自己发现。

就像当年高中时，哭气包发现自己为了她啃了半个月的白馒头后，感动成了什么样？

可惜那时候的自己一窍不通，没有借着这个机会做一些想做的事情。

但这一次，他不会放过这么好的机会了。

念及此，明屹的嘴角不由得弯起来。

他遥遥看向不远处的哭气包，开口道：“皙皙，过来切蛋糕。”

乔皙没想到，刚来这里的第二天，自己便成了整个科考站的焦点。

不过……这样也好。

她现在就明示一下所有权，免得再有人打大表哥的主意。

乔皙从座位上起身，一路走到了明屹身边。

原本站在明屹旁边的喻歆，此刻眼睛红红的。

大概……一半是难过，一半是丢脸吧。

乔皙这样想道。

没等她想好说辞，喻歆先瓮声瓮气地开口了：“对不起……我不知道你和明老师的关系。”

小姑娘的声音越来越低，几乎是带着几分羞愧：“我一直以为他是单身……我不是有意破坏你们的。”

乔皙笑了笑，道：“没关系。”

她说着话，目光却是淡淡地扫过了一旁坐着的孙希凌。

喻歆也许是真的不知道，可孙希凌……她却是揣着明白装糊涂。

而且乔皙也看出来喻歆和孙希凌，平日里的关系定是不差。

可如今喻歆要表白，这个明明已经在明屹的房间里见过她的孙医生，却不拦着，那孙医生的心思便很好猜了。

不过就是把好友当作傻子了。

她明知道明屹一定会拒绝，但还是撺掇着好友来表白，不过就是想借这事情，来试探她同明屹之间的关系罢了。

这种手段跟乔皙在美国念书时，见过的手段比起来，不过是小巫见大巫。

因此她半点也没生气，只是朝着喻歆温和地笑了笑，开口道：“这件事也不怪你啦……都是明屹的保密工作做得太好了。”

说完，乔皙便含笑看了一眼身边的男人。

突然受到哭气包充满爱意的注视，明屹在短暂的一瞬间感觉到了窒息的幸福。

乔皙继续道：“整个科考站里，就只有顾大副和孙医生知道我们的事情……他们都守口如瓶，你当然不会知道啦。”

话音刚落，一旁的孙希凌脸色瞬间苍白。

离得远的同事倒也罢了，离得近的同事一听乔皙这话，也有些炸开了锅。

不比乔皙和鹿小萌这种新来的队员，科考站里的老队员都知道，喻歆和孙希凌两人是老乡，又是同一个中学出来的学姐学妹，平日里这两人关系最为要好。

这会儿大家都觉得这个孙医生也太不厚道了，她明知道明屹有女朋友，知道好友要来表白，也不拦着点。

非但不拦着，刚才喻歆表白前本来有些犹豫，还是她将人推起来的！

喻歆看向一旁的孙希凌，带着哭腔吼道："你为什么要骗我？"说完捂着脸冲了出去。

孙希凌一脸悻悻，她在座位上犹豫了好几秒，然后站起身来，朝着众人抱歉一笑："你们先吃吧，我去看看这丫头怎么了。"

好在大家也没有将刚才的那场闹剧当一回事。

毕竟科考站里喜欢明屹的并不止喻歆一个，要不是今晚这一出，大家也都想不到明屹居然会有女朋友。

等到只剩下他们两人时，乔皙捏着嗓子，娇滴滴地开口："明老师——"

哭气包难得对着自己撒娇，明屹起初还挺受用，觉得是刚才的表白让哭气包有了几分危机感，所以这会儿才这么乖地来讨好自己。

可等到两人视线一接触，明屹反应过来。

这是要秋后算账！

他轻咳一声："有话好好说。"

乔皙看着他，揭穿他刚才话里的谎言："我什么时候送过链子给你？还是你有别的媳妇儿？"

虽然很丢脸，但为了清白……

他还是犹犹豫豫地从裤兜里掏出来一个东西。

正是他口中的那条链子。

乔皙不由得瞪大了眼睛："这是……球球的！"

她给球球买的狗链子，也被他抢来了？

明屹的语气难得委委屈屈的："你都没给我买过这些……"

他这一说，倒的确是。

以前他过生日的时候，乔皙都是花心思做了好吃的东西给他，用的东西她还的确没送过。

毕竟……那时她和大家一样，都觉得大表哥跟牲口似的，有吃的就行，送用的东西给他那是糟蹋了。

这样想想，乔皙忍不住有些愧疚。

她伸出小拇指，钩了钩明屹的手，哄他："对不起啦，我下次给你打个金链子！"

明屹"哼"了一声，算是接受了。

他搂着哭气包的腰："先回房间去。"

眼下全科考站的人都知道了他们俩的关系，乔皙脸皮薄，自然是不想再同他住一块了。

明屹在她的脑袋上拍了一下，说道："我累了，先回房间去。"

一听到要回房间，乔皙警惕起来，挣开他的手："拜拜。"

明屹很不满地重新将哭气包拖回怀里："一起回去。"

"不要！我和小萌有话要说。"

之前眼睁睁地看着大表哥欺骗单纯的小萌，乔皙的心里很自责，这会儿打定了主意要好好哄哄鹿小萌。

再说了，大家又不是傻瓜，她要是和大表哥整天躲在房间里，所有人都能猜到他们在干什么好吗！

见哭气包拒绝，明屹倒也不生气，只是点点头，道："正好，我也有事情要问她。"

乔皙慌忙捂住他的嘴巴，急中生智道："你你你……你不准和别的女孩子说话！"

明屹挑挑眉，反问道："鹿小萌不是你的好朋友吗？连她也不可以？"

"不可以！"乔皙重重点头，肯定道，"只要是女孩子都不可以！"

话音未落，乔皙便看见明屹的身后走过来三个人。

乔皙认得他们其中的一个，叫小杜，刚才吃饭的时候鹿小萌还说小杜给她们送了自己带来的特产。

自觉刚才那番话有些彪悍，乔皙哪里还好意思和旁人打招呼，将脸埋进了明屹的胸前。

明屹很满意。

哭气包只对他一个人这么霸道。等到人走远了，明屹捧住哭气包的脸，在她唇上重重啄了一下。

“唔。”明屹松开怀里的小醋包，皱起眉来，抽了抽鼻子，“好酸。”

乔皙气呼呼地捶了他一拳。

被打了一下，明屹连眉头也没皱，面不改色地继续着先前的话题：“行，不能跟女孩子说话，那我去问老顾。”

啊啊啊啊啊！

乔皙的内心几乎是崩溃的，她一把揪住明屹的衣袖，可怜巴巴道：“我、我想睡觉了，要你陪着我，我才睡得着。”

明屹盯着哭气包看了好一会儿，然后一副牺牲颇大的模样，点了点头。

等两人一齐回到了明屹的房间，看着满室的狼藉，又联想到昨夜今晨的种种画面……乔皙的脸“腾”地红了。

她……好像又被大表哥套路了？

不过，在乔皙踏入房间的那一刻，已经没有后悔药吃了。

明屹将房门关上，满脸的理直气壮：“门我已经锁了。你今天只能睡这里了！”

乔皙此番来南极，除了千里追夫，其实还有正经事情要做。

她先前带了一批 Predator 最新投产的智能机器人前来，为的就是测试这一批智能机器人能否在极端环境下正常作业。

现在是南半球的夏季，所以大多数时候天气都还不错，科考队员外出考察也没有太大危险。

可一旦进入南极的冬季，这里的气候环境便会变得极其恶劣，外出作业的科考队员发生意外都是常有的事情，因此科考站制定要满三人以上才能外出的规定。

如果国内的工厂能生产出一批具备野外勘察能力的智能机器人，想必在极地的勘测效率和范围都会大大提高。

明屹的工作内容不包括野外作业，可他哪里放心让哭气包一个人出去？

所以一大早，他也换了外出的衣服一起跟了出来。

但明屹还是担心哭气包冷，他将哭气包的手揣进自己的冲锋衣口袋

里，又遥遥指着科考站后面的一处：“你看，那儿是企鹅岛。”

一听到“企鹅”两个字，乔皙的眼睛瞬间亮了：“企鹅！”

她刚下船的时候曾经在科考站的周围见过一只企鹅，但是所有人在来之前都被告知过，到了南极，不能和企鹅有任何接触，并且还必须和它们保持五米以上距离。

不过，乔皙觉得，五米就五米，那也足够她好好观察一下企鹅了呀。

她还答应了胖虫虫，要拍照片回去给他看呢！

只是她下船之后，接连几天的暴风雪，到了今天才得空出来放风。

同行的几个观测员听见，笑道：“乔老师想看企鹅的话，我们可以往那边走走看。”

乔皙挺不好意思：“不了不了，我不耽误你们工作，就按原定路线吧。”

“没关系的。”观测员小杜笑起来，“我们本来也是要检查无人机的拍摄环境，那边早晚都要去的。”

于是一行人便往企鹅岛的方向出发。

他们没有登岛，只是坐了一艘小艇在岸边看企鹅。

据小杜说，这座岛之所以叫企鹅岛，是因为这里曾聚集了超过二十万只企鹅。

乔皙很没见识地瞪大了眼睛。

见到别的男人在哭气包面前侃侃而谈，明屹心里很不高兴。

当下他便收紧了怀抱，将哭气包半揽进自己怀里：“那些公企鹅都很忠诚，它们这辈子认定了一个配偶之后，就不会再换。”

就像他一样。

乔皙疑惑地回头看他一眼。

明屹将自己昨晚连夜搜到的内容现学现卖：“每年冬天，母企鹅下完蛋之后就拍拍屁股走人，留着公企鹅在这里孵蛋。”

乔皙不解。

“等到夏天，小企鹅孵出来后，母企鹅又会随着洋流漂回来。”

乔皙仍不解。

明屹面不改色地继续道：“公企鹅从来都不计较，一个人又当爹又当妈，不但把孩子拉扯大，还傻傻地痴心等老婆回来。”

大表哥……好像在影射什么？

乔皙很谨慎地没有接话。

紧接着，明屹又补充道：“你觉不觉得，这像我带着球球和斑比等你的样子？”

乔皙第一次发觉，大表哥的语文还挺好。

都学会用比喻手法了。

旁边众人都是一脸忍笑的模样，乔皙回过头，刚要说话，却是一阵头晕，眼前天旋地转。

她揪紧了明屹的袖子，软趴趴地将脑袋趴在他胸前。

明屹心里一惊。

哭气包是被自己气晕了？

他赶紧扶住哭气包的脑袋，声音有些发慌：“好了，我不说了我不说了，你别生我的气。”

乔皙将脑袋埋得更深，蔫儿吧唧地开口：“船太晃了，我头晕想吐。”

明屹如临大敌般地将哭气包带回了科考站的医务室。

乔皙只觉得他小题大做，对着医生强笑道：“我真的没什么事啦，就是刚才有些晕船想吐。”

杨医生是过来人，他看一眼乔皙，又看一眼明屹，目光在两人中间扫视数回后，他推开椅子起身，走进内室，拿了个东西递给乔皙。

乔皙一看那东西，脸“腾”地红了。

杨医生解释道：“这里没有医院的条件，你先拿试纸测测……有结果了再来告诉我。”

乔皙哭丧着一张脸回到了房间里。

她就知道！

迟早要出事！

看着验孕棒上的两条横线，坐在马桶上的乔皙捂着脸，几乎要大哭起来。

都怪大表哥！

她现在都不知道是哪一次中标的！

突如其来的小小明，令明屹喜忧参半。

高兴的是，她腹中孕育着的孩子，融合了两人的血脉，是他们彼此相爱的证明。

忧虑的是，自从验出怀孕后，他就连哭气包的一根手指头都没碰过了。

除此之外，他还被发落到地上睡觉，连床都爬不上去了。

而且哭气包也不给他铺被子了，明明十年前在哭气包奶奶家打地铺时，那会儿她还会帮自己铺被子。

好在初为人父的喜悦盖过了一切，明屹不觉得日子难过。

除了有些事情需要自己克服以外，其他一切对于他而言，都十分完美。

每次雪龙号载着新一批的科考队员来了，原有的部分老队员相应地随着即将离开的雪龙号一道撤离。

原本乔皙也打算跟着一起撤离的，可因为她还没满头三个月，在海上奔波恐怕会有危险。

杨医生也建议乔皙先留在这里养胎，毕竟这会儿正是南极的夏天，环境并不算恶劣，等到满了三个月，再和其他人一起在越冬期前撤离。

因此顺理成章地，乔皙留在了科考站里过年。

往年的除夕当天，春晚节目组都会同在极地、在边境留守的工作人员视频连线，今年也不例外。

唯一出人意料的是，今年的除夕，全国观众都被塞了好大一口狗粮。

同国内视频连线的时候，科考站里留下来的六十多名科考队员都聚集在了食堂里一起包饺子。

正对着摄像机接受采访的是老站长。

视频另一头的主持人问道："刘站长，这是您在南极的第几个年头了？"

老站长笑眯眯地答道："这是我在南极过的第七个春节了……"

然而，吸引广大观众注意力的，却是视频画面中不起眼的角落里的那一对男女。

大家都在包饺子，这两人也占据了一张台面包饺子。

女孩很认真地低头包着饺子，可站在她身侧的男人却无心干活，瞅着了空当儿便凑上去亲一口脸蛋。

亲了好几口后，女孩似乎生了气，怒气汹汹地抬头瞪向对方。

谁知男人却伸手沾了桌上的面粉，往她脸上一点。

两人闹着闹着又笑了起来，最后男人捧着女孩的脸，重重一口亲下去。

手快的网友将这两人的画面从短短二十五秒的视频中截取出来，做成了动图广为流传，还配以标题：

“当着全国观众撒狗粮！史上最会秀恩爱的情侣！”

网友纷纷在底下留言评论道——

“好甜好甜！我能说我刚才看节目的时候就全程盯着左下角看了嘛？”

“楼上 +1，虽然画质感人看不清脸，但小姐姐的轮廓一看就是大美人啊，身材还那么好！”

“等等！你们有没有发现，这个小姐姐有点眼熟哎……”

一夜之间，这对“史上最会秀恩爱情侣”迅速在网络上走红了。

原本大家热议是因为这一对小情侣的模样登对，看起来赏心悦目。

直到一个科技圈的自媒体“大 V”转发了那张被热转的动图——

“哎呀，这图里的不是那晢晢吗？你们告诉我我有没有眼花……”

作为 Predator X-Brain 这个项目的首席科学家，乔晢只在科技圈里被人所熟知。

眼下这位大 V 出来一转发，“次元壁”立即被打通。

吃瓜群众惊讶地发现，那个妹子，竟然真的是前段时间声名大噪的科技圈女神，乔晢。

算起来乔晢销声匿迹许久。

而 Predator 旗下的 X-Brain 这个项目仍在有序推进，所以一众圈内外人士便隐隐有了推测。

大家都猜测是 Predator 深谙炒作之道，所以才会一开始将这位极富话题性的美女推到公众面前来。

等到 X-Brain 这个项目赚足了大众眼球后，公司高层自然也知道这么年轻的女性承担不起这样的重任，所以才会有乔晢之后的销声匿迹。

吃完团年饭，大家帮着后勤收拾完厨房后，便都忙着要和家里人视频。

因为科考站的宽带有限，平日里乔晢想下载个电视剧都要顶着 10Kb/s的速度下好几天，而今晚大家都要同家里视频，自然是要轮流着来。

明屹他们被分配到了十一点到十一点半那一场，离视频的时间还早，住在隔壁的顾大副过来敲门，找他去打牌。

他不想去，他放心不下哭气包。

刚才在食堂里吃团年饭，她包饺子倒是包得很多，却只吃了一个半饺子，就嚷嚷着吃不下了。

之前的哭气包吃什么都津津有味，可怀孕之后，她的嘴就变得越发挑剔，吃什么都没有胃口，整天面对着那些鱼啊肉啊的，她已经食欲不振很久了。

明屹心里还在想着，要弄些什么好吃的来喂他的哭气包时，半躺在床上的哭气包就已经推推他的胳膊，轻声道："去和他们打牌吧。"

她听小萌说，大表哥已经被科考站的众人嘲笑老婆奴很久了。

明屹一愣，立刻表忠心："不去！大过年的，我要和你们母子俩在一起。"

乔皙皱着眉头，颇有些恹恹的模样："你在房间里晃来晃去我头晕……让我清静会儿行不行？"

如果有尾巴的话，此刻明屹的尾巴一定已经耷拉在了身后。

他很沮丧地出门去了。

看着他委屈巴巴的背影，乔皙忍不住笑了起来。

她知道大表哥对自己好，这就足够了嘛……在外人面前，她还是希望大表哥能多有一点面子的。

她在床上看了一会儿杂志，然后拿起手机，在如同蜗牛一般的网速下，她的手机里终于艰难地蹦出来两个小时前的信息。

几乎是在同一时间，卧室的房门被推开了，明屹一脸喜气洋洋地走进来。

乔皙将手机放到一边，好奇地问他："这么快就打完了？"

明屹美滋滋地"嗯"一声，将手中提着的袋子放到桌边。

他当然不会告诉哭气包，智商超群的自己，其实是个不稳定因素。

那群人，为了形成稳定的均衡局面，不过才打了五局，便将他逐出队伍了。

当然，明屹并不在意。

因为刚才赢的那五局牌，已经足够他将顾大副等人的零食库洗劫一空了。

乔皙掀开被子下床来，好奇地翻着他拎回来的袋子："这是什么呀？"

明屹的声音听起来挺开心：“芹菜饺子。”

在青菜比金子贵的这地方，听到有自己最爱吃的芹菜饺子，乔皙还是没忍住，“咕咚”咽了一大口口水。

就知道哭气包爱吃这个，明屹拿着一并顺来的小煮锅，倒了水准备煮饺子。

先前吃饭时乔皙真是半点胃口都没有，如今看到芹菜饺子，光是想想那香味，她已经食指大动。

她在明屹的身旁来回打着圈：“好了没有呀？”

明屹回头看了一眼馋得口水直流的哭气包，不由得好笑：“水还没开。”

乔皙急得想跳脚：“你到底会不会煮饺子啊？”

如此这般折腾下来，等到他们同国内的明家人通上视频时，乔皙正抱着一个大碗，对着里面的芹菜饺子狼吞虎咽。

祝心音一看就心疼得不得了，问道：“皙皙怎么现在才吃饭？”

说完，她又开始数落起自家的小王八蛋来：“你就不知道看着点儿，干吗让皙皙饿肚子？”

一旁的明骏一副同仇敌忾的模样：“就是！自己跟牲口似的天天就知道吃！”

乔皙放下筷子，水汪汪的大眼睛里含着泪：“爸！妈！”

明家三人不解。

明屹倒是有些惊喜，哭气包怎么这么乖，不用他说，自己就改口了。

下一秒，乔皙就“哇”地哭出了声：“我怀孕了！”

明家三人又震惊了！

这回明屹也有点惊讶了。

他们不是说好了，等从南极回去再和家里说这件事的吗？

接着，乔皙便抹着眼泪，伸手往旁边一指，带着哭腔道：“是他的！”

明骏和祝心音已经反应过来了，夫妻俩对视一眼，然后道：“皙皙，这个就不用特意说了。”

乔皙哭得更大声了：“可他不想和我结婚！”

明屹一脸震惊地看向身旁的心机哭气包。

而视频那头的明骏，在经历了三秒的延迟后，彻底反应过来了，尽管整个人因为动作过快，已经糊成了马赛克，但仍能从马赛克中看出他

的滔天怒火——

“晢晢你别怕，我帮你打死这小王八蛋！”

不光是视频那头的明骏被气到模糊，连祝心音也被气得够呛：“多久了？什么时候的事儿？怎么现在才和我们说啊？”

明屹试图开口解释：“就上——”

祝心音怒目而视，原本就很高的音量又提高了几分：“问你了吗？给我闭嘴！”

明屹一脸不服地闭上了嘴。

乔晢这会儿有几分不好意思地开口：“一个多月……快两个月了。”

菀菀瞪大了圆鼓鼓的眼睛，惊讶道：“小乔姐姐，那就是你刚去南极就怀——”

祝心音回头瞪了小女儿一眼。

明菀意识到自己说了什么，赶紧捂嘴收声。

祝心音又念叨开了：“你们两个啊，要我说你们什么好？这么大的事情也敢拖着不告诉家里？

“晢晢也就算了，姑娘家的面皮薄，当然是不好意思说，明屹你怎么回事呢？这么大的事情还要你媳妇儿说出来？你们真以为自己还是十五六岁，闹出了人命不敢告诉家里是不是？”

乔晢的一张脸羞得通红，默默地低下了头去。

祝心音办起事情来最是雷厉风行，当下脑子已经转开了，有条不紊地安排着——

“你们俩还真是胡闹，孕妇头三个月能待在南极这种地方？

“我知道，你们那儿隔三岔五就要借人家智利军方的直升机，下一次直升机再来的时候，晢晢你先跟着回来。

“我明天就去挑请柬、订酒店……哎哟，马上开春了，结婚的人那么多，也不知道能不能订到两个月内的酒店……你们俩可真是啊！”

乔晢也没料到，今天这一遭逼婚，竟将自己给折进去了。

她低眉顺眼地接受了祝心音的好一会儿教训，这会儿忍不住问道：“两个月……是不是太赶了呀？”

她想起自家老板陆琛，光是求婚就准备了三个月，婚礼自不必说，准备了快一年。

虽然她没有那么讲究，可两个月的时间筹备婚礼……怎么算都是来不及的吧？

祝心音的脸色发绿，菀菀在一旁恰当地提醒道：“小乔姐姐，时间再拖的话，你穿婚纱就不好看了哦。”

乔皙反应过来，再往后拖，她的肚子就藏不住了！

这样一想，她的眼眶就红了。

孕妇的情绪本就敏感脆弱，此刻的乔皙难过极了。

她千里迢迢跑来找这个呆子，结果他先是骗自己他已经有了女朋友，要赶她回去，又说要把球球还给她。

要是真把她赶走那才好了呢！

现在好了，等到婚礼的时候，哪怕肚子能够遮得住，可她怀孕的事情怎么能瞒得住？

到时候肯定会有人说她是借子逼婚！

祝心音看不惯自家小浑球：“你也赶紧跟你们领导请婚假，婚礼当天我不希望你缺席。”

明屹面色如常，仿佛没听到祝心音这番话似的。

一见大表哥这副浑球样子，乔皙又想要流眼泪了。

他这是什么意思嘛！

摆明了不想结婚？

视频那头的明骏也很火大，再次气到模糊：“你没听见你妈妈说的是不是？”

明屹瞥了一眼屏幕上暴怒的老父母，轻哼了一声：“是你们刚才让我闭嘴的。”

同国内视频的时间十分短暂，等满了半小时后，明屹十分熟练地同摄像头那边的家人道再见：“不说了，还有别人在等着宽带呢。”

明骏仍有几分忧心忡忡：“皙皙啊，好好照顾自己，他敢对你不好就跟我告状。”

祝心音也要抹着眼泪了：“皙皙，记得跟食堂师傅说，你是孕妇，让他多给你做点有营养的东西吃……我们这边也赶紧帮你安排回来的直升机，不能再待在那里了，听见了没？”

挂掉视频后，明屹想到心机哭气包刚才的告状之举，心里有几分气不顺，语气不好地开口：“让一让！”

乔皙猛地抬头看向这呆子，满脸震惊地说道：“你凶我？”

哼！哭气包还真是说对了！

他今天就是要好好凶一凶这个变坏了的心机哭气包！

哭气包从前那么听话乖巧，现在不知道跟谁学来的，居然还懂得告黑状了？

孩子不听话，多半是惯的，打一顿就好了！

明屹恶向胆边生，挺直腰杆对着哭气包大声说道：“对！我今天就是要——”

乔皙朝着他瞪圆了眼睛。

明屹卡了一下壳，硬生生将后面的半句话咽了回去。

乔皙挑挑眉：“就是要什么？”

明屹的冷汗直冒，求生欲在这一刻涌现出来。

什么孩子不听话打一顿就好了……哭气包分明是他的祖宗！

想了想，他接着先前的气势，继续大声开口道：“你瞪我干什么？我今天要凶的就是你！”

乔皙不解。

明屹哼了一声，冷笑道：“你别以为你长得跟仙女一样漂亮，我就会纵容你！你这么瘦，吃一点芹菜饺子肚子能饱？你给我让开！”

乔皙还沉浸在这呆子对自己又瘦又美的夸奖当中，真的十分乖巧地让开了身子。

明屹伸手将她面前那个装着芹菜饺子的大碗拿开，走出了几步，又回转过身来，拿手指点了点她，满脸的警告：“我现在去给你下牛肉饺子，别以为你长得好看声音又好听，跟我撒撒娇我就会心软！今天我煮几个你就要吃几个！”

第七章
明先生，请多多指教

没过几日，恰逢智利派来一架直升机运送药品到科考站来。

因为两国的南极科考站离得近，智利人又时常过来大师傅这儿蹭吃蹭喝，因此两边科考人员的关系十分不错。

对于中方这边拜托他们顺路带回一位“身体状况不太稳定的女性”这一要求，智利军方十分爽快地答应了下来。

智利军方在科考站停留了三天，在第三天刚吃完饭，明屹便帮哭气包收拾起了行李。

乔皙见大表哥忙碌的样子，忍不住乐起来：“有什么好收拾的呀？你们这儿什么都没有，我把行李原样带回去就行了。”

明屹将自己从大师傅那里讨来的小鱼干一股脑儿全部塞进乔皙的行李箱中。

前几天哭气包没胃口不想吃饭的时候，他就拿了小鱼干喂她，要吃两口饭才给喂一条小鱼干，这才哄得哭气包乖乖吃了两天饭。

这会儿见他还将这小鱼干当宝似的往自己的行李箱里塞，乔皙故意嫌弃道：“我才不要呢，回国了之后我什么好吃的没有？才不稀罕这个呢。”

目前的计划是，她在智利休息一天后，坐上返回国内的航班，十几个小时后，便能回到北京家中。

明屹伸手一拉，将哭气包拉到自己身侧，将她抱到了自己腿上。

他将一个东西塞进她的手里：“喏，充公了。”

乔皙瞪大了眼睛，看着自己手中突然多出来的这张银行卡。

她眨眨眼睛：“工资卡？”

明屹“嗯”了一声，模样有几分不自然。

她成了个小财迷，捧着那张银行卡翻来覆去地看：“里面有多少钱呀？”

明屹简单算了算，然后报了个数字。

“这么多？”这个数字叫乔皙吓了一跳。

她知道他们这种科研单位的工资不会太高，可……他怎么能存下这么多钱？

其实是因为明屹吃住都在单位不用花钱，除了逢年过节在 Steam 上大采购以外，他自己没有任何需要花钱的娱乐活动。

只是看到哭气包的反应，明屹有几分不满。

这么多？

哭气包难道觉得他赚不到这么多钱？

因此明屹略过自己省下的吃住费用，只是故意云淡风轻道：“除了我自己平时花，再给我妈和菀菀买口红，也没存下多少，只有这么点儿。”

乔皙原本还想要将工资卡收下来的，可一听他以前的工资还要给祝阿姨和菀菀买东西，这张银行卡瞬间就成了烫手山芋。

祝阿姨和菀菀都对自己那么好，可她一上来就把大表哥的工资卡收了，大表哥不能给她们买东西了，她们肯定会难过的吧？

乔皙代入自己想了想，觉得自己要是养了这么个儿子，肯定要伤心的。

可“钢铁直男”难得这么懂事，乔皙也不想打击他的积极性，思来想去，她将银行卡塞还给他，故意气鼓鼓道：“你要我挺着大肚子一个人去买钻戒吗？”

明屹愣了愣，这茬他倒是没想到。

想了想，他开口问道：“那你喜欢什么样的？”

乔皙佯怒道：“不是你应该给我惊喜的吗？我告诉你了还有什么惊喜？”

明屹想想也是。

两个人又抱在一起腻歪了好一会儿，明屹才将怀里的人松开，让她离自己远一些，然后亲亲怀里人的眼皮，低声道：“回去好好照顾自己。”

乔皙坐在他的怀里，不安分地扭了扭，伸直了脖子，将一张小脸凑到明屹面前，一副求亲亲的模样。

明屹捏着她的下巴，在她唇上亲了一口。

只是明屹的情绪依旧郁郁不乐。

其实乔皙早看出大表哥的心情不好，所以刚才才故意逗他，可没想到此举也没能令他的心情好转，她有些沮丧。

她将脑袋乖乖地靠在男人的肩窝里，揪着他胸前的衣服，声音乖巧："是不是皙皙要走，大表哥不舍得啦？"

明屹收紧了怀抱，手臂横在她的腰后，令两人的身体贴得更紧了几分。

他的声音闷闷的："照顾好自己，听见了没？"

从未有哪一刻像现在这样，明屹深恨自己的无能为力。

从前他只知道自己的工作需要牺牲许多，不光是自己牺牲，连带着家人也需要一起付出。

过去的那七年里，他几乎与世隔绝，未曾尽到为人子、为人兄长的责任。

可那时父母尚值壮年、身体健康，妹妹也已长大成人……所以他没有体会到自己缺席会招致的种种后果，他的家庭也从未要求他承担过任何责任和重担。

可如今却不一样。

他的哭气包，他心尖儿上的小姑娘，如今腹中孕育着融合了两人共同血脉的孩子……

她和孩子能够依仗的，只有一个他而已。

可他却连最简单的陪伴都做不到。

乔皙怎么会不知道他的心思？

她轻而易举地猜中了，环着他的脖子，软下了声音开口道："明屹，我不想你继续现在的工作，不是因为我希望你能多一点时间来陪我，而是因为我想看到你重新回到理论数学的领域。"

乔皙抬起眸子，专注地看向面前的男人，眼中闪烁着的璀璨光芒，一如十年前被少年所震撼的少女。

她窝在他的怀里，轻声说道："我其实没有那么娇气，也没有那么需要人陪。有时候我跟你撒娇，只是想让你多疼疼我而已……如果你能够重新做回你真正热爱的事情，哪怕陪我的时间比现在更少，又有什么关系呢？"

听完了乔皙的这一番话，明屹长久地沉默了下来，他眼眶隐隐有几

分发热。

明屹的嘴唇动了动，最终什么话也没能说出来。

刚才那一番深明大义的话说完，乔皙也有些想哭。

有哪个女孩子会不希望爱人陪伴在自己身边呢？

她之所以这样说，不过是希望大表哥不要因为不能陪伴在她身边而愧疚。

她不想要他愧疚。

从过去到现在，乔皙都希望，他和自己在一起的每分每秒，都是快乐的。

第二天，临别前，明屹将哭气包圈在自己的怀里，低头亲了好几口，然后语气严肃道："回去要给我好好吃饭睡觉，工作不准太辛苦，别以为我喜欢你喜欢得没有原则，你就可以为所欲为，听见了吗？"

他已经知道了要怎么逗哭气包笑了。

虽然这招式已经老了，可有用就行。

果然，一听这话，原本还含着泪的乔皙瞬间破涕为笑，她伸手打了面前的明屹一下："你这个人，说话怎么这么讨厌呀？"

明屹的拇指轻轻拂过她的眼皮，沉声道："好了，不准哭了，再哭要冻坏脸了……我手上还有一个项目，等一上正轨，我会马上办离职，一定赶在明白出来前，回到你们身边，好不好？"

乔皙哭笑不得："说了不准给他起奇奇怪怪的名字啦！"

起因还是这段时间，明屹天天琢磨着给她肚子里的孩子起名字。

不知道这呆子脑子里到底缺了哪根筋，非要觉得用现有的词当名字好。

起先他还只是一个人闷头琢磨，乔皙觉得，按照他的语文水平，想破了头也想不出几个带"明"的词语。

可后来不知道是哪个人，居然送了明屹一本辞海。

有了这辞海，短短几天，这呆子已经将"明星""明早""明天""明年""明智""明显"等词都纳入了自家孩子的备选姓名库。

最后经过明屹的深思熟虑，觉得"明白"二字最好，简明大气，不管是男孩女孩都能用，所以便决定以"明白"来称呼她腹中尚未出生的小豆丁。

不过，刚才在出发前，乔皙已经将这呆子放在床头的辞海，偷偷塞进了自己已经打包好的行李箱，为的就是避免这呆子再发掘出更多的词来祸害自家小豆丁。

只是，等乔皙趴在直升机的舷窗上，望着底下站着的人一点点变小时，眼眶忍不住湿润了。

算了，都随他吧。

一个名字就能让他高兴得跟雪地里撒欢的斑比一样，那……他想起什么名就起什么名吧。

乔皙不懂西班牙语，因此在智利转机的时候，公司一早安排了当地分公司的人来接她。

无端端请了三个月的假，老板非但没有计较，反倒将她照顾得这样周全，乔皙非常感激。

她真心诚意道："多谢陆先生。"

视频画面另一头的陆琛只是轻轻笑了一声："三个月，找回可以陪伴一生的爱人，很划算不是吗？"

当然，陆琛并不是一个喜欢关心下属私事的老板，这一段简单寒暄后，便同她谈论起了正事。

公司的第一代机器人已经定在了季度末在国内和北美同步举办发布会，乔皙将作为官方代言人出席。

此次南极之行，明屹给了她许多指导——哪怕他对这一行并不涉足，可他强大的数理基础和严密的思维逻辑，足以在更宏观的层面给她指点。

这些指点足以令她进一步改进机器学习的泛化能力。

乔皙同陆琛简单聊了聊改进后的新模型，陆琛没有太大异议，让她放手去做。

视频会议结束后，商务轿车刚好行驶到圣地亚哥机场，乔皙合上手提电脑，同当地同事简单道了谢，然后拉着行李箱进了机场。

昨晚她在酒店里工作得有些晚，因此一进贵宾休息室，乔皙点了一杯热牛奶，打算暖暖胃。

闭目养神的间隙，乔皙听见有人朝自己这边走来的声音，然后是玻璃杯放在木桌上的轻轻一声。

她轻声道了一声谢，然后睁开眼睛，去拿放在自己面前的热牛奶。

只是她的手刚触到玻璃杯，几乎是在同一瞬间，从旁边伸过来一只

男人的手，覆在了她的手背上。

乔皙吓了一跳，转头看去，这一眼却是叫她心惊胆战。

是容凛。

容凛神色淡淡地开口："别来无恙，乔小姐。"

乔皙强自镇定下心神，目光一边搜寻着附近的工作人员，一边开口道："你、你怎么会在这里？"

容凛微微笑道："我是来感谢你的。"

乔皙觉得眼前这个人怕是疯了。

容凛耸耸肩："为什么不信？你以为你的把戏能骗过所有人？你接近我们家人的第一天，我就猜到你的动机。"

乔皙连连深吸好几口气。

在美国的那七年，她便清楚，容凛是整个容家最不好糊弄的一个，他的城府甚至比容一山还深。

所以在容准被她成功吸引之后，她几乎从不出现在容凛面前了，就是因为怕被他发现破绽。

"只是我没想到，你能忍这么久。"

他原以为乔皙会是那只被温水煮死的青蛙，但没想到，七年后的今天，她给出一记漂亮的还击。

"容准看起来好像很恨容一山，因为他气死了我们的妈妈，可其实他就是小孩子脾气，心里却还是很依赖他。"

容凛笑了笑："能说出来的恨，不长久。"

他从未将恨意说出口过，所以也从未原谅过父亲。

"你走后的第二个星期，他和叶嘉仪就被引渡回国了。你看，这算不算是造化弄人？叶嘉仪跟了他这么多年，钱早就捞够了，足够她花几辈子都花不完……可你在泰国，她不放心你和容一山单独相处，所以也要跟过来……这真是再好不过的结局了。"

叶嘉仪原本在董事会的席位，被容凛毫不费力地顶上了。

他连最后一丝烦恼都省了。

确信容凛并无伤害自己的意图后，乔皙镇定下来。

她看着对方，平静开口道："我们都得到了自己想要的，不是吗？"

容凛同样看向她："容准这半年来怎么过的……你就一点都不想问？"

问了又能怎么样呢？

乔皙摇摇头：“我的愧疚，对他而言一文不值。”

她知道容准并不是一个过于执着的人，她表现得越冷血，他也能越快死心。

回到北京后，乔皙再次住回了明家。

因为她的胎不太稳，祝心音干脆都不许她去公司上班了。

知道祝阿姨是关心自己，再加上老板给了她好些天的假期，于是乔皙索性就在家里办公，每天开着视频会议，优化着机器学习的模型算法。

在家里，她再一次受到了众星捧月的待遇。

祝心音成天担心她营养不足，变着法儿地给她做好吃的，菀菀也怕她心烦，每天都想方设法地给她解闷。

这天傍晚，菀菀下班回家后，看见乔皙还在楼上书房里工作，便要拉着她出来遛弯：“不要老是工作啦！鱼鱼家的小胖子回来了，我去把他捉过来玩！”

一听到胖虫虫回来了，乔皙的眼睛也是一亮。

之前胖虫虫跟着他爸爸去了驻地保定，乔皙从阿根廷给他带的小礼物也一直都没送出去。

乔皙到的时候，胖虫虫刚吃完饭，这会儿正带着他的绿毛胖鹦鹉，打算出去遛鸟。

一见到她，胖虫虫立刻惊喜道：“皙皙！”

乔皙弯下腰来，摸了摸他的胖脸蛋，笑得眉眼弯弯：“虫宝，这么久不见，你怎么又变可爱了？你是吃可爱多长大的吗？”

猝不及防被夸了，胖虫虫红着脸点了点头，又纠正她：“是吃杧果味的可爱多长大的！”

“哇！”跟出来的盛子瑜听见胖儿子这话，十分惊讶，“你好不害臊呀。”

胖虫虫假装没有听见，只是抱紧了乔皙的腿，仰起一张胖脸蛋来，又乖又软又萌地看着她：“皙皙，我要抱抱。”

还没等乔皙答应，盛子瑜已经抢先道：“哇！你都这么胖了，还敢有这么多要求呀？”

说着，她又冲乔皙道：“别抱他，你肚子都那么大了。”

乔皙一惊：“这么明显了？”

盛子瑜很无奈："你都四个月了哎。"

乔皙有些伤心，默默地"哦"了一声。

上个月她知道大表哥也从南极回来了，只是没回家，直接回了单位。

以前在南极的时候，两人还能每天发发信息，现在他一回到国内，彻底音信全无了。

盛子瑜也为她抱不平："难道他就打算婚礼那天回来呀？唉，好气呀，大表哥是坏蛋！"

乔皙更难过了。

盛子瑜赶紧停住："好啦好啦，我闭嘴啦！"

乔皙在他们家陪着胖虫虫玩了好一会儿，又是下五子棋又是看动画片。

胖虫虫眼睛亮晶晶的："皙皙，你比妈妈厉害好多！"

正在冰箱里翻零食的盛子瑜耳朵很尖地听见了，当即提高了音量："王虫胖你再说一遍！"

胖虫虫被吓得"哇"一声，从后面抱紧了乔皙。

只是下一秒，胖虫虫整个身子就被人从后面提起来。

乔皙转过头去一看，愣住了。

是明屹。

他明明说了要等项目告一段落才能回来的，怎么现在就回来了。

迎着乔皙疑惑的目光，明屹解释道："项目进度超前，所以先回来休假了。"

说完，他抱着胖虫虫在一旁的椅子上坐下。

明屹慢条斯理地开口："虫胖，我们来玩动物游戏好不好？"

胖虫虫欢快地点头，兴奋道："好！有什么小动物？"

明屹道："有小鸡和小兔子。"

胖虫虫很高兴："我最喜欢小鸡和小兔子了！"

一旁的绿毛胖鹦鹉发出抗议的声音："咕咕！"

明屹停顿了两秒，继续道："笼子里有一群小鸡和兔子，它们一共有 88 个头，244 条腿。"

胖虫虫一脸呆滞。

明屹道："我问你，笼子里一共有几只小鸡，又有几只小兔子？"

胖虫虫整个人都傻眼了。

这个叔叔的动物游戏，怎么不一样呢？

"一只小兔子……"胖家伙扁着嘴，可怜兮兮地掰着胖短的手指数起来，"两只小兔子、三只小兔子……"

等到胖虫虫数到第十只小兔子的时候，突然发现手指不够用了，一时间胖虫虫的脸蛋憋得通红，委屈巴巴地开口道："好难呀！"

一旁的盛子瑜听见这鸡兔同笼的问题，很感兴趣，兴致勃勃道："这个很简单呀，不就是让小兔子都抬起两条腿嘛！虫胖，妈妈算给你看！"

说完，她便和胖虫虫一样，掰着手指数起来。

只是她嘴里念念叨叨了半分钟，却发现越算越糊涂，最终自暴自弃地一摊手："好、好复杂。"

胖虫虫的小小自尊心受到挫折，他很喜欢皙皙，所以一点儿也不想在皙皙面前丢脸。

想了想，胖家伙吸了吸鼻子，转向明叔叔，奶声奶气地开口："简单一点的话，我可以数出来的！"

"好。"明屹使劲儿揉了揉怀里虫虫的胖脸蛋，然后道，"那我们换一个新笼子，新笼子里的小鸡和小兔子，它们一共有44个头，122条腿。"

"唔？"

胖虫虫眉头一皱，发现事情并不简单。

他一点都不想和这个讨厌的叔叔玩动物游戏了！

这样想着，胖虫虫便要从他怀里跳下去，重新去找皙皙玩。

谁知明屹先他一步，收紧了怀抱。

他将胖家伙按在怀里，揉了揉他的胖脸蛋，严肃地说道："虫宝，你现在距离高考只剩下五千天，没有时间可以浪费了，学不会这道题不准去找皙皙玩。"

到了此刻，胖虫虫后知后觉地反应过来，这个坏叔叔只是想骗他学习！

胖虫虫气炸了，两条胖腿在明屹的怀里胡乱蹬起来，胖脸蛋气得通红："我不要上学！我不要上学，呜呜呜！"

这样对待一个小宝宝……

乔皙实在是看不下去了，刚想要将胖虫虫抱到自己身边来，身后突然传来了两声"哼哼"。

她循着声音转头一看，正看见严司令抱着盛子瑜的二胎女儿小胖咕

从二楼下来。

刚才乔晳来的时候，小胖咕正在房间里睡觉，于是她将自己带来的那只小黄鸭形状的气球，系在了小胖咕手腕上的铃铛手镯处。

与此同时。

一旁抱着胖虫虫的明屹，看着严司令怀里粉嫩可爱的胖萝莉，眼睛瞬间亮了。

他先前知道盛子瑜生了二胎女儿，但他上一次回家还是三年前，因此还没见过小胖咕。

这会儿刚半岁的小胖咕身上穿了一件粉色的小裙子，脑袋上还扎了一个粉粉嫩嫩的小蝴蝶结。

胖萝莉的皮肤雪白，肉嘟嘟的脸蛋上眼睛又黑又亮，再加上莲藕似的胳膊上系着的一只小黄鸭气球，看上去实在是可爱极了。

一见到家里来的陌生叔叔，小胖咕在姑爷爷的怀里蹬了好几下腿，嘴里"嗬嗬"出声，整个小身子都往明屹的方向扑腾。

严司令有些惊讶地看向明屹："小咕要这个叔叔抱？"

小胖咕嘴里气势汹汹地"呀"了两声，然后伸出肉胳膊，在姑爷爷怀里来了个鲤鱼打挺，这架势看起来的确是不愿意让他继续抱自己。

乔晳觉得有些奇怪，小胖咕平时不喜欢生人，她也是和小胖咕认识一个月后，小胖咕才愿意让她抱的呢。

一旁的盛子瑜突然笑了一声。

乔晳突然就生出了几分不好的预感。

只是房间里的其他人并未注意到她们俩之间的眉眼。

没等严司令发话，明屹已经放开了怀里还在伤心抹眼泪的胖虫虫，自动自发地走到了小胖咕面前，小心翼翼地伸出双手，等待着胖萝莉的垂青。

严司令满脸警觉地看向明屹，语气严肃："你小心点，别摔着小咕。"说完才将怀里的心肝小咕小心翼翼地交给了明屹。

明屹满脸紧张地接过正挥舞着肉胳膊的胖萝莉，呼吸都屏住了，只是全神贯注地盯着面前粉雕玉琢的胖萝莉。

小胖咕的确是可爱极了，五官完全继承了父母双方的优点。

紧接着，小胖咕又凭借着出众的美貌，迅速在整个大院里声名鹊起，在只有三个月大的时候，便成了空军大院最美婴儿。

但是……看着面前的这只空军大院最美胖萝莉，明屹还是不得不说——

如果他的小明白是女孩，那空军大院最美婴儿的宝座，必定是要易主了。

不不不，明屹立刻否定了自己这个荒唐的想法。

如果是女孩，那绝对不能叫明白。

他先前觉得“明白”这两个字不错，可细究起来，却是配不上他的心肝小女儿。

“明白”这两个字，凑合给儿子用用也就罢了，可他心肝小女儿的名字，势必要大气、优雅、可爱、动听、朗朗上口。

当然，房间里其余人对明屹此刻脑中曲折的心路历程一无所知。

大家看见的是，被明屹抱到怀里的小胖咕，下一秒，便鼓圆了眼睛，像只幼年猩猩一般“嗷嗷”叫了两声，然后伸出两只攥得紧紧的肉拳头，以熊的力量、豹的速度，“咚咚”对着明屹的脑袋重重捶了四下。

小咕是在帮自家胖哥哥报仇！

一旁的盛子瑜笑得上气不接下气：“哈哈哈哈哈哈哈哈哈哈！”

在她的笑声感染下，原本正伤着心的胖虫虫也瞬间破涕为笑。

而另一边的严司令，确认了自己在小咕心中的排名没有受到威胁后，也如释重负地“哈哈哈”笑出了声。

乔皙也很想笑，但顾忌到大表哥的自尊心，只得艰难地忍住了。

莫名其妙被打了一通，乔皙有些担心大表哥会生气。

就在她思考着该如何给大表哥顺毛时，他自己也笑了。

明屹将怀里的胖萝莉举起来，哪怕刚受到了四下力量的击打，但此刻他的声音听起来十分愉悦：“我们小咕真有劲！”

乔皙不语。

然而，这并不算完。

在牵着哭气包回家的路上，明屹伸手覆在她微微隆起的小腹上，眼神柔软，声音温柔：“我们的女儿会动了吗？”

乔皙面上不作声，心里却在想：这病怎么还没犯完？

她试图转移话题：“这次回来几天？”

“批了一周的假。”

能在一起共度一周的时光，从前觉得太少，如今却是太奢侈。

乔皙将脑袋靠在他的手臂上，闷闷道："回来前怎么不和我说一声？"

明屹依旧沉浸在初为人父的喜悦当中，哦不，更确切地说，是沉浸在自己即将拥有一只粉嫩胖萝莉的喜悦当中。

他柔声说道："想给你和女儿一个惊喜。"

乔皙不语。

她不想再和这个呆子说话了。

两个人手牵着手回家，一路上碰上了许多大院里的熟人，都笑着同这小两口打招呼。

明家先前的事情，大院里的其他人多多少少也知道几分。

因此在乔皙刚搬回来住的时候，大院里的其他人家都十分震惊，每次在大院里碰上她都将眼睛瞪得跟铜铃一般大。

乔皙也没什么太大反应，只是如常同大家打着招呼，慢慢地大家也习惯了。

没过多久，当年曾打听过乔皙的司令夫人，事隔经年再来悄悄找祝心音打听，问小丫头还是不是单身，想介绍给自己儿子。

当时祝心音正和几位夫人聚在一起喝下午茶，她当着大家的面，直截了当地开口："马上要结婚了。"

众位夫人都有些惊讶，纷纷八卦道——

"哪家的男孩子呀？"

"是她的同学？还是同事？你们给她帮忙把关了没呀？"

"是呀是呀，我看那孩子没什么心眼的，可别上当被骗了。"

祝心音笑得十分含蓄："这么好的儿媳妇，我们家当然会宝贝着。"

众位夫人反应过来，纷纷嗔怪祝心音实在是不厚道，亏她们还打了小姑娘这么久主意，没想到她早给自家儿子安排上了。

没过几天，整个大院全知道了，明家从前养的那个漂亮安静的小姑娘，如今成了他们家的儿媳妇。

因此这会儿大家看见牵着手走在路上的小两口，纷纷打趣道："明屹，回来看媳妇儿呀？"

向来话少的明屹，这会儿一派认真地答道："嗯，回来看媳妇儿。"

乔皙羞得将脸埋进他的胳膊间。

两人回到家中。

之前那七年，乔皙住的房间被祝心音好好地保持着原貌，一丝变动都没有。

等到她从南极回来，再住进明家后，才发现祝心音趁着她离开的这段时间，将她的房间改成了两人书房，供她和明屹两人用。

然后她又将明屹的房间改成了婚房。

原本冷色调的装饰全部换掉，从壁纸到窗帘，一并都换成了暖色调。

房间里面摆了全新的双人床，隔开了一间小的衣帽间，房间里还摆了一个梳妆台。

见到大变样的房间，明屹是愣了愣，然后笑了笑。

他拉着哭气包在梳妆台前坐下，弯腰亲了一口，说道：“这儿以前摆的是书桌……在这儿亲过你一次之后，你就再也不肯来我房间了，还记得吗？”

乔皙红着脸摇摇头，又在他的肩膀上不轻不重地推了一把：“你刚回来，快去洗澡，我给你拿衣服。”

将明屹推进了浴室，乔皙又将他放在房间里的行李箱打开，想帮他收拾一番。

行李箱里的东西十分简单，除开洗漱用品和几身换洗衣服外，便剩下一本书。

乔皙将他的换洗衣服拿出来，挂好放进衣柜里，然后又将那本书拿了出来。

因为知道他不会将工作相关的资料带回家——哪怕当初在南极时，他工作相关的文件也从没带回过房间，因此乔皙没多考虑，直接将那本书打开了。

是一本素数理论的书，乔皙翻开看了看，里面有几张书页上写了密密麻麻的字，像是批注，也像是草稿算式。

乔皙没来得及细看，拿过一边的手机，“咔嚓”几下将书页上的批注拍下来，然后又将书放了回去。

当天晚上，她暂停了手中的工作，将刚才拍下的照片内容整理出来，又翻译成英文，给肖尔茨教授发了一封邮件过去。

之前她在南极时便已经偷偷将明屹的手稿整理出来了，发给了肖尔茨教授。

上个星期肖尔茨教授给乔皙回了邮件，说是她之前发过来的明屹手稿，他已经整理成了论文，投给了一家顶级数学期刊，目前止在等待期

刊编辑那边的反馈意见。

当然，肖尔茨教授不止一次地强调过，手稿中的一部分内容十分惊艳，若有可能，最好让他亲自同明聊一聊。

但乔皙知道不可能。

明屹对数学的所有热情，似乎都随着七年的时间，一并沉寂下来。

他只念到本科毕业，其后七年的时间里，他再没有接受过进一步的高等数学教育。

这意味着，他只掌握了数学领域中的经典方法论。

这是最为致命的。

因为近两个世纪来，几乎没有哪一个数学领域上的重要进展是通过经典方法论推导出来的。

换而言之，能在当代数学领域前沿有所成就的学者，都接受过完整的高等教育。

这也是为什么无数对数学兴趣浓厚的民间科学家，却从没能解决出任何当代数学难题的原因。

明屹甚至曾对着她自嘲道："那些东西我就无聊的时候随便看看……我现在就是个民科。"

乔皙听到的那一瞬，眼泪都要掉下来。

不该是这样的，他不该是这样的。

明屹这个人，就应该永远高傲，永远狂妄，永远不可一世。

以前的他，从不会将任何东西放在眼里，不是吗？

所有他失去的东西，她都要帮他一点点找回来。

明屹回来的这几天，都是乖乖地待在家里陪乔皙。

几天之后的产品发布会，乔皙将作为公司的官方发言人出台，因此这段时间都在紧锣密鼓地准备这件事。

可明屹回来的机会又实在难得，她哪里舍得将他撂在一边？

所以两人白天待在书房里，一个办公一个看书，到了晚上，两人再一同出门去逛逛。

明屹在回来之前，曾请教过所里婚姻美满的前辈，想知道结婚前需要准备些什么。

结果一个两个的，都一脸严肃地问他："你们家书房里有床吗？"

彼时明屹尚不知道家里的房间已经大变样了，只想到自己当初在外面买的那一套房子。

当时他答道："就主卧一张床，怎么了？"

一时间，在场的几位过来人纷纷同情地拍拍他的肩膀，语重心长道："小伙子啊，男人在结婚前，能为自己做的最后一件事，就是在书房里准备一张舒服的沙发床了！"

到了这会儿，明屹反应过来了，他们为何要问自己书房里有没有床了。

可明屹却觉得十分可笑。

他的哭气包柔情似水又善解人意，难道还会将他赶到书房里睡？

明屹觉得，向这些所谓的过来人请教经验，实在是一件十分不明智的事情。

他们这些人，根本不知道他的哭气包有多好，不然怎么会提这么不着边际的建议？

不过，乔皙对这呆子的心理活动一无所知，她想的是婚礼的事情。

一来是因为时间仓促，二来则是因为明屹的工作性质，是以两人商量好了，婚礼不宜大肆操办，只请亲近的家人和朋友聚一聚就算完。

当时子瑜听见，大大地松了一口气，一脸庆幸道："皙皙，你和大表哥结婚真的是太好了！"

乔皙觉得自己这一路同他走来的确艰辛，笑着说道："是呀，我也觉得很不容易。"

"我不是说这个啦！"谁知盛子瑜一本正经地摇了摇头，解释道，"我的意思是，你和大表哥结婚，我就只用给一份礼金了，哈哈哈！"

这会儿再回想起子瑜这神奇的脑回路来，乔皙也忍不住地将这笑话同明屹说了。

明屹将她的手包在自己掌心中，用力捏了捏，也笑了起来："这么精？那就收她最高的礼金。"

干吗这么针对鱼鱼啦……

乔皙忍不住打了他一下，又瞪了他一眼，嗔怪道："大表哥，我看你是又想挨小胖咕的打了！"

想起前日看见的那只粉嫩胖萝莉，明屹的眼神也在一瞬间柔软了下来。

他再次伸出手，轻轻覆在乔皙的小腹上，然后说道："我们的小胖啾一定比小胖咕更可爱，也比她更有劲儿！"

小胖啾？

对于这人自作主张给尚未出世的宝宝起了个这么山寨的小名，乔皙不解。

看着面前这个沉浸在喜悦之中的傻爸爸，乔皙不得不告诉他真相："小胖咕之所以叫小胖咕，是因为虫虫的鹦鹉叫咕咕。"

换而言之——我们家有肥啾吗？

好端端的大表哥干吗要学人家胖虫虫起名字呀？

明屹愣了愣，死鸭子嘴硬道："他们家怎么起名字，和我们的小胖啾有什么关系？"

完了。

乔皙默默叹一口气。

这呆子必定是看见别人家的粉嫩胖萝莉，已经羡慕得发狂……乔皙简直不敢想象，万一自己肚子里是个男宝宝，到时候大表哥的脸色会是如何。

没过几天便是公司新产品的发布会，作为 X-Brain 的首席科学家，乔皙顺理成章地成了发布会上的官方发言人。

发布会的时间是上午十点，一大清早便有此次发布会的外包制作团队赶到家中帮乔皙化妆。

乔皙的化妆技术堪忧，平日里都是素面朝天，可如今经过专业化妆师的打理，稍稍描眉画目了一番，她的五官瞬间变了个样，明艳不可方物。

明屹看见，也不得不承认，他的哭气包不化妆时清纯，化完妆后明艳大气，不管化不化妆，都别有一番风情。

乔皙前后左右围了四个造型师，这会儿还抽出空来转头同明屹说话："呐，你看，我留着这个妆拍照是不是挺好看的呀？"

因为发布会十二点便结束了，是以两人说好了下午就去民政局领证。

原本乔皙还在担心，结婚证上的照片是要留一辈子的，素面朝天感觉不大好，但要她自己化妆又实在是太难为人。

眼下这个妆容倒正好用上。

一听哭气包这样说，明屹再次打量了她一会儿，含笑"嗯"了一声，认真道："明太太很好看。"

旁边的化妆师猝不及防就被塞了一大口狗粮。

这会儿乔皙已经有几分显怀了，造型师就着带来的衣服给她配了好几身，但换上之后都没能将肚子完全遮住。

乔皙本人不怎么在意，笑道：“我又不是女明星，被看出来怀孕了也没关系吧？”

既然当事人都不在意，那造型师也不再想办法给她遮肚子了。

毕竟作为 X-Brain 的首席科学家，乔皙实在是过于年轻了。

一个母亲的身份，更有利于她在大众心目中建立稳重形象。

X-Brain 的机器人发布会，是开年以来科技界的一大盛事，身边许多朋友都找乔皙要过票，可惜现场座位有限，除开邀请的一众分量十足的科技媒体，乔皙手中也只有两张邀请函。

因为蒋一炜先前就问过她，所以乔皙将邀请函给了明屹后，剩下的一份邀请函便给了蒋一炜。

蒋一炜这回还是为了他们俩的婚礼特意回国来的，隔了数年再见明屹，他原本有很多话想同他说，可真见了人，先前憋着的那些话又都说不出口了。

明屹不习惯两个大男人之间的气氛如此肉麻，照着蒋一炜的肩膀捶了一拳，说道：“以后不准私下联系我老婆。”

蒋一炜心中的那一丝伤感瞬间荡然无存，忍不住冲着他翻了个白眼：“你脑子摔坏了？”

他承认，乔皙的确是个很优秀的女孩，配明屹绰绰有余。

可明屹觉得全天下人都觊觎他老婆，这纯粹是滤镜有八百米厚吧？

明屹一副对他的想法了然于心的模样，语气警告道：“我知道你高中时就喜欢我老婆，别想了，死心吧。”

一听这话，蒋一炜的心中再次涌现出了伤感。

自己高中时喜欢过的姑娘，如今连她的二胎小女儿都会打人了。昨天蒋一炜特意去看她，结果被她那护妈狂魔小女儿举着肉拳头追着捶了一通。

见蒋一炜不说话了，明屹知道他是理亏了，潦草地安慰他道：“想开点吧，虽然你以后不可能找到和我老婆一样好的姑娘，可比她差一点的，你还可以抱一下希望。”

好在发布会很快开始，这两人才没在七年后第一次见面时就打起来。

同十年前那个刚上高中，不习惯在人前展示自己的小姑娘相比，如

今的乔皙，已经是个成熟大方的女人了。

舞台中央摆放着一方宽大的展示台，展示台上摆放着的是搭载了X-Brain人工智能系统的实体机器人，开发团队给它起名叫“Argus（阿尔戈斯）”。

站在展台一侧的乔皙按照先前排练过的顺序，对着台下观众逐一解说Argus的各项功能。

乔皙的半边侧脸被投射到舞台中央的大屏幕上，模样看起来温柔娴静。

与此同时，这场发布会的现场被实况直播到了互联网平台上。

当乔皙声音温柔地用中文、英文和法文三种语言对Argus作出语音指令时，互联网直播平台上的弹幕刷爆了。

台下的蒋一炜将自己看到的弹幕一条条挑出来给明屹看，笑得整个人都娘兮兮地靠在了明屹的肩膀上。

他压低了声音，强忍着笑道：“哎，这算不算是吃软饭啊……滋味如何？好不好吃呀？”

当然，蒋一炜特意说出这么一番话，自然就是想看明屹爹毛的模样。

可惜的是，这人的无耻境界出乎蒋一炜的想象，听见“吃软饭”这三个字，明屹非但不恼，反而凑近了蒋一炜，同样压低了声音道：“皙皙刚买了一套两百平方米的大平层，写的我名字。”

明屹面不改色继续道：“老婆能干，我什么都不干就有钱花，真好。”

蒋一炜整个人都震惊了。

明屹本还打算继续气一气这个觊觎自家哭气包的家伙，但口袋里的手机却振动起来。

他将手机拿出来，原本是打算直接按掉的，可一看到来电号码，却愣住了。

他抬头看了一眼台上的乔皙，然后从座位上站起身来，一路猫着腰出了会场去接电话。

台上的乔皙还在继续。

她表面上看起来十分镇定，其实心里已经紧张到要爆炸。

可容纳三千人的发布会现场座无虚席，在此之前乔皙还从未在这么多人面前演讲过。

好在这个产品是她一手主导研发设计出来的，稿子都已经熟得不能再熟了。

她强行让自己的语速降下来，哪怕此刻脑子一片空白，旁人也看不出端倪来。

很快便是发布会的最后一项：记者提问环节。

前几个问题的提问者，主持人挑的都是相熟的科技媒体，等到最后三个问题，才是自由提问环节。

这种产品发布会上，一向都是自由提问环节最有看点，因此会场中的众人纷纷将注意力集中到了舞台中央的乔晳身上。

前两个问题都是围绕着 Argus 核心技术的提问，乔晳早有准备，嘴里打着太极，不轻不重地将问题圆了过去。

直到第三个问题，坐在后排的一个戴眼镜的年轻男人直接举着手站了起来。

场务工作人员将话筒传给他。

年轻男人拿着话筒开口道："乔小姐，我们通过你在网络上公开的个人资料了解到，你曾代表中国队参加国际数学奥林匹克竞赛并获得了金牌，随后进入顶尖名校 MIT，毕业后一直在 Predator 工——"

乔晳不得不出声打断对方，笑着开口道："我还以为我今天的工作内容只是像 Argus 一样，回答预先设定好的问题。"

此言一出，台下的众人纷纷笑起来。

当然，乔晳的这一番话，调侃是假，回避不合时宜的问题是真。

只是对方似乎并不识趣，等到会场中稍微安静下来后，他又继续道："乔小姐，我相信不仅是我，还有许多人都对当年 IMO 金牌得主的现状十分感兴趣。"

听到对方这样穷追不舍，乔晳的脸色瞬间沉了下来。

耳机里传来后台导播的声音："晳晳，如果可以的话，尽量回答一下。"

乔晳明白了，这是导播想为发布会增添尽可能多的噱头。

对方一手拿着话筒，一手打开自己的笔记本，一边看着一边念道："和您同届的中国队队员蒋一炜，以第二高分的成绩获得了当届 IMO 金牌，进入 P 大后一年转学至普林斯顿数学系，现在在哈佛数学系读博，到目前为止并未发表任何具有影响力的成果。

"路泽明，曾连续获得过两届 IMO 金牌，今年从 P 大数院硕士毕业后，没有出国深造，而是选择留在 P 大继续读博。同样的，他也没有任

何突出的学术成果。

“明屹，高一时就成为当届 IMO 唯一一个满分金牌得主，一度被国家队所有教练视作数学天才并寄予厚望，是至今为止唯一一个入选 IMO 的 Hall of Fame（名人堂）的中国队员，却在进入 MIT 两年后被退学，自此之后销声匿迹、泯然众人。”

乔皙的嘴角抿得很紧。

她下意识往会场中间方向看去，她的爱人和朋友就坐在那里，此刻他们听见这些话，会是怎样的心情呢？

她看见了蒋一炜，对方脸色如常，并无愠怒之色，他甚至还冲着乔皙眨了眨眼睛，示意自己无虞。

他身侧的座位是空的。

明屹并不在。

乔皙立时松了口气，还好他不在。

明屹那样骄傲狂妄又不可一世的人，听见这些荒唐无稽的质疑和诋毁，会是什么心情呢？

她不敢想，也不愿想。

对方仍滔滔不绝地继续道——

“乔小姐，您是少有几位在竞赛之外领域，依旧取得了亮眼成绩的金牌得主。我想问您一个问题，您觉得当初国内的竞赛选拔培育机制，究竟是发掘了您的数学天赋，还是扼杀了您的创造性？

“如果这个机制是有利的，为何除了您之外，当初选拔出来的国家队队员，到了今天几乎全部跌入平庸呢？”

乔皙将耳朵上的耳麦扯下来，开口道：“在回答你的问题之前，我必须先纠正你的一个错误。

“明屹只花了两年便拿到了 MIT 的理学学士学位，他从没有被学校退学过，恰恰相反，他在 MIT 的导师肖尔茨教授，直到今天，仍然认为明是他所遇见的最有天赋的学生。

“关于明屹被退学的谣言，他的许多同学都曾在网络上帮他澄清过……这位先生，我不知道你是因为个人能力所限，没能搜集到这些澄清信息，还是因为想要博眼球，所以故意忽略重点，将他塑造成一个被退学的高分低能形象。”

记者一时语塞。

说到这里，乔皙笑了笑：“不过没关系，我还是会回答你的问题，虽然它和今天的发布会没什么关系。”

现场观众大多都低低笑了起来。

乔皙也笑了笑，继续道：“我不太确定记者先生对于‘平庸’的定义是什——”

对方大概是意识到自己先前的说法有漏洞，直接打断乔皙，补充道：“生活方式没有优劣之分，但我觉得，任何人都有义务在能力范围之内，尽可能地影响和改变世界。”

对方这一番话说得可谓是天衣无缝。

乔皙从展台后面走到了舞台的前方。

她没有再看向那位记者，而是转而看向了台下的所有观众——

“如果你说的是改变世界的话……蒋一炜和路泽明在硕士期间合著的一篇偏微分方程论文，被引频次并不算高——也许这就是你为什么说他们没有做出任何具有影响力成果的原因。

“但你可能并没有注意到，那篇论文在发表后的第三年被几何数学领域的大牛曼德维尔教授在一篇几何不等式论文中引用，他也因为这篇论文的突出贡献而获得菲尔兹奖。

“至于明屹……”说到这里，乔皙停顿了一下，然后继续说，“今天我们发布的机器人 Argus 系统中所涉及的监督学习算法，其实就是基于明屹同肖尔茨教授合著的一篇论文当中提出的 Scholze-Ming（肖尔茨和明）回归。

“哦，对了。”她淡淡补充道，“这篇论文发表于七年前，他还不满二十岁那一年。”

记者的脸色有些不好，但仍开口道：“其实我仔细研究过明屹发表过的全部论文，除了您提到的这个 Scholze-Ming 回归，他的其他论文，几乎没有任何现实意义。”

乔皙没有立即回答他，而是看向主持人，问：“这是最后一位提问者吗？”

主持人点点头。

乔皙重新看向对方，微笑道：“因为你是最后一位，也因为外界一直对理论数学误解很多，所以我想多说一些。”

乔皙顿了顿，继续轻声道：“在很多人看来，理论数学毫无用处，

在某种程度上来说，的确是这样。

“理论数学是一场游戏，是一场思维实验……它不需要任何精密的仪器、设备，不需要任何对应的现实意义，它的存在仅仅是无数数学家为了验证数学本身的完美。

“2003 年庞加莱猜想被证明，这是几个世纪以来理论数学领域最重大的事件，可它不能帮我们造更快的飞机、更大的房子、更好玩的游戏……在目前看来，它的确没有任何现实意义。

“古希腊几何学家阿波洛尼乌斯总结了圆锥曲线理论，一千八百年后由德国天文学家开普勒将其应用于行星轨道理论。

“数学家伽罗瓦于 1831 年创立群论，一个世纪后获得应用；19 世纪创立的矩阵理论在六十年后应用于量子力学。

“数学家莱姆伯脱、高斯、黎曼、罗巴切夫斯基等人提出并发展了非欧几何，高斯一生都在探索非欧几何的实际应用，但他抱憾而终。

“非欧几何诞生一百七十年后，这种在当时毫无用处的理论以及由之发展而来的张量分析理论成为爱因斯坦广义相对论的核心基础。”①

偌大的发布会现场一片安静。

“这就是理论数学，它走在同时代所有学科前面，哪怕几个世纪过去，也许它依然毫无意义。”

乔皙的声音沉静：“可对于有些东西，是不应该过多要求回报的。”

“你不能要求它们长出漂亮的叶子和花来……因为它们是根。”②

当着这么多人的面，将长久以来自己心中所想一股脑儿地说出来，乔皙长长地舒了一口气。

几秒的安静过后，会场中响起了雷鸣般的掌声。

她的环节已经到此结束。

乔皙对着台下观众深深一鞠躬，再抬起头的时候，她看见了站在会场尽头的那个男人。

他在静静地听着。

她刚才说的，他全都听到了。

乔皙将话筒交还给一旁的主持人，然后摘下固定在脑后的耳机和麦

---

① 何夕 . 伤心者 [M]. 南京：江苏文艺出版社，2015(10).

② 何夕 . 伤心者 [M]. 南京：江苏文艺出版社，2015(10).

克风，离开了舞台。

乔皙连衣服也没来得及换，回到化妆间，换了鞋子就往外面跑。

化妆间的门打开，门外站着的，不是明屹又是谁？

此刻她的心情一如十年前，那个初登主持台的十五岁少女，见到他将自己心爱的小狗带来，为那一刻两人心意相通而由内向外弥漫喜悦。

明屹张开双臂，稳稳地接住蹦进了自己怀里的哭气包。

明屹亲亲她的发，说道：“刚才接到了基地的电话，出现紧急状况，我必须马上回去。”

乔皙愣了愣。

明屹继续道：“还有两个小时……时间这么仓促，你还愿不愿意跟我去领证？”

乔皙在他怀里拼命点头。

明屹笑了，再次亲亲她。

他就说过了，他家的哭气包，实在是很善解人意。

“不过……”乔皙瓮声瓮气地开口，“你要答应我，你不能放弃数学。”

明屹愣了愣，没有说话。

“再回到学校读书可能会很困难，但你不能气馁。”乔皙吸了吸鼻子，“我可以养你，养多久都没关系……我只希望你能做你想做的事情。”

明屹沉默了很久，才哑声笑道：“皙皙，我尽量不让自己成为那种穷困潦倒的数学家。”

在民政局领完证后，明屹直接赶去西郊机场了。

这一走又是一个月没音信。

连祝心音都气得骂儿子：“这小浑球，再不回来小胖啾都要出来了！”

乔皙倒是很淡定，劝起了祝心音：“妈，他的工作本来就是需要家人的理解和支持嘛。”

祝心音不说话，只是抹着眼泪心疼她这苦命的皙皙和尚未出生的小胖啾。

不过，生活中还有许多事情是值得欣喜的。

比如说，这天晚上乔皙便收到了肖尔茨教授发来的电子邮件，告诉她自己先前投递的那篇论文已经被顶级数学期刊接收。

彼时的乔皙还不知道，三个月后，这篇明为第一作者，肖尔茨教授

屈居第二的泛函论文发表后，引起整个数学界的震动。

明屹接到紧急通知返回基地后，原本定在第二天的婚宴，陡然就没了男主角。

不过乔皙原本也就打算请三桌。

奶奶去世后，她和父亲那边的亲戚，已经彻底断了联系。

因此其中两桌是明家的那些亲戚朋友，剩下一桌则是她和明屹共同的那些同学好友。

眼下没了男主角，留给乔皙的只剩下两个选择，一是婚宴改期，二是如常进行。

乔皙想了想，也没纠结太久，直接做了决定："那就……还是如常进行吧。"

菀菀一听大惊失色，扯住了乔皙的袖子，试图劝她："小乔姐姐，你生哥哥的气了吗？突然被叫回去他也不想的啊！你不要换新郎好不好？"

祝心音听见，立刻照着女儿的脑袋拍了一下："胡说什么呢！"

可菀菀是真的担心。

男二号一而再再而三地辜负亏欠女主角，于是带球跑的女主角直接在婚礼当天，找了其他男人，也就是真正的男主角来顶替新郎举办婚礼……这不是言情小说里的常规操作吗？

这样一想，菀菀更加难过了，扁着嘴、泪眼汪汪地看向乔皙。

见小丫头这副模样，乔皙不由得觉得好笑，从自己放在一旁的手袋里拿出一样东西，递给菀菀看："喏。"

菀菀接过那个小红本本，摸了摸上面烫金的国徽，有些不好意思地红了脸："哎呀，小乔姐姐你不早说。"

一旁的明骏瞧见了，也走过来，捏了一把小女儿的脸颊，笑道："怎么还叫小乔姐姐，是不是该改口了？"

菀菀反应过来，当即嘟嘟囔囔道："我才不要改口呢……"

"小乔姐姐"她叫了这么多年，早就习惯啦！

要改口也是对着讨厌的哥哥改口，就叫他小乔姐夫好啦！

乔皙笑起来，又对明骏和祝心音道："亲戚朋友我们都通知了，再改期的话，一来太麻烦了，二来也不知道明屹下一次回来是什么时候……"

说到这里，乔皙也颇有几分无奈。

万一等到他下次回来，小胖啾都已经会打人了，到那时再办婚宴，会更尴尬吧？

对此明骏倒是没有什么意见。

毕竟在他看来，明祝两家的长辈早就见过乔晢，家里的亲戚们也早知道晢晢就是他们的儿媳，对她向来是赞不绝口。

哪怕没有新郎官，难道还有人敢小看晢晢？

对于新郎官不出现这件事，乔晢虽然觉得有些可惜，但也没有那么不可接受。

人生这么长，怎么可能事事圆满呢？

她和大表哥，两个人的心都在一处，就已经很好很好了。

不过她觑着祝心音的脸色，看出她大概有些不乐意，当下拉着她的手笑道：“妈，你当初和爸爸结婚的时候，他也因为有任务提前走了，可你们俩这么多年不还是恩恩爱爱、蜜里调油的吗？”

这话不说还好，一说却勾起了祝心音的伤心事。

当初她和明骏结婚时，这人也是接到临时任务，结果仪式一办完人便赶火车走了，只将她这个新娘子留下来敬酒。

现在她的晢晢就更苦命了，新郎官直接连人都不出现了，只留着她一个人揣着一只小胖啾面对着满堂宾客。

见祝心音这副模样，乔晢反应过来自己说错了话，便住了嘴。

哪壶不开提哪壶……连明骏也十分罕见地瞪了乔晢一眼，乔晢吐吐舌头。

明骏赶紧凑过去，没脸没皮地哄着自家夫人：“哎？那臭小子怎么能和我比？晢晢她也没你有福气啊。”

乔晢不语。

明菀不语。

只是首长此举并没有在自家夫人那儿落着半点好。

祝心音越想越气，照着明骏的胳膊狠掐了一下：“你们明家的男人，真是没一个好东西！”

同样的话，第二天从怒气冲冲的盛子瑜口中说出来。

得知大表哥居然连婚宴都不打算出现，盛子瑜义愤填膺道：“渣男大表哥！男人真是没一个好东西！”

感受到妈妈的怒气，她怀里的小胖咕举着肉拳头，像只幼年猩猩一

般"咚咚"捶了两下面前的小桌板，愤怒地"嗷嗷"叫了起来。

乔皙知道子瑜是因为自家老公每天逼着她写硕士论文的事情发脾气，所以才会发出"天下男人没一个好东西"的言论。

当下乔皙赶紧摸摸小胖咕的脸蛋，又同她解释道："还好啦，也没有其他仪式，就是亲戚朋友聚在一起吃个饭而已。"

如果真是要办结婚典礼的话，那她是不能接受男方缺席的。

一听她这么说，盛子瑜瞬间悲从中来，一把抱住了乔皙，哽咽道："皙皙，我们俩当初不是附中三十年来排名第一第二的两朵花吗？可为什么都是未婚先孕，都是没有婚礼，都是遇人不淑嫁了个坏老公？"

被挤在中间的小胖咕"呀"了一声，然后趁着大人们不注意，偷偷地啃起了自己的手手。

乔皙试图安慰她："事情不能这样看，我觉得我老公还是挺——"

盛子瑜打断她："皙皙，你说，难道越是美貌的女人，爱情和婚姻就越是坎坷吗？"

乔皙沉默。

好了。

乔皙明白过来，前面铺垫了那么多，鱼鱼只是想说后面这句话而已。

好在很快其他宾客也到场了，是江教授和江若桐。

原本乔皙并没有打算请江若桐，因为除了两人在国家集训队里那一段针锋相对的年少时光之外，私底下两人关系也不算熟。

可因为乔皙已经发了请柬给江教授，故意忽略江若桐好像说不过去，于是也一并发了请柬给她。

她本以为江若桐是不会来的。

乔皙还在附中念书的时候，高二那年，江若桐转学去了香港，并在第二年入选中国香港代表队，代表中国香港出征 IMO 获得金牌。

后来江若桐去了哈佛念书，虽然本科期间乔皙和她仅隔了一条查尔斯河，波士顿华人留学生的圈子又小，可两人居然没有再见过面。

江若桐很早转了专业，去年她从哈佛商学院硕士毕业后，便回国创业了。

去年年底江若桐参加了一档比拼智力的综艺节目，并因为在节目中的突出表现而获得总冠军后，一夜时间吸粉无数，成了家喻户晓的"高智商女神"。

不过如今见了面，江若桐倒也没有半点网络红人的架子，直接将手中包装精美的礼物递给了乔皙，笑道：“乔皙，新婚快乐。”

一旁的江教授将视线扫来扫去：“明屹呢？新郎官跑哪儿去了？”

乔皙笑着解释道：“他工作上有急事，所以今天只有我……您是不是就冲着他一个人来的呀？”

“没有，没有。”见乔皙都这样说了，江教授赶紧摆手否认，“乔皙，你和明屹一样，都是很让我骄傲的学生。”

一旁的盛子瑜哈哈大笑起来：“江教授你的求生欲好强！”

没过一会儿，宁绎和蒋一炜也牵着胖虫虫从外面进来了。

乔皙看见，忍不住问一旁的盛子瑜：“你天天让你的追求者帮忙带儿子，你老公没意见的吗？”

“咦？”盛子瑜满脸的理直气壮，“胖儿子交给他们，我们不就可以更好地享受二人世界了吗？”

她觉得，这对夫妻的无耻，实在是和大表哥有得一拼。

昨天发布会结束之后，蒋一炜还专门给乔皙打了个电话道谢。

他的语气很诚恳：“其实那个记者说的也没什么毛病……谢谢你那样维护我和路泽明。”

乔皙知道自己做的根本不值一提：“炜神，你们是因为学术理想，所以才一直留在数学领域……其实你我都知道，如果你愿意跳到业界大公司，一定比我赚得只多不少。”

乔皙是因为早就知道自己不能在理论数学上更进一步，所以才转的应用数学。

讽刺的是，不知真相的围观群众却因为这个，以为她是最成功的那一个。

“拉倒吧，我哪有你说的那么无私？”电话那头的蒋一炜闻言也笑了起来，“对我来说，选择这一行，单纯就是因为解开数学难题的快感，比赚几个亿再花掉带来的快感更强烈啊。”

乔皙忍不住笑出了声。

“不过……”电话那头的蒋一炜突然压低了声音，神神秘秘地开口，“乔皙，虽然你的钱赚得容易，但还是要保护好自己啊。”

乔皙一头雾水：“啊？”

蒋一炜叹口气：“女孩子也要多为自己着想，知道吗？”

挂了电话后，乔皙还在琢磨着炜神这一番莫名其妙的话。

等见着大表哥将车从停车场开过来，乔皙坐进车里，问他："你刚才和蒋一炜说什么了？"

然后她将方才蒋一炜那一番令她摸不着头脑的话同明屹说了。

明屹一听，笑得连方向盘都几乎要打歪了。

他点评道："啧啧，男人的嫉妒心真可怕。"

乔皙被他弄得心痒痒，缠着他问："你到底跟他说什么了？"

明屹强忍着笑："我跟他说，你给我买了套两百平方米的大平层，写的我一个人名字……"

什么两百平方米的大平层？

乔皙简直是哭笑不得。

她自问年薪不低，可才工作几年？她哪来的钱买二环内的两百平方米的大平层？

大表哥这是想吃软饭想疯了吧！

乔皙的婚礼，一下子将多年来散落在世界各处，只存在于朋友圈和好友群里的同学们都聚集在了一起。

卢阳在大学时念的就是金融专业，本科毕业后进了一间外资投行。

她赚得虽多，可工作强度也是极大。

前几年她满世界飞，近两年终于升了职，不用再到处奔波，去年她同男友订了婚，打算今年年底就完婚。

一进门，她给了乔皙一个大大的拥抱，声音中还能听到她轻微的哽咽："好久不见。"

在国外的那几年，碍着自己的身份，为了避免给别人惹麻烦，从前的同学朋友，乔皙几乎都断了联系。

她跟卢阳上一次见面，还是从加拿大参加IMO回国后，聚过一次，就再也没有见过了。

这么一算，两人有九年没有见过面了。

乔皙记忆里的卢阳学姐个子高高，留着一头很酷的短发，不爱同人说话。

没想到如今她也变成了成熟妩媚、八面玲珑的精英女银行家。

卢阳笑了起来："竟然拖到现在……我以为你和明屹一毕业就会

结婚。”

乔皙嘴硬道：“才不想嫁给他呢。”

“我差点就信了。”卢阳挑了挑眉，“昨天我的朋友圈首页可是被你那么酷的发言刷屏了。”

旁人看到的是乔皙对于默默耕耘于理论数学界学者的敬意与维护。

而卢阳这样的老同学，还看见了护夫狂魔的满腔爱意。

乔皙一只手摩挲着小腹，叹了口气，满脸的无奈：“他要不是小豆丁爸爸，我才不帮他说话呢。”

卢阳这才注意到她微微凸起的小腹，当即笑出了声。

一被她笑，乔皙有些恼了，死鸭子嘴硬道：“我就是肚子遮不住了，所以才跟他结婚的！”

她现在只要一想到大表哥对着蒋一炜胡言乱语的样子，就忍不住气得牙痒痒。

什么两百平方米的大平层？什么只写他一个人的名字？

别人听见都以为她爱大表哥爱得发狂了吧！

虽然事实是这样没错……但被他说出来，她一个小仙女不要面子的吗？

两人正说着话，入口处又进来两个人，卢阳一看便笑起来：“韩书言来了。”

确切地说，来人是韩书言和沈桑桑。

韩书言大学毕业后去了南非的一个野生动物保护区当了两年的志愿者，去年刚回到国内，现在在联合国驻华代表处工作。

初闻他的经历时，乔皙惊讶极了。

当初的韩书言，比所有的同龄人都要老成持重些。

乔皙以为韩书言以后会成为一个医生或是教授，谁能想到他居然会去做保护野生动物这么浪漫的事情呢？

站在韩书言一旁的沈桑桑冲着乔皙眨眨眼睛，笑眯眯道：“我在他那里看见请柬了，非要跟着一起来的，你不介意我来蹭吃蹭喝吧？”

乔皙笑起来：“怎么会？桑桑，很高兴你能来。”

因为敏感时期，明骏并没有请工作上有关系的好友，虽然明、沈两家走得近，但沈桑桑也并不在邀请之列。

韩书言拍了拍沈桑桑的脑袋，温声道：“你先进去坐，我和乔皙说

几句话。”

沈桑桑乖乖地进去了。

韩书言重新看向乔皙，语气里带上了几分笑意：“乔皙，你还记得十年前，你刚转学到附中的时候，我对你说过的话吗？”

乔皙有些疑惑：“什么？”

韩书言笑起来：“那个时候我说过，二十年之后，你会是那间教室里最有成就的人，还记得吗？”

乔皙反应过来。

她当然记得。

彼时她刚从家乡来到北京，面对陌生的繁华大都市和出身优越的新同学们，的确是怀着几分忐忑和自卑的。

那时身边的同学们，大多都是小小年纪便游历过数十个国家，小学时便掌握了第二三门外语，初中时就已经拿过编程比赛的全国大奖。

那时的乔皙为自己狭窄的眼界和尚不标准的法语发音，深深自卑。

可韩书言告诉她——

“所有你以为的差距，在真正的实力面前，都会一点点被抹平。”

“比起家世出身带来的差距，刻在基因里的差距才是最不可弥补，也最不可逾越的。”

隔了十年时光，再回想起自己初入陌生环境时的惶惶然，乔皙有些感慨。

韩书言说得没错，当初挡在她面前的那一座座大山，现在再回过头看，不过是微不足道的小土丘而已。

不过，乔皙还是十分感激，在自己的年少岁月里，曾有一个少年那样真诚地安慰过自己。

“哇！韩同学！”旁边突然传来一个清亮的女声，瞬间冲散了两人之间伤感的气氛。

是子瑜。

她抱着小胖咕不知从哪里蹦了出来，一脸八卦兮兮地盯住了他。

韩书言笑着同她打招呼：“子瑜。”

盛子瑜一把拉住韩书言的袖子，压低了声音，神神秘秘地开口道：“你和沈桑桑怎么一起来的……你们两个什么时候这么熟了？”

她怀里的小胖咕同样两眼放光地盯着韩书言，嘴里也在兴奋地“喔喔”

出声。

韩书言笑起来，神情颇有几分无奈：“桑桑是独立摄影师，我和她在南非的时候一起工作过一段时间。”

盛子瑜瞪大了眼睛，哇哇大叫起来：“噢？你以前不是喜欢——”

好在乔皙及时地捂住了她的嘴。

她朝着韩书言尴尬笑道：“桑桑还在里面等你呢，你快进去吧。”

韩书言也笑笑，将手里的礼物递给乔皙：“新婚快乐。”

直到乔皙将手松开，盛子瑜才大喘了好几口气：“韩同学是渣男！”

乔皙不语。

盛子瑜一副为她抱不平的模样：“他以前不是喜欢你的吗？怎么能去喜欢沈桑桑呢？”

乔皙叹口气，十分无奈：“人家最多只是对我有过好感吧？现在发现了比我更值得喜欢的女孩，有什么不对吗？”

盛子瑜扁着嘴，闷闷开口：“可是大家不是都说，十几岁时喜欢上的人，一辈子都不会忘的吗……韩同学怎么能移情别恋了呢？”

乔皙满脸的无奈：“菀菀还说她上学的时候每周都会换一个暗恋的男生呢……要真按你说的，这么多男生她心里放得下吗？”

盛子瑜不语。

乔皙拉小胖咕的小爪子，笑眯眯地开口道：“我们小胖咕也有很多喜欢的小哥哥呀，之前小咕最喜欢睿睿哥哥，现在不就是最喜欢球球哥哥吗？要是有了更好的小哥哥，我们小咕就不理他们了，是不是呀小咕？”

听到喜欢的小哥哥的名字，小胖咕瞬间眉开眼笑，挥舞着肉胳膊，开心地“呀”了一声。

婚宴过后，乔皙发了一条微博——

“明先生，请多多指教。”

配图是两人前一天领的结婚证内页。

糊了隐私信息，带了照片的那种。

“明”姓本来就不常见，再加上昨天乔皙在发布会上的那一番为明屹说话的长篇大论，还有多年前的那一段“明明是我最重要的人”的告白视频，大家反应过来，原来当年的这对小情侣并没有分手，两人好好的，还结婚了呢。

这条微博发出去半小时后，江若桐在她的微博底下留了评论——

“从高中时看着你们一路走来，真的很不容易，祝百年好合。”

这条评论一出，“吃瓜群众”都撑得吃不下瓜了。

大家都知道江若桐当年是在A大附中念的高中，有她这么一盖章，大家直接确定，结婚证上的这个大帅哥，就是当年那个光芒耀眼的天才少年明屹。

有热心网友特意去“考古”，千辛万苦地翻出了明屹十年前IMO获奖时的采访照片。

虽然照片高糊，但那高昂着的下巴、用鼻孔看人的姿势以及睥睨的眼神……可不就是如今的这个寸头吗？

在此之前，如果他们的关系被曝出来，势必会有网友觉得这一对是女强男弱。

毕竟一个是世界顶尖科技公司的首席科学家，一个是销声匿迹的陨落少年。

不过，经过乔皙昨天一通慷慨激昂的发言后，大家再看到这个曾经的天才少年时，已经自动脑补出了一个甘于清贫，默默坚守着理想和星辰大海的男人形象。

只是，这人走得越久，乔皙越想他。

看着他在家时，给未出生的宝宝做的小鹿形状的小马扎和七彩小风筝，以及两人一同出去逛街买回来的婴儿床……乔皙更难过了。

等到她的肚子有五个月大的时候，乔皙的情绪越加敏感脆弱，于是每天到了晚上，明家晚餐后的必备功课便是她和祝心音坐在桌边，婆媳两人一同数落着明家男人没一个好东西。

盛子瑜有时候来蹭饭，也会兴致勃勃地加入，在乔皙耳边“叭叭叭”自家老公成天不着家，男人没一个好东西。

乔皙先前对盛子瑜的话感到奇怪，因为她时常在大院里看见子瑜的老公带着一对胖儿女出去，哪来的“成天不着家”？

后来还是胖虫虫说漏了嘴，乔皙才知道，原来胖虫虫的爸爸就在保定工作，每周都能回家。

乔皙气得差点要和子瑜绝交。

当然，她也就想想而已，绝交是不可能绝交的。

乔皙舍不得小心肝虫胖胖。

这段时间，胖虫虫每天从幼儿园放学回家后，连自己的小书包都来不及放下，就先“吧嗒吧嗒”跑来找晢晢，将幼儿园每天中午发给他的酸奶带给她喝。

虽然肚子里揣了一只小胖啾，但乔晢还没有沦落到要跟一个胖团子抢零食的地步。

她揉着胖虫虫的脸蛋，笑眯眯地问他：“虫虫是想要把酸奶给干妈肚子里的宝宝喝吗？”

谁知虫虫的胖脸蛋上突然挂满悲伤。

胖家伙的一双大眼睛里含着泪，看着她：“晢晢，我一定会把你救出去的。”

乔晢被这胖家伙的“虫言虫语”弄得一头雾水，只好给他拿了两个新鲜大杧果，削皮切丁后，拌上胖家伙带来的酸奶，给他吃。

整整两碗杧果丁酸奶喂下去，打着饱嗝的胖虫虫才将事情的原委说了。

原来是上次参加婚宴后，胖虫虫知道了晢晢要嫁给那个骗他玩动物游戏的叔叔，觉得晢晢可怜极了。

那个坏蛋叔叔，肯定会每天晚上逼着晢晢学习，就像欺负他那样欺负晢晢！

吃过晚饭后，乔晢将胖虫虫送回了家。

到门口的时候，乔晢正好撞见了盛子瑜，盛子瑜看她居然抱着胖虫虫上小台阶，吓得赶紧说道：“你快把他放下！”

对于身边所有人都将她视为保护动物的这种行为，乔晢十分无奈：“这么一点路，我还是能抱得动他的。”

在国外的那几年，乔晢养成了很好的健身习惯，哪怕怀孕了也没松懈。

她自觉身体结实得很，抱个胖家伙不算什么。

盛子瑜朝着她吹胡子瞪眼睛：“你都是五个月的大肚婆了哎！要是真那么厉害，那你都可以去看明——”

突然意识到自己说漏嘴，盛子瑜猛地捂住了嘴。

但乔晢敏锐地捕捉到了最后的那个“明”字。

她看向子瑜：“‘明’什么？”

盛子瑜结结巴巴道：“明、明天小葵花幼儿园的文艺会演。”

乔晢慢吞吞地“哦”了一声，假装相信了。

盛子瑜偷偷松了一口气。

乔皙一路跟着胖虫虫进了家门，进去的时候正好看见盛子瑜的老公霍铮，抱着怀里的小女儿喂香蕉泥。

看见她来，对方朝她礼貌地点点头，然后继续去掰小胖咕的嘴了。

乔皙这次没有避嫌地走到霍铮身边，想将他怀里的小胖咕接过来："我来喂她吧。"

霍铮愣了愣，但见怀里的胖萝莉一看到乔皙，便咧开嘴笑了，于是将胖萝莉递给了乔皙："麻烦你了。"

盛子瑜在一旁凑热闹："小心小咕打你哦！"

乔皙笑了笑，挖了一小勺香蕉泥放到小胖咕嘴边，原本咧着嘴冲她笑的胖萝莉瞬间闭紧了嘴巴，一副誓死不屈的模样。

……

乔皙没有硬掰，只是停住了手中的动作，静静地看着怀里的小胖咕。

一时间，房间里的其他人也屏息凝神，想看她要使出什么大招来。

一秒、两秒、三秒过去……

看见大人们和胖哥哥突然就跟静止了一般，小胖咕犹犹豫豫地张开了嘴，不知该不该放声大哭。

就在小胖咕张嘴的工夫，乔皙眼疾手快地将那一勺香蕉泥塞进了她的嘴里。

"唔？"

小胖咕猛地瞪大了眼睛。

大概是尝到了香蕉泥的甜美滋味，过了三秒，小胖咕咂巴两下小嘴，津津有味地吃了起来。

盛子瑜悄悄地给乔皙竖起了大拇指。

一旁的霍铮也松了一口气。

下一秒，乔皙突然转向霍铮，幽幽道："子瑜都和我说了，明屹他们那边……"

霍铮看向自家的小娇妻，很无奈地叹了口气："你怎么又给我说出去了？"

乔皙看向了盛子瑜，挑了挑眉："到底'明'什么？"

霍铮这才反应过来，他们夫妻俩被套路了。

眼见瞒不住了，他叹了口气，解释道："下个月明屹他们那边有一个新卫星发射，可以邀请家属去发射中心……你月份大了，他不想让你去，所以让我们都瞒着。”

乔皙恍然大悟。

她离开的时候，子瑜还在就“你居然相信别的女人不相信我”这一问题对着自家老公大发脾气。

乔皙悄无声息地去了卫星发射中心。

她知道明屹不愿意让自己去，所以她就直接通过明骏联系上了国防口的人，趁着他们捎带其他家属的空当，一起过去了。

组织家属的老师正是当初她和明屹结婚前，专程给她政审的那位，一见这么个孕妇，哪里敢拦，只得认命地把机长休息室腾出来给她休息，嘴里还不忘叮嘱道：“有什么不舒服赶紧跟我说，千万别忍着。”

当然，一路上乔皙的身体状况好得很，不但身体状况好，连精神状态也出奇得好，红光满面。

因为她想到，明屹先前同她说过，自己做完这个项目就可以正式离职了。

过了脱密期后，他说不定还能去国外进修。

只是……乔皙万万没有想到，她千里跋涉，看见的居然是这样一个明屹。

乔皙走进卧室房间的时候，此人正光着膀子躺在床上，一条大裤衩屁股的位置还破了个洞。

床边胡乱踢着几双球鞋和拖鞋，床头柜上的书乱糟糟地堆成一摞，最顶上的几本颤颤巍巍的，眼看着就要掉下来。

床边书桌上的台灯还没关，上面摆着一台笔记本电脑，屏保亮着，旁边放着没有吃完的饼干和一个大茶缸，茶缸里面残留着的浓茶显然是昨夜还没倒的。

乔皙想，如果不是房间里的空调温度打得低，她肯定已经闻到臭味了。

她合上房门走进去，只是鼻子还不太适应冷空气，一进去连连打了两个大喷嚏。

床上的男人被吵到了，闭着眼睛翻了个身，嘴里嘟囔：“脏衣服在卫生间，你自己拿吧。”

乔皙挑了挑眉，直接一个箭步冲过去，揪住了正在熟睡男人的耳朵：

“还有人给你洗衣服？明屹你可真能啊！”

一听这声音，明屹一瞬间惊醒了过来。

什么清洁阿姨……来的分明是他的小祖宗。

明屹任由她揪着，还十分顺从地从床上爬起来，将自己的耳朵凑到她的身边，生怕小祖宗闪着了腰。

他这一爬起来，映入乔皙眼帘的正是一张胡子拉碴、睡眠不足，甚至还有可能纵欲过度的脸。

乔皙瞬间就炸了，冲着他的耳朵恶声恶气道：“说！哪个小狐狸精给你洗衣服？”

难道这呆子也敢学别人家里一个、外面一个的做派？

明屹试图解释：“是清——”

“清？清清？”乔皙冷笑，“叫得这么亲热？”

明屹生怕自己的这位小祖宗摔着，两只手虚虚地护着她的腰身，澄清道：“是清……清洁阿姨！”

乔皙将信将疑地停住了手。

“帮你洗衣服，怎么不帮你收拾房间？”

明屹将面前笨重的小祖宗搂进自己怀里，再次说道：“一星期洗两次衣服，打扫房间一次。”

说完，他摸了摸乔皙已经很明显的肚子：“五个月就有这么大了……你怎么这么虎，说都不说一声就跑来了？”

乔皙此刻的心思完全没有放在明屹的话上，她突然想起了一件很重要的事情。

她看着眼前这套精装修的小公寓，面积虽然不到五十平方米，可一个人住绰绰有余。

除此之外，房间里的空调、液晶电视、双开门大冰箱、微波炉、洗衣烘干一体机都有，麻雀虽小，却是五脏俱全。

她转头看向明屹，挑了挑眉——

“衣服要去后院的水房里手洗？

“一周只能洗一次热水澡？每次十五分钟？

“平时只有猪肉白菜饺子吃？半个月才打一次牙祭？”

明屹突然沉默了。

当年他对着媳妇儿卖的惨，如今成了他现有的罪状。

但他当初说的不全是谎话。

基地的确建在大山里头，离最近的镇上都有二十多公里。

可基地条件好，国家努力保障基层科研人员的物质需求，这难道也怪他吗？

憋了老半天，他也只能干巴巴地憋出一句来："社会主义好。"

乔皙这会儿看他，是从头到脚的不顺眼。

她拧了一把他的胳膊，没好气道："阿姨来你也不穿衣服？去，把衣服穿上。"

他在旁边翻了半天，只翻出来了几件破了好几个洞的老头衫。

乔皙从前没进过男生宿舍，所以没想到会这么脏乱，这会儿整个人都要窒息了。

她将围在自己身边动手动脚的男人赶走："去，开窗户通通风。"

"哦。"明屹很听话地跑去开窗户，还不忘叮嘱她，"我来收拾，你别动手，乖乖歇着就行。"

乔皙哪里能忍得下去，直接挽起袖子动手，帮他收拾起了房间各处的垃圾。

明屹本想将她手里的东西抢过来，但察觉到了自家小祖宗的怒气，只好在旁边试探道："你去喝口水？"

乔皙瞪他一眼，没好气道："你不用上班吗？十点了怎么还在房间里？"

明屹没敢告诉小祖宗自己昨天刚和组里的人开会到凌晨四点，这会儿是来睡回笼觉的。

想了想，他只得含糊道："我们上班时间比较弹性。"

乔皙不语，继续闷头收拾。

此刻明屹的求生欲十分强烈，想了半小时后，他明白了："是不是生气我不叫你来了？我是觉得你肚子不方便，路上吃不消。"

乔皙哼了一声，阴阳怪气地开口："我怎么敢生你的气？你不乐意我来，我敢说一句话吗？"

明屹不敢说话了。

见他像个闷葫芦似的，乔皙更加生气了："是我发了疯地想见你，所以死皮赖脸地求别人把我捎来了。"

这会儿，明屹连呼吸都不敢了。

好在哭气包闹脾气，一直都有个规律：

闹得久的，都是闹小脾气；但凡闹大脾气，那绝对闹不久。

果然，明屹小心翼翼地哄了一个上午，哭气包到了中午就已经不生气了，乖乖地将手交给他，让他牵着去食堂吃饭了。

基地里的住宅楼、食堂和科研楼都是分开的，中间隔了道铁门，科研楼的每层都要刷卡，不是对应的项目人员，连其他楼层都进不去。

食堂挺大，吃饭的人倒是不多，大部分都是家属。

明屹解释道：“大家中午有时候直接在办公室煮泡面。”

乔皙知道，大表哥一定懒到连泡都不愿泡，直接就着矿泉水干啃。

吃过了午饭后，明屹陪着乔皙回了住处，哄着自家哭气包睡下了之后，这才去了办公室。

其实他们这边的准备工作基本上已经完成了，剩下的都是走审批流程，不归他管。

下午的时候，明屹在办公室将先前的资料核对了好几遍后，也下班了。

明屹从食堂里特意打了饭菜回去，却没想到，一推开住处的房门，一股香味扑鼻而来。

看到餐桌上摆着热腾腾的三菜一汤，以及正在摆放饭碗的心肝哭气包，明屹震惊了。

“这……都哪儿来的？”

乔皙一脸哀怨地看着他：“你把你自己说得吃不饱穿不暖的，我的行李箱一大半装的都是吃的。”

明屹瞬间热泪盈眶。

老婆真好。

当然，有老婆的好，不仅仅体现在吃上。

吃过晚饭后，明屹将碗洗了，又洗了个澡，然后去卧室里找老婆。

乔皙收拾了一下午，将脏衣服全都洗好晾了，床单也换了新的。

傍晚的时候，她还去食堂要了一把栀子花，插在她找的玻璃瓶里，洗净摆放在了卧室。

这会儿整个房间都焕然一新，夜风一吹，有隐隐的暗香浮动。

明屹擦干了头发，爬上床，凑过去亲自家媳妇儿：“好香。”

乔皙一把拍开他：“别动手动脚。”

第八章

人间春见

后半夜的时候，明屹将洗得干干净净的小甜包从浴室里抱出来。

乔皙这会儿倒是很乖地窝在他的怀里，声音软哒哒："大表哥，皙皙胖了这么多，你还抱得动皙皙吗？"

明屹将怀里的人放在卧室床上，自己也爬了上去，在她唇上亲一口，笑着道："皙皙胖成两百斤我都抱得动。"

原本还温柔的乔皙瞬间黑了脸："所以……你也觉得我胖了？"

可惜他没有察觉到自家媳妇儿语气中的警告意味，还借着这个机会表忠心，用他毕生的语文水平说道："胖一点怎么了？哪怕皙皙成了个皱巴巴的丑老太婆，我也喜欢得不得了。"

他这一番话说得慷慨激昂，乔皙却险些被气晕了过去。

老太婆就算了，什么叫丑老太婆？

她狠狠掐了一把明屹的胳膊："走开走开，你怎么那么烦呀！"

明屹突然反应过来，自己刚才踩中了心机哭气包的陷阱。

不过他脸皮厚，不跟他的心机哭气包生气。他又亲了她一口："说你胖就生气了？"

看了一下哭气包的肚子，明屹轻声笑起来："我刚才检查了，别的地方没胖，肉全都长这儿了。"

乔皙又羞又臊，拿起一个枕头砸了过去。

明屹忍着笑接过枕头，放到床的另一边，终于正经起来，捏了捏她的脸颊，然后道："脸还是这么小的一张巴掌脸，就身上多了点肉，还都是衣服遮着的地方，怕什么？"

听到“巴掌脸”这三个字时，乔皙想收回打他的手，但是没能收回来。

不过她显然被明屹的话愉悦到了，那打的一下更像是轻飘飘摸了一下。她面上仍是气呼呼的，语气却撒着娇：“你怎么那么讨人厌呀？”

外面刚下了一场雨，明屹下床去开了半扇窗户，又将卧室里的灯关了，这才重新回到床上，将她整个人圈在怀里。

她乖乖地窝在明屹的怀里，一双又大又黑的眸子瞅着他，就像只家养小动物腻着他撒娇：“今晚抱着皙皙睡好不好？”

“大表哥。”正当明屹心猿意马时，突然传来乔皙忧心忡忡的声音，“你要努力一点，不然就没有学上了。”

明屹眉头一皱，他心中生出一股不妙的预感来。

对于大表哥辞职之后的事情，乔皙想得十分长远。

等宝宝出生后，明屹多半已经离职了，到时候正好可以一边在家带孩子，一边继续学业。

乔皙对国内的研究生学制不了解，本以为是和国外一样的申请制，可后来一研究，乔皙这才知道，什么申请制？她想多了！国内的研究生，除了应届推免，其他都是要正儿八经考试的。

之前盛子瑜还美滋滋地向她传授经验：“找个不用考数学的专业，英语政治随便考考就行啦！”

乔皙很怀疑她的说法：“鱼鱼的政治随便考考？”

被这样质疑，盛子瑜很不高兴，将脸一板：“怎么了嘛，我的就是我老公教的，还考了第一名呢！”

乔皙只得捧场道：“学霸鱼鱼好棒！”

当然，学霸鱼鱼的建议乔皙直接忽略了。

毕竟如果不让大表哥考数学的话，恐怕他的总分都凑不到一百分。

博士研究生倒是不需要政治考试，本来明屹是可以直接申博的，因为他们这个专业大多是直博，当年他从 MIT 本科毕业后，如果继续念下去的话，正是念的 PhD。

但如今换到了国内，他没有硕士学位，如果以同等学历的身份报考博士，到时候免不了要考政治。

乔皙很为大表哥的未来发愁。

至于明屹……倒是不以为然。政治这种东西，既然拥有“1 鱼之力”

就可以考过，那哭气包还担心他干什么？随便看看不就行了。

他怀疑是哭气包察觉出了自己的龌龊心思，所以才故意说这些东西来泼他冷水的。

不过，明屹从来不会和一只哭气包计较。

第二天起床，看着熟睡中的哭气包，明屹对着哭气包生出了满腔爱意。

六点半，他先跑去食堂排了半小时的队，给媳妇儿买了甜豆腐脑，接着换了衣服出门了。

因为之前在家时，乔皙嘴馋得很，每隔两天都要喝一次鲫鱼豆腐汤。

到了这边，别的没有就算了，明屹觉得总不能在吃上都亏待了哭气包，可食堂里没有鲫鱼，若要自己买的话，只能去三十公里以外的县城。

食堂师傅告诉明屹，鲫鱼很好养活，他若去买，可以多买一些带回来先养着，到时候再吃。

于是一大早，明屹带着从食堂里借来的一个水箱，骑着从门卫大叔那里借来的摩托车，“突突突”地上路了。

基地里虽然条件优渥，可所有东西都是定例供应，十天半个月都翻不出什么花样来。

这会儿到了县城，明屹先找到水产市场，一口气买了十几条鲫鱼，然后又骑着摩托车找到了一家花店，挑了一大把玫瑰和百合，让店家包装好，打算带回去给哭气包一个惊喜。

等待的间隙，外面突然走进来几个中学生模样的女孩，手里都捏着个手机，笑眯眯地同明屹说话：“小哥小哥，这花是你帮客人送的吗？”

放在从前，明屹是不会搭理这种问话的，但如今他即将要有自己的胖萝莉了，推己及人，他应该对别人家的女儿也温和一点。

念及此，明屹便将头上戴着的头盔摘下来，好声好气地答道：“给我老婆买的。”

此言一出，几个小女生纷纷都发出“哇”的赞叹声：“小哥你对老婆真好！”

恰在此时，花店老板将包好的玫瑰百合递给明屹。

想象到自家媳妇儿见到花时的开心模样，明屹的嘴角不由得翘起来：“那当然。”说完付了钱，重新戴上头盔，跨上摩托走人了。

至于乔皙，在明屹骑着摩托车回来之前，她就已经在一个著名的短

视频分享平台上看见了这呆子。

视频配的介绍是："今天逛街遇见了一个很帅的外卖小哥！"

乔皙好奇地点了进去，便看见了她家的大呆子胳膊底下夹着个摩托车头盔，对着镜头喜气洋洋道："给我老婆买的！"

底下评论里有人将他认了出来，一本正经地点评："来给老婆买花的深情外卖小哥明先生。"

明屹穿着一身蓝色的冲锋衣，手上拎着个头盔，摩托车后座上还绑了一个大箱子，当真是个外卖小哥的打扮……乔皙笑得险些将嘴里的豆腐脑喷出来。

偏偏明屹还对自己在网络上的二次走红一无所知。

为了不辜负明屹的心意，乔皙在看到卧室里那一大捧鲜花时，装出满脸惊喜的模样："哇！这是哪里来的花？"

虽然哭气包的反应早就在自己的意料之中，但迎着哭气包装满了爱意和崇拜的眼神，明屹的心情还是不可抑制地愉悦了起来。

"喜欢呀？以后天天给你买。"

直到午睡前，明屹从床头拿了平板电脑，打算给媳妇儿进行每日一次的《甜甜起司猫》胎教环节，谁知道一解锁，便看见屏幕上出现了自己的脸。

还挺帅的。

这是明屹的第一反应。

不过，等看完那个完整视频后，再想到自己买的那捧花，明屹的心情有些复杂。

行吧。

相识十年，明屹第一次知道，原来哭气包的演技这么好。

见他陷入了沉默，她怕大表哥以为她刚才装惊喜的行为，是在故意戏弄他，于是她拉着他的手，温温柔柔地哄道："皙皙也是无意中才看到这个视频的啦……你对皙皙这么好，大老远跑去给皙皙买花，就算之前已经知道了，可是亲眼看到，皙皙还是会很惊喜呀！"

乔皙自认这一番话足以将小和尚的毛顺得服服帖帖，悄悄伸出手指，轻轻地挠了挠他的掌心。

可谁知道……明屹一脸怀疑地看向哭气包："为什么你会点进这个视频？"

说完，明屹一字一字地将视频标题念了出来——

“今、天、逛、街、遇、见、了、一、个、很、帅、的、外、卖、小、哥。”

陡然被揭了老底，乔皙的脸“唰”地红了起来。

看看帅哥怎么了嘛！

她只是想让肚子里的宝宝长得漂亮一点嘛！

当然，“外卖小哥明先生”事件不过是一个小小的插曲。

有认出明屹来的网友，还跑到乔皙的微博底下来问是不是她家老公。

但因为在基地的住宅栋里，所有连接外网的设备往外发送的任何文字、图片以及视频都会被系统监控并留存。

在这里，像是微信、QQ之类的通讯工具是完全禁止使用的，但上网看视频、浏览论坛又是被允许的。

换而言之，所有的电子设备在这里都成了个高级电视机，数据只能收不能发。

乔皙生怕自己无意间泄露了什么机密，连半条朋友圈都不敢发，更别说是微博了。

因此那些关于外卖小哥的微博评论，她权当没看见。

直到半个月后，一则极其吸引人眼球的报道横空出世——

“外卖小哥解出世界性数学难题？已被邀请参加国际数学家大会！”

当然，等大家纷纷被这个跌破眼镜的标题吸引，点开正文后，才发现标题有一半在胡说八道。

第一，解出这个数学难题的不是外卖小哥，而是曾在国内名盛一时的数学天才，他不过是被无聊网友抓拍到了一组外卖小哥打扮而已。

第二，发表的那篇论文解决的是泛函领域里的一个难题，虽然成果突出，但还算不上是世界性数学难题。

正因为算不上是世界性数学难题，所以尽管这篇论文受到理论数学界的诸多关注，但并没有得到什么大众媒体报道。

是以，乔皙还是在看到了这个“外卖小哥解开世界数学难题”的新闻后，才意识到肖尔茨教授先前同她所说的那篇论文，成功发表，并引起了轰动。

不过，此刻的明屹还对外界的一切一无所知。

运载火箭的总装总测工作已经完成，按计划这个月底就会送抵发射场完成首飞任务。

卫星发射前的准备工作繁冗复杂，丝毫不能掉以轻心，这已经是他和同事连续工作的第五十四个小时。

乔皙看完新闻后，直接赶到了最近的县城里。

她的邮箱早已被塞爆，全是肖尔茨教授发来的邮件，手机一开机就被打得死机重启了……也全都是来找明屹的。

乔皙直接买了一张新电话卡,然后给肖尔茨教授拨了国际长途过去。

乔皙看过了那篇论文，但她有一个很大的疑惑。她觉得难以置信："教授，那篇论文70%以上都是您的工作……为什么明是第一作者？我把他的手稿发给您的本意不是这个。"

电话那头的肖尔茨教授笑得云淡风轻："整个框架都是七年前明和我一起搭建出来的……几年前我碰到了瓶颈，所以将这个问题搁置了。是明的手稿给了我新的思路……皙皙，是他先走出了九十九步，我只是帮他走完这剩下的一步而已。"

没等她再说话，肖尔茨教授又笑起来，道："29号的国际数学家大会邀请他参加，为他在泛函领域做出的突出贡献……你帮我问问他，有没有兴趣参加？"

乔皙再从县城赶回基地的时候，明屹已经知道了论文的事情。

没有她预料当中的欣喜模样，明屹沉默地坐在客厅的沙发上，一言不发。

见他这副样子，没来由地，乔皙有些心虚。

她慢吞吞地往他身前挪了几步，有些不安地小声说道："你的手稿……是我发给肖尔茨教授的。"

明屹没吭声，像是听见了她的话，又像是发着呆。

乔皙越发不安起来："你怪我……没有经过你的同意吗？"

过了好一会儿，明屹才缓过神来。

看着面前满脸忐忑不安的哭气包，他伸手揉了揉她的脸，哑声道："我怪你干什么？"

明屹是真的有几分恍惚。

这种感觉……该怎么说呢？

明屹本以为，七年的时间，他早已被整个世界远远抛在身后了。

这话说出来，旁人听见大概是会笑的吧。

不过是数学而已，怎么会是整个世界呢？

可毫无疑问，数学，的的确确就是他的整个世界。

明屹仰躺在了沙发上，一只胳膊抬起来挡住了眼睛。

不知过了多久，他突然低笑了一声。

明亮的灯光下，乔皙第一次看见，男人的脸上一片濡湿。

男人低低的声音里，带了一丝极轻微的哽咽：“我以为……我还要等很久。”

以为他需要重新花费时间与精力，耗费无数的耐心和等待，才能再等到这个世界对他的认可。

乔皙站在一旁，眼泪也像断了线的珠子一般滚落下来。

七年的时光兜转，错位的人生和命运终于复原。

她回到了他的身边，他也能继续完成自己未成的梦想。

恰在此时，乔皙感觉到了腹中传来一阵强烈的胎动。

她脸上浮现出惊喜之色，走到明屹跟前，拉过他的手，轻轻搭在了自己的小腹上，轻声道：“宝宝在动。”

明屹也回过神来。

他将耳朵轻轻贴在了她的小腹上。

也许是感知到了父母的情绪，宝宝还在一下又一下地踢着妈妈的肚子。

乔皙的一只手抚着肚子，另一只手则放在了明屹的脑袋上，轻轻地抚着他头上又短又硬的头发。

“我想好了，”乔皙轻声开口道，“宝宝的名字。”

明屹抬起头来看她：“什么？”

乔皙轻笑起来，一字一句道：“泛函……宝宝的大名就叫泛函吧。”

明屹的事情，很快传到了北京的严司令耳朵里。

知道卫星发射的时间同在首尔办的国际数学家大会时间正好有冲突，严司令当即大手一挥，道：“行了，既然人家都要辞职了，就放人家去参加那个什么数学会。”

张秘书只得提醒他：“他是分系统的负责人和现场指挥，缺了他恐怕不行。”

“唔？”严司令皱着眉头想了想，“负责人也有副手，哪有什么缺谁不行的？小张，你这是对我们的体制不信任啊。”

张秘书尴尬地笑两声，又不得不再次提醒道：“他有脱密期的，您忘了？”

严司令敲着桌子，过了半晌才开口道：“他的情况特殊，不是说解决了一个很大的数学难题？这也算是为国争光了……人家之前兢兢业业蹲那破地方干了七年，泄什么密？让他去让他去！”

就这样，在卫星发射的前一个星期，明屹接到了上级的通知。

意思就是，后续的所有事情不用管，他现在就可以撂挑子走人了。

没想到基地放人放得如此痛快，乔皙都有几分不敢相信了。

她在房间里收拾着东西——其实也没什么好收拾的，毕竟这七年来明屹的工资除了存起来，剩下的都花在了 Steam 上。

就连球球和斑比，在她怀孕之后，明屹生怕她身上沾了弓形虫之类的，一回到基地，便将两条狗都寄养在了同事那里，打算等她生产完了再接回来。

乔皙挑挑拣拣，觉得能带走的，也不过是几件还能穿的衣服，以及明屹堆在屋子里的书。

她先将衣服都收拾好了，从卧室里探了个脑袋出去看着明屹。

他这会儿正坐在客厅的沙发上，低着头，不知在想什么事情。

乔皙试探着开口道：“我订 27 号的机票了？”

只是男人像没有听见她的声音，依旧一心一意地坐在那里发呆。

乔皙叹了口气，重新将脑袋缩回了房间。

直到晚上睡觉前，明屹突然想起了一件事，慌里慌张地走进卧室：“忘了让你喝奶粉，先别睡，我这就去冲。”

乔皙这会儿已经洗漱好了，正躺在床上看杂志。

一听他这样说，她扁起了嘴巴，委屈巴巴地看着他：“……你都不关心皙皙了。”

明屹自觉理亏。

这几天他心里乱糟糟地堆满了事，的确没照顾好哭气包。

见他这模样，乔皙也装不下去了，笑出了声：“好啦！奶粉我自己喝过了，逗你玩的。”

她还没有那么金贵，哪会因为这种小事同他闹脾气？

明屹微微松一口气。

她将杂志放到一边，眼巴巴地瞅着面前的男人："大表哥……你没有话要对我说吗？"

没料到她居然说出这样的话来，明屹一愣，犹豫了好一会儿，才迟疑着开口道："晳晳，能不能……陪我在这儿再留几天？"

乔晳笑起来。

她早就猜到了。

明屹在床边坐下，将她揽进怀里，轻声道："数学家大会……以后应该还会有许多次机会。"

可卫星发射指挥现场，却是最后一次了。

卫星发射当天，下午三点的时候，基地就将所有的家属都聚集在了一起，带往距离发射场区两公里的指定观景台。

明屹凌晨五点半便去指挥中心了，出发前还特意叮嘱她："我不在，你照顾好自己……身体不舒服的话就回来休息。"

那会儿她睡得正香，嫌弃他啰里啰唆，直接将他轰走了。

这会儿乔晳身处在一大堆家属群中，又开始想念起大表哥了。

乔晳的肚子已经十分明显，大家看她是孕妇，皆对她照顾有加，又是给小风扇，又是给小马扎的。

旁边的一个大姐同乔晳说着话："第几次来？"

乔晳有些不好意思："第一次……我们刚结婚。"

大姐看她一眼，笑起来："一看就是还在蜜月。"

说完，她脸色一板，道："你老公也真是，以后有的是机会，好好的折腾孕妇干什么？"

见不得旁人说他不好，乔晳维护他："是我自己闹着要来的，和他没关系！"

话一说完，见这位大姐笑眯眯地盯着自己，乔晳也不好意思地笑笑。

大姐又问："孩子的名字起了没？"

乔晳笑得很温柔："一个宝宝单字'泛'，一个宝宝单字'函'。"

大姐有几分惊讶："双胞胎呀？"

乔晳点点头，抚着鼓起来的肚皮，笑得眉眼弯弯。

有一只小的，一直躲在大的后面，先前在北京时她的肚子还太小，

几次产检都没查出来。

还是昨天，她去附近的县医院检查时，医生听出来了两个胎心。

躲在后面的那只小坏蛋，将自己吓了一跳，那她只能去吓一吓他们的爸爸了。

晚上七点整，随着指挥中心的倒计时结束，发射指令传出。

“轰”的一声巨响自两公里以外的发射场区传来，周遭的空气似乎都被撕裂，即便做好了防护措施，乔皙依旧觉得耳膜被震得生疼。

火箭助燃剂产生的巨大热量迅速在空气中扩散，哪怕隔了这么远的距离，依旧能感觉到热风扑面而来。

腹中的宝宝大概也被影响，十分不安地踢着妈妈的肚皮。

乔皙的手抚在肚皮上，能感受到小家伙的脚丫正踢在她的掌心，一下又一下的。

“宝宝，嘘。”乔皙仰头望着加速升空的火箭，轻声开口，“我们要和爸爸回家啦。”

乔皙生产的前一天，明屹做了一个极其恐怖的噩梦。

确切地说，是梦中梦。

在这个噩梦中，他的哭气包在产房里鬼哭狼嚎地生了三天三夜，他也在病房外面守了整整三天三夜。

等到了第三天，晨光熹微的那一刻，产房里终于传来了两下响亮的啼哭声。

只是明屹紧绷着的神经依旧不敢放松，他一把抓住刚从手术室里走出来的小护士，满脸紧张地发问：“我媳妇儿还好吗？”

小护士点两下头，笑眯眯地说：“好着呢。”

明屹那一颗悬着的心，放了下来。

不过几分钟，又有一个护士一左一右抱着两个胖团子从手术室里出来，喜气洋洋地朝他开口：“大人还没出来，先看看孩子吧。”

明屹的心中突然就生出了几分不妙的预感：“这是……”

护士笑眯眯地开口道：“你以后可要好好对你媳妇儿，看，给你生了两个大胖小子呢！”

两个大胖小子……

大胖小子……

胖小子……

明屹浑身大汗地从梦中惊醒过来!

两个大胖小子!

清醒过来的明屹坐在床上“呼哧呼哧”地喘着气,暗暗安慰着自己——

梦是反的，梦都是反的。

就在他心存庆幸的这当口，突然从隔壁房间传来了两声响亮的婴儿啼哭。

明屹还坐在床上苦苦思索着为何家里会有婴儿哭声时，卧室房门被推开，乔皙一左一右抱着两只胖团子走进来——

那姿势跟他刚才在那噩梦中见到的一模一样!

难道他刚才做的不是梦?

哭气包真的生了?

只是他那向来善解人意的哭气包，这会儿却是柳眉倒竖，将两只胖团子往他怀里一塞，凶巴巴道：“都几点了还不起床！快带着你两个儿子去洗澡！”

两个儿子……

儿子……

一夜之间多了两个大胖小子，明屹强忍住悲痛之情，打起精神背着两只胖团子去河边洗澡了。

这一切来得太猝不及防，明屹一边拿着木刷用力洗刷着怀里的两只胖团子，一边发呆出神，不明白为何是他来遭受这一切。

正当他神思恍惚着，突然刮起一阵妖风，猝不及防地将他手里的两只胖团子齐齐刮走了。

紧接着，裹着两只胖团子的襁褓在河面上打了个水漂，然后“咕咚咚”沉了下去。

明屹回过神来，当即“扑通”一声跳下了河，试图追回自己的儿子：“我的儿子！”

但是没找到，明屹突然很悲伤。

因为他还没来得及知道自己的两个大胖小子叫什么。

想到这里，明屹忍不住痛哭失声。

就在此时，河神出现了。

看着这个站在河中痛哭流涕的男人，河神缓缓开口道：“你为什么

哭得这么伤心？”

明屹道：“我的两个孩子掉进河里了。”

闻言，河神十分同情他，缓缓沉入了河底。不一会儿，河神捞起来两只小胖咕，问他：“这两只小胖咕，是你丢的吗？”

明屹强行令自己冷静下来。

他可是上过小学的人！

小学老师教过金斧子和银斧子的故事的！

按照套路，如果他现在冒领胖萝莉，恐怕什么都得不到。

但如果他说实话，到时候为了奖励他的诚实，河神不但会把他的两只大胖小子还回来，还会把两只胖萝莉也免费送给他！

这样想着，明屹便一脸严肃地摇了摇头：“不是。”

于是河神又缓缓沉入了河底，不一会儿，再次捞起了两只更加粉雕玉琢的胖萝莉：“这两颗小糖豆，是你丢的吗？”

明屹屏住呼吸，压抑着自己心中的激动之情，面上神色淡淡。

他摇了摇头，仍然否认道：“不是。”

河神第三次缓缓沉入河底，这回终于将明屹丢的那两只大胖小子捞起来了：“这两个总是你丢的孩子了吧？”

明屹压抑着心中的嫌弃之情，很沉稳地点头：“对，这就是我丢的孩子。”

河神满意地点了点头，赞赏地看着他：“小伙子，你为人这么诚实，我决定奖励你。”

明屹紧紧抿着嘴，生怕自己下一刻就忍不住放声大笑起来。

说完，河神一挥手，瞬间明屹的面前多了四个襁褓。

陡然多出了四只胖萝莉，明屹原本如同乌云一般沉重的心情放晴了起来。

他强忍着心中的嫌弃之情，温柔地亲了亲怀里讨人嫌的胖小子，然后心情愉悦道：“以后不准欺负妹妹。”

说完，他便去捡地上的襁褓。

只是，走近一细看，明屹才发现……

说好的胖萝莉呢？

为什么……他现在有了六个长得一模一样的大胖小子？

明屹再次满身大汗地从梦中惊醒过来。

这一回，是真的彻底清醒了。

身侧传来哭气包均匀清浅的呼吸声，明屹平复了一下自己的呼吸，轻手轻脚地凑过去，伸手摸了摸她的肚子。

还是鼓鼓的……

确定了刚才的一切都是场梦境后，明屹松了口气。

的确是梦，哭气包怀的明明只有一个，怎么可能会有两只大胖小子呢？

真是可笑！

但明屹仍有些后怕。

他悄悄地坐起了身，一只手轻轻抚在乔皙的肚子上，低声道：“宝宝，你要是女孩，就别出声，你要是男孩，就叫两声。”

一片黑暗中，明屹静静地坐在床上，等待了五分钟，没有听到任何声音。

确定是女孩了，明屹放下心来，很满意地倒头睡下了。

而不到十二个小时后，原本正在院子里喂鱼的乔皙，突然扶着腰“哎哟”了两声。

她的羊水破了，要生了。

一个小时内，明家的老老小小全部赶到了医院产房外边。

明屹在外面急得团团转，跟个陀螺似的。

祝心音看见他就心烦：“你给我出息点！皙皙锻炼得好，我们也没把孩子喂得太胖，哪怕她生两个——”

说到这里，祝心音突然住嘴。

明屹后知后觉地反应过来：“两个？两个什么？”

祝心音没再说话，一旁的菀菀接口道：“哪怕她生两个星期、两个月、两年都没问题！”

明屹觉得这话好像哪里不对劲，但想了好一会儿，也没想出来。

不过，没等他想出个所以然来，产房里便传来了响亮的婴儿啼哭声。

生了！

不一会儿，小护士推开产房的门，抱着一个襁褓出来，菀菀对着明屹一顿挤眉弄眼，道：“家属爸爸快来看，是个大胖小子呢。”

“明屹”瞬间变为“暗屹”。

他身后的全家人都强忍着笑。

明屹心不在焉地看了一眼新鲜出炉的儿子。

就还行吧，勉强能入眼……不过他现在更想见自家媳妇儿。

胖小子被身后的明家人传来传去，轮流观赏着。

菀菀捏着小家伙肉乎乎的脚，笑眯眯道：“小胖啾，我是姑姑！”

明屹纠正她：“这不是小胖啾。”

“小胖啾”是专属于心肝小棉袄的可爱小名。

明屹想了想，潦草地起了个小名：“叫小瓜吧。”说完，他又全神贯注地盯着产房紧闭着的门。

好在很快，乔皙便被护士从里面推了出来。

“皙皙。”明屹跟上去，半蹲在她的床边，一只手握住她露在外面的那只手，另一只手摸着她的额头，“难受不难受？想吃什么，我给你去买。”

“大表哥。”乔皙生完后依旧面色红润，显而易见精神很好，但这会儿她却委屈巴巴地咬着唇，一副泫然欲泣的模样，“我干了一件坏事，你能原谅我吗？”

能能能！

当然能！

自家的小媳妇儿，有什么原谅不原谅的？

乔皙眼巴巴地瞅着他：“就是……有一件事情，我骗了你很久。”

“明屹”瞬间变成了“忽明忽暗屹”

在确认自己肚子里怀的是双胞胎之后，乔皙就有了吓大表哥一跳的想法，没想到得到了菀菀的热烈支持。

菀菀知道自家哥哥如今最想要的莫过于一个胖萝莉了。

当即，她畅想了起来：“小乔姐姐，要是你生了两个男宝宝的话……”

到时候护士先抱出去一个大胖小子：“先生，这是你的儿子，请查收。”

没等哥哥从悲痛中恢复过来，护士再抱出去一个大胖小子：“先生，对不起，刚才漏了一个。”

光是想一想到时候自家哥哥的表情，菀菀便兴奋得直蹬。

她以前总感觉菀菀和大表哥不像亲生兄妹，如今看来，这两人可能真不是亲兄妹。

不过，好在她生下来的是一对龙凤胎。

虽然会惊着大表哥，但想必他还是会欢喜的。

这样想着，乔皙便悄悄地抬起了自己另一边一直虚虚压着的胳膊。

裹在襁褓里的一张皱巴巴小脸露了出来。

见他一副惊呆了的模样，乔皙想起来，这么小的宝宝，光看脸是看不出男女的。

于是，她只得轻咳一声，为怀里的胖萝莉介绍道：“小胖啾，这是爸爸。”

“忽明忽暗屹”瞬间稳定成了“明屹”。

陡然见了光，原本正专心啃着手指的小胖啾满脸新奇地瞪大了眼睛。

菀菀适时地将一旁的小瓜抱了过来，同小胖啾比了比：“哇！你是不是把妹妹的吃的都抢了，你有两个啾啾那么大哎！”

小瓜兴奋地“呀呀”了两声，十分欢喜地承认了姑姑对自己的指控，然后挥舞着胳膊，钩住了妹妹的手指。

“咿！”

“呀！”

两个宝宝像是对了暗语一般，齐齐地咧开嘴笑了起来。

乔皙怀孕期间一直都有保持运动，精神体力都十分好，虽然是剖腹产，但恢复得很好，出了月子之后打算回公司去上班了。

照顾宝宝的任务自然就交给了明屹。

从研究所离职后，因为错过了今年博士的申请时间，明屹打算申请 P 大数院下一年的博士。

但正因为他与肖尔茨教授联名发表的那一篇泛函论文，再加上江教授作为他的推荐人，P 大数院直接将他免试录取了。

如今的他，正是在 P 大一边念书，一边照顾着家里的两只胖团子。

乔皙知道，P 大是很好的学校，可她却还是忍不住怅然。

当年的肖尔茨教授，同样是在 IMO 中大放异彩的天才少年，他二十三岁时拿到了 MIT 的终身教职，二十五岁时升任成为正教授，三十出头便拿了菲尔兹奖。

乔皙本以为大表哥也会走上这样的道路。

反倒是明屹对此十分看得开。

他亲亲哭气包，真心实意道：“有了小胖啾以后，我觉得人生才算刚开始。”

乔皙不满。

明屹反应过来，只得补充道：“有了小瓜和小胖啾后。”

但她还是有些难过：“我想看你拿菲尔兹奖。”

菲尔兹奖是数学界的诺贝尔奖，四年举办一次，只颁发给四十岁以下的年轻学者。

明屹一听笑了起来：“我今年二十七岁，还有三届时间……”

想想也不算是难事。

不过，比起菲尔兹奖，眼前有事等着明屹去做——

他抬腕看了一眼手表，然后推着载有小胖啾的婴儿车，急哄哄地准备出门了。

每天下午三点，胖虫虫都会“吭哧吭哧”推着载有小胖咕的婴儿车，到大院里的儿童聚集区，享受所有人对这个空军大院最美婴儿的赞美。

不过，这一切，在十分钟后就要成为过去式了。

明屹帮婴儿车里萌萌的小女儿整理了一下头上的粉色蝴蝶结：“小啾，坐稳了，爸爸要出发了。”

番外一

重返巅峰

多年以后再回忆起来，明屹的数学天赋最早开始展露端倪，是在五岁那年。

那年春节，明骏照例在千里之外的驻地上，并没有回家。

祝心音一个人带着一对儿女回娘家过年，那年菀菀才三岁，是家里最小的孩子。于是她顺理成章地被家里的一群表姐拉去玩过家家，扮作她们的宝宝。

明屹看了一眼嘴里刚被塞进一只奶嘴，被迫扮作宝宝的三岁妹妹，颇为好心地问她：“你真的要当宝宝吗？”

菀菀很喜欢这种被当成洋娃娃众星捧月的感觉，当下重重点头，奶声奶气地“嗯”了一声，胖脸蛋上洋溢着喜悦之情。

看着眼前的妹妹，明屹同情了她三秒，然后转身离开了。

他从小话就少，既不爱同男孩子玩，也不爱同女孩子玩，除了有时带带妹妹，其他时候最常做的事情，便是坐在小马扎上一个人拄着下巴发呆。

今天也是如此。

明屹搬了一把小马扎，静静地坐在了客厅里，旁边是一桌正在搓麻将的大人。

大人们不知道此刻有一双眼睛锁住了他们。

直到……菀菀发现自己含着奶嘴便吃不了奶糖，脑袋上的两个小鬏鬏被姐姐们拆掉重新扎成三个小鬏鬏时，小丫头这才反应过来，“哇”的一声哭了起来，从隔壁房间迈着小胖腿跑过来找妈妈。

见小女儿哭得撕心裂肺，祝心音心疼得将她抱起来，好声好气地哄着。

可等到听完了小丫头的理由，祝心音哭笑不得。

她帮菀菀重新梳好了头发，又帮她扎了两个完美的鬏鬏，然后亲亲她："菀宝不哭了，让哥哥带你去玩好不好？"

"不要哥哥。"

小丫头吸了吸哭得通红的鼻子，抱着妈妈的腿，赖着要妈妈带她出去买糖吃。

祝心音实在没办法，只得抱着小女儿出门去买奶糖。

在她走之前，五岁的大儿子则被一旁的舅舅抱上了麻将桌。

舅舅笑眯眯地开口道："小明，快来帮你妈妈摸几圈牌。"

祝心音看见，对着自家哥哥道："有你这样当舅舅的吗，才多大你就教他打麻将？"

不过，没有人知道，大魔王就在此刻觉醒了。

直到祝心音牵着哭鼻子的小女儿去超市买了奶糖和果汁回来后，才发现客厅里一片寂静。

麻将桌上的三个大人此刻面面相觑，而五岁的明屹在椅子上坐直了身子，两只小手正费劲地扶着在自己面前的麻将牌。

自己带着菀菀才出去了半小时……怎么自家儿子面前堆了满满的筹码？祝心音脑中冒出了唯一一个可能性——

"他……天和了？"

坐在椅子上的明屹踩不着地面，这会儿两条小短腿正在半空中一荡一荡地晃着。

听见自家老母亲的声音，他转过头来，慢吞吞地开口道："麻将，很简单。"

此后明屹的一生，都与数学有了无穷无尽的关联。

小学五年级的时候，隔壁家的老教授找了一道奥数题给明屹做，没想到他花了十分钟便轻而易举解出了题目。

于是老教授将这道题改编了一下，成了当年高考数学的压轴大题，难道了当年全国卷的数百万考生。

后来的数年里，明屹的路可以说是走得一帆风顺。

他的数学天赋很快得到了承认，初二那年进了省队，初三那年进了奥数国家集训队。

可惜在国家队集训的第二阶段，这人浪翻了天，趁着集训的间隙跑去打篮球，结果将左胳膊摔伤了，自然是无缘国家队。

在那之前，明屹一直都是校篮球队的主力，曾带领过 A 大附中战胜过体大附中。

在那之后，明屹考虑到了篮球这种激烈的身体碰撞运动，可能给自己带来手部、足部以及头部受伤的后果，所以初中毕业后，他放弃了校篮球队的主力位置，退居二线成了替补。

明屹愿意为了数学放弃许多事情——更确切地说，他并不认为这是一个选择题。

因为同数学相比，其他那些琐碎的事情，于他而言的意义几近于无。

他选择的从来都是一条充满挑战性以及愉悦感的道路。

直到十六岁那年，他遇见一个叫乔皙的女孩，生平第二次，他对女孩产生兴趣。

第一次令他产生兴趣的女孩叫莉莎·索尔曼，是一个德国女生，比明屹大四岁，曾参加过五次 IMO，一度是数竞界的传奇人物。

索尔曼参加的最后一届 IMO，恰好是明屹因为骨折而错失的第一届。

那年的 IMO 比赛题目，明屹曾自己私底下做过，他只花了一半的时间，就做出了所有的题，并且六道全对。

但相对于后面发下来的标准答案，明屹的解法中，有一道题的解法更为繁冗复杂。

后来明屹从老师那里得知，标准答案中更加简明流畅的优美解法，是那个德国的天才少女索尔曼给出的。

明屹觉得这个索尔曼十分优秀，并期望着有一日能够与对方一较高下。

但索尔曼在高中毕业之后，并未选择在理论数学领域进一步深造研究，而是选择了亚琛工业大学的机械系。

不过没有过太久，明屹意识到了自己的浅薄。

对于一道人为设计的有解数学题而言，再惊艳再简明的解法，都不应当被视作高超数学能力的证明。

言归正传。

那个叫乔皙的少女，终于点燃了明屹在数学领域以外的热情。

但是，当年的明屹并没有想得太过深入。

那时他仅仅是觉得，她有些好玩。

他见乔皙第一面时，她便是一副含着眼泪哭唧唧的模样。

有些滑稽，但却很可爱。

所以明屹给她起了一个小小的昵称，叫“哭气包”。

哭气包并不愿意承认自己是个爱哭鬼，每次被他气得想飙眼泪时还又拼命地忍住，甚至为了掩饰自己的爱哭，跳起来敲他脑袋。

其实全天下，敢拍明屹脑袋的只有两个人。

一个是明屹那四肢发达的亲爹……打了便打了吧，明屹并不愿与一个老人家计较。

再有一个，便是这个胆大包天的哭气包。

明明刚认识时，哭气包在他面前还是一副不敢大声说话的模样，可谁知道到了后来，哭气包不但敢对他大声说话，而且也敢打他了。

在打了他之后，发现他没有打回来时，哭气包还会偷偷流露出几分狡黠的笑意。

为了这几分笑意，明屹曾心甘情愿地被她打过很多次。

到了很久以后，明屹才恍然大悟。

原来他对哭气包的这种纵容，名字叫作“喜欢”。

只是在后来的许多年里，明屹都不敢再想起她。

家里刚出事的那一阵，明屹时常梦见他的哭气包。

在他的每一个梦中，她都是蜷缩在方寸之间，哭得满脸泪痕。

可哪怕是在梦中，他也只能站在原地，远远地看她一眼。

无能为力。

她独自一人在异国他乡，恐怕日日夜夜都是这样哭过来的吧。

再到后来，明屹便不再想起她了。

他想他年少时唯一爱恋过的女孩，会同他的黄金时代一起，永久地留在异国他乡。

如果每个人都有黄金时代的话，那么明屹的黄金时代，毫无疑问是十九岁时在 MIT 求学的那一段时光。

肖尔茨教授将明屹视作最得意的学生，他亦是明屹最尊敬的师长。

他们两人从出身、经历到性格都是惊人的相似。

两人都是参加IMO出身，都是在小小年纪便背负盛名，都是对数学有着无穷的兴趣与热情。

甚至两人在理论数学中感兴趣的分支领域也几乎一模一样。

在MIT的那两年时间里，除去基础课程的时间，明屹有一半时间都同肖尔茨教授待在一起。

那时的明屹不过才十九岁，正是思维最敏捷的年纪。

少年的头脑转得飞快，肖尔茨教授的理论功底扎实深厚，两人一拍即合，再加上两人都是天生的精力旺盛，聚在一起彻夜讨论问题是常有的事情。

那时的明屹以为，自己的人生会和肖尔茨教授一样，一眼便能看到尽头——

毕业之后在高校就职，同青梅竹马的初恋女友结婚，也许会有一个或两个孩子，此后将毕生都奉献于理论数学的研究。

也许能够解出几个悬而未决的世纪难题，也许能够提出开创性的理论留名青史，又也许一辈子埋首在浩瀚书海中，穷经皓首，最终也没能在数学史上留下半个名字。

其实无论是哪一种，于明屹而言，这一生都不算虚度。

只是后来，在基地中度过的那些茫茫岁月里，再回忆起年少时的理想，他竟觉得遥远而陌生。

直到那一日。

他写在书页空白处的草稿手记不知何时被乔皙整理了出来，而后寄给了肖尔茨教授。

看着自己曾在纸上随手写下的猜想算式，如今以他为第一作者，肖尔茨教授为第二作者，刊登在了《美国数学学会杂志》上，明屹觉得恍惚极了。

明屹本以为自己早已遗忘了这种感觉。

那种挑战前人智慧巅峰，沿着前辈的足迹攀爬不可跨越之峰的感觉。

然而，他并没有。

明屹重返校园时，已经是二十八岁高龄。

相对于周围直博的同学，大了起码四五岁。

更何况他还已经成家，有了一对胖儿女。

博士刚入学的时候，班上少数几个女生，眉眼间对明屹透露出的意思，实在有些明显。

虽然明屹对这种目光早已习惯了，如今却十分头疼。

毕竟，从前在基地里，有姑娘对他有好感，他不搭理就行了。

但如今，家里的小祖宗要是知道有女孩喜欢他，他不拒绝，反而任由其发展，那恐怕就不是掉层皮那么简单了。

只是，已经读到博士的女孩，自然不会莽撞表白。

因此明屹哪怕想要拒绝，也无法开口。

毕竟他不可能在别的女孩含羞带怯地问他“周末的班级聚餐去哪里比较好”时，说出“我不喜欢你”这番话来。

彼时乔皙正为了刚出生的一对胖团子殚精竭虑，明屹不愿意让自家媳妇儿因为这种事情烦心。

其实明屹早就在自己的社交平台上放过自己同媳妇儿的合照，手上的婚戒更是从没摘下来过，但他搞不懂为什么还有这么多人明里暗里地向他表示好感。

明屹本想将一对胖儿女的照片当作头像以达到劝退众人的目的，可谁知道他刚将头像换上去五分钟，便被乔皙发现了。

她简直被气得肝疼，当下一把夺过明屹的手机，火速将他的头像换了回来。

乔皙“咕咚”一拳就砸了过去：“你儿子女儿长什么样你心里没半点数吗？”

她藏都来不及藏，这个呆子居然还巴巴地将他们的照片发到网上去，是生怕两只胖团子的黑历史没人留存吗？

莫名其妙被自家媳妇儿打了一顿，明屹颇有几分委屈。

若是有尾巴的话，这会儿他的尾巴一定已经耷拉了下来。

明屹委屈巴巴地点开通讯软件，将自己最近几天收到的各种信息给媳妇儿看。

“我只是想让大家看看，我们孩子都这么大了。”

乔皙拿着他的手机，黑着一张脸翻着他手机里的一长串信息，一声不吭。

A 女生：“明神你好，我想问一下，调和分析这方面有什么推荐的书吗？我刚来北京，对附近不太熟悉，你知道哪个书店能买到这些书吗？可不可以陪我一起去呀？”

B 女生：“明神，你平时都去哪个图书馆上自习呀？刚开学，我有很多课程都跟不太上，不知道能不能和你一起自习，这样有问题也方便请教你。我可以请你吃香锅当回报哦。”

C 女生：“明神，你发在《美国数学学会杂志》上的那篇泛函论文我看过了，有些地方不太懂。我博士论文也想做这个方向的，可不可以请教你几个问题？他们说你不住校的，今晚我方便来你家找你吗？”

看着哭气包越来越黑的脸色，一旁的明屹赶紧解释道：“你自己看，我根本就没理她们！”

乔皙瞪他一眼：“难道你还想理？”

明屹生怕自家哭气包生气气坏了身体，赶紧道：“我这就拉黑她们！”

那倒是不用。

乔皙从来都无意干涉大表哥的社交，虽然这些女孩的目的不仅仅是想问问题……但如果因为她不高兴，就要他删掉同学的联系方式，那恐怕有些奇葩吧？

想了想，乔皙道：“她们有问题要问的话，可以来问我啊。”

这些小姑娘都是本科毕业后推的直博，因此哪怕说是博士生，可水平还是不如乔皙的。

因此很快，本届数院的十几个女生，突然就收到了一条自己被拉入群聊的通知。

明屹：@所有人 我太太在调和分析、复变函数、泛函分析几个领域的造诣很深，许多问题我都需要请教她。如果大家有什么问题，可以直接在群里请教我太太。

明屹发完这一段话，本想@一下自家哭气包，但想了想还是算了。

因为头像最漂亮的那个就是自家哭气包，根本不用特意@，一眼就能看到。

不过，明屹发出去那一段话后，群聊里并没有任何人回复他。

乔皙看着群聊界面上方显示的群聊人数从 15 一路变为 14、13、12……

直到第二天早上起来，乔皙打开手机一看，群聊人数变成了“2”……那些同明屹搭讪过的女生都已经退群了，只留下这对奇葩夫妻。

乔皙挺满意的，她将手机放在一旁，伸出手指戳了戳身侧正熟睡的男人。

“唔？”明屹陡然惊醒，猛地从床上坐了起来，“小啾饿了？小瓜拉了？”

“都没有。”乔皙一脸好笑道，“今天周六，你是去学校还是待在家里？”

明屹松了口气，凑过来亲了她一口，然后道：“在家陪你们。”

乔皙上班之余，空闲时间还要带两个孩子，虽然家里请了月嫂，平日里又有祝心音和刘姨帮忙，可她是孩子妈妈，怎么也轻松不到哪里去。

两只胖团子出生之后，乔皙没有母乳，艰难地喝了两天奇奇怪怪的偏方之后，明屹实在看不下去了，将那些偏方全都扔了，不准她再喝一口。

可见不管平日里多聪明的人，当了妈妈之后总会有弱点。

乔皙还不死心，说道：“万一偏方有用呢？人家都说母乳喂养的宝宝会比较聪明。”

明屹心里心疼自家哭气包遭罪，但面上还是凶巴巴道：“我们俩的宝宝，不用喝母乳也比所有人都聪明。”

乔皙被他惹得又哭又笑，便拧了他一把：“你怎么这么不要脸？”

当然，不用母乳喂养也是有好处的。

乔皙很快便发现，每每到了深夜里，两只胖团子一旦饿了闹起来，没等她睁眼，明屹早已将被子一掀，自发地下床去冲奶粉喂宝宝了。

到了后来，明屹甚至声称自己通过研究两只胖团子每晚醒来的时间，排除掉外部干扰因素，精准地推算出了两只胖团子哭闹的间隔频率，这样他就可以提前起床，冲好奶粉塞进胖团子的嘴里，以免他们哭闹吵醒乔皙。

虽然乔皙觉得大表哥这一番言论好像是在鬼扯，但整个月子里，她的确没有起夜过一次。

就连她有时想下床看看宝宝，都是明屹将胖团子从婴儿房里抱过来给她看，等她看完了便哄着她和宝宝一同入睡。

就连盛子瑜跑来看她，也忍不住羡慕道："晳晳你生完孩子好像皮肤气色变得更好了哎！一点黑眼圈都没有！哪像我之前生小咕的时候，每天晚上都睡不饱，老大的黑眼圈了呢！"

霍铮忍无可忍地提醒她："是你自己要通宵玩游戏的。"

盛子瑜一听这话，扁了扁嘴，一下子眼眶中便盈满了泪水。

她看向霍铮，委屈巴巴道："所以呢？你对我有什么意见吗？"

霍铮认命地闭上了眼睛。

下一秒，被妈妈抱在怀里的小胖咕，看见妈妈哭鼻子了，愤怒地"嗷"了两声，小身子往前一探，伸出小胖爪对着自家老父亲一顿挠。

总体而言，乔晳对于大表哥的表现还是十分满意的。

不光是她，连向来对儿子横挑鼻子竖挑眼的明骏，也十分罕见地将明屹称赞了一番："这小子一有孩子，还真是大变样了……要我看啊，他就该早点要孩子，现在要还是要晚了。"

但明屹却觉得，自己同哭气包，要孩子似乎要得有些太早了。

事情源于不久之后的某一天，他照常抱着小瓜和小胖啾在大院里遛弯——历经过两次惨败之后，明屹已经放弃让心肝小女儿同小胖咕比美了。

毕竟在上一次的惨败之后，整个空军大院都已经知道了明家的那一对双胞胎特别能"作妖"。

先是妹妹小胖啾东施效颦起了个和小胖咕一样的名字，然后哥哥小瓜，竟然偷偷摸摸地男扮女装化名为"小萝"，想来抢他们小胖咕的风头，实在是丑人多作怪！

如今为了挽回自家一对胖儿女可怜的名声，明屹决定低调做人，等到他的小胖啾出落成一个水灵灵的小美人后，那时必定叫所有人大跌眼镜。

不过，还没等到小胖啾长成一个水灵灵的小美人，明屹先有了其他事情需要担心。

那天明屹在大院里看见盛家的胖虫虫和叶家小皮球正蹲在一起挖泥巴玩。

他抱着小胖啾饶有兴致地看了一会儿，然后两个小家伙不知怎的，突然就叉着腰吵起了架来。

胖虫虫奶声奶气道：“我妈妈一天可以吃二十盒冰激凌！”

小皮球也不甘示弱道：“我妈妈会做好多好多蛋糕，特别是杧果味的！她只做给我一个人吃！”

胖虫虫道：“我外公有好多好多的钱，他每次都会给我买好多好多玩具！”

小皮球道：“我爸爸和哥哥也有好多好多的钱，我的玩具比你还多呢！”

胖虫虫道：“我爸爸会开大飞机！他还会歪歪翅膀给我看，只给我一个人歪翅膀！”

在小朋友的世界里，赚再多的钱和会做再多的蛋糕，也没有会开大飞机来得酷炫。

果然此言一出，小皮球绞着胖短的手指，嘴里嗫嚅着“我爸爸我爸爸”了半天，最终还是沉默了下来，不知该如何回击。

看着小皮球炫爹失败，明屹却是心有戚戚然。

以后他的小胖啾若是和别的小朋友闹了别扭，该怎么炫爹呢？

若是从前他还在基地里，小胖啾还可以同别的小朋友炫耀，自己的爸爸会造火箭，自己的妈妈会造机器人。

可现在的他呢？

难道要小胖啾同别的小朋友炫耀——

我爸爸可以口算十位数以上的加减乘除？我爸爸可以徒手解开一元四次方程？我爸爸可以对十位数以内的大数进行因子分解？

明屹绞尽脑汁，也没想到如今的自己有哪一处可以被小胖啾拿去炫耀，并且一下子震住她的同龄人。

明屹深感愧疚，自己一把年纪了，却一事无成。

他这样的一个爸爸，实在是给小胖啾拖后腿了。

从前明屹还觉得，做科研是一辈子的事情，急不得也求不来，顺其自然便好，后半辈子还大有可为。

可意识到了如今的自己也许会让小胖啾在同龄人面前丢脸后，明屹在一夜之间，生出了无穷的斗志。

虽然他的研究领域对小朋友而言晦涩难懂，可如果他能拿回一两个奖章来给小胖啾，想必她出去和人打架也会更有底气！

有了心肝小胖啾作为自己的精神动力，明屹在学术上突然就像开了挂。

博士生涯的第三个学期结束，明屹便通过了博士论文答辩，拿到了自己的博士学位。

与此同时，明屹博士论文中的一部分成功在国际四大顶级数学期刊之一的《数学新进展》上发表。

这对于青年学者而言，是不可想象的学术成果。

为了留住明屹，P大给出的待遇包含副教授职位和蓝旗营一套一百平方米的房子可供居住。

只是隔壁的T大向来财大气粗，当晚T大副校长直接联系上了明屹，承诺给他正教授的职位和蓝旗营的一套复式大公寓，就连年薪也是P大的三倍。

当然，T大之所以愿意出这么好的条件，根本原因是T大的数学系和P大相比，相差实在是太大了。

乔皙虽然为他高兴，但还是免不了忧心忡忡："大表哥，赚钱养家有我，你千万不要考虑钱的事情，你喜欢哪里就去哪里。"

明屹慎重考虑了五分钟，然后给T大的副校长回了个电话过去。

乔皙看得目瞪口呆："你……这就决定好了？"

明屹点点头，抱起正在地上乱爬的小胖啾，开口道："T大比较好。"

乔皙实在是想不出T大哪里好了。

当然，T大是好学校，可在数学领域，T大实在是太弱了。

同P大比起来，T大数学系都没有几个在国际上有影响力的数学教授。

明屹亲了一口怀里的小胖啾，说道："T大和P大的幼儿园我都去过。"

明屹继续不紧不慢道："我们小啾在这里能享受到更好的待遇。"

听到了这里，乔皙反应过来，这人在诓自己呢！自己一门心思为了他的前途着想，他还有心情开玩笑？

当下乔皙气得推了他一把，怒声道："我跟你说正经事儿呢！"

见媳妇儿生气了，明屹赶紧将怀里的小胖啾放下，然后跟着乔皙进

了房间。

他将坐在梳妆台前生闷气的哭气包调转过来，凑过去亲了一口，然后好声好气地哄着她：“你今天晚上都没笑过……我就想逗逗你。”

乔皙气得泪花都飙了出来：“我笑得出来吗我？你本来可以去更好的地方——”

哪怕P大和T大已经是国内最顶尖的高校，可国内的科研环境和国外的差异还是很明显的。

明屹也可以留在国内，可现代前沿数学的发端地一直以来都集中在美国和法国。

他本可以在一个更加主流的学术环境里工作，得到更大众的认可，如果不是因为她，他根本不会被迫留在国内。

一眼看穿了乔皙的所思所想，明屹帮她擦干了眼泪，又亲亲她，笑道：“过去了的事情就不要再想了……你看，就像陈景润，他就是纯国产的数学家，虽然他的成就比不上华罗庚和陈省身，可也值得我作为目标奋斗一生了。

“他们这样的人，当初都没有嫌弃过国内的科研环境，现在条件比以前好了那么多，我有什么资格嫌弃呢？”

乔皙吸了吸鼻子，愣愣地看向自己面前的男人。

她伸手摸了摸明屹的脸。

他的眼底下有一道淡淡的青色，这一年半，他一边忙着学业，一边还要抽空带两个宝宝，实在是累坏了。

这样想着，乔皙凑过去，在他的唇上轻轻啄了一口，哑着嗓子，低声道：“大表哥，我好喜欢你呀。”

喜欢以前的你，更喜欢现在的你。

明屹直接将她从梳妆台上抱起来，放在了床上。

乔皙还有几分抗拒：“唔……宝宝还在外面呢。”

“不要紧。”明屹的双手搂着她，哑声道，“我妈待会儿洗完澡就来找他们了。”

第二天早上乔皙起来时，盯着自己身上的痕迹，简直是羞愤欲死，好在祝心音是过来人，对此早就见怪不怪了。

夫妻俩下楼去时，小瓜和小胖啾已经被放在了餐桌前的儿童椅里，正在津津有味地吃着早餐。

随着年纪越来越大，小瓜的性格也逐渐显露了出来。

小瓜不爱吭声，也不爱哭笑，最常做的事情就是发呆，偶尔也会回应一下妹妹的“啾言啾语”，两人之间进行一场婴儿的对话。

明骏看着这个孙子，拍着大腿感叹：“和他爸爸小时候一模一样啊！”

与之相对的，明屹也如同当年的明骏一般，觉得这个臭小子大概是个脑瘫，半点也不如软萌的小胖啾惹人怜爱。

明屹一边吃着早餐，一边同心肝小女儿进行了一场时长十分钟的“咿”“呀”“嗒”“biu”的对话。

再一次确认小女儿十分具有语言天赋，明屹的喜悦溢于言表，还喝了两杯牛奶。

亲了一口小胖啾，又捏了一把小瓜的脸蛋，明屹拿起一边的车钥匙，打算送媳妇儿去上班。

说起来，前段时间明屹送她去上班时，开的是一辆牧马人。

这车还是他以前省吃俭用两年才买下来的。

在他看来，已经算是很不错的车了。

可谁知道，他送自家媳妇儿去公司时，竟然有辆玛莎拉蒂 GT 一直跟在他后头，一阵一阵地超车，搞得他的心头火都拱了起来。

若是车上只有他一个人，明屹势必是要好好教训这个人的。

但车上有媳妇儿，媳妇儿的命比他的还重要，也就不跟对方计较了，只是暗暗憋着一口气。

等到将车子开到乔皙她们公司楼下，那辆玛莎拉蒂 GT 也在不远处停了下来。

明屹没反应过来，直到那辆车的车门打开，下来一个看起来就很欠打的男人。

乔皙笑着同对方打招呼：“周先生。”

明屹不解。

他转头看一眼哭气包，发现她嘴角上扬的弧度正是她招牌式的假笑，便松了口气。

看来哭气包也不喜欢这个人。

乔皙笑着同对方介绍道：“这是我先生，明屹。”说完又凑近明屹，低声道，“这位是周先生，我们有一些工作上的往来。”

明屹看出来了，这人大概是在追他的媳妇儿。

双方都很敷衍地握了握手。

周先生看着明屹，皮笑肉不笑道：“明先生在哪里高就？”

这问题多少带了几分挑衅的意思，大概是对方看明屹开的车并不算好，所以故意问出这样的问题。

不过，还没等明屹回答，乔皙已经抢先开口道：“我先生之前在航天领域工作，目前在P大念数学博士，他曾在《美国数学学会杂志》上发表过论文，为泛函理论的发展做出了极大的贡献。”

她这话说得跟连珠炮似的，语气官方又幼稚，像是在同别人赌气，若有旁人听见，肯定是要笑话她的。

不过，乔皙自己倒是不在意，她看出来了对方不怀好意，不愿意让大表哥在这种人面前失了面子。

但她的反应颇有些过激，以至于事后一向极度自信的明屹产生了几分自我怀疑：“我……是不是让你丢面子了？”

“当然没有！”乔皙否认道，“那种纨绔子弟懂什么？我不说得明白一点，他根本就不知道你有多厉害！”

明屹接受了这个说法，他将哭气包抱过来，亲了一口，然后问：“明太太，你是不是特别喜欢我？”

乔皙被他逗笑了，当即捶了他一把：“你这个人的脸皮怎么那么厚呀？”

“不喜欢吗？”明屹又搂着她亲了一口，“我一个大龄男青年，一毛钱不赚全靠明太太养着……明太太肯定是特别喜欢我，才会觉得我厉害。”

当然，明屹虽然嘴上十分自信，可等再次看到自己开的那辆牧马人时，心里还是有些发虚的。

明屹知道，自家哭气包这么优秀，哪怕已经是两个孩子的妈妈，依旧有大把的人眼馋。

不管怎么说，他每天开车送哭气包去上班，不能因为车让她丢了面子。

其实明屹并不算穷，当初他在Predator里的那些干股每年都还在给他分红，但他把工资卡交给了哭气包，现在不好意思朝媳妇要钱买车。思来想去，明屹估算了一下自己毕业后的年薪，数字令人震惊，但他还是决定先借钱显摆。

他找宁绎借了一笔钱，又将手头上的牧马人卖了，凑够钱后去车行提了一辆帕拉梅拉。

于是今天吃完早饭，乔皙准备去上班的时候，刚走出家门，便看见了从车库里开出来的那辆帕拉梅拉。

直到坐上了车，她还有些没反应过来："你哪来的钱？"

开着崭新的豪车，明屹尾巴都要翘上天了："你别管，享受就行。"

享受他个大头鬼！

乔皙一巴掌就拍了过去："你还留了私房钱？"

在她的逼问之下，明屹将自己借钱的事情说了出来。

明屹挠挠头，生怕自家媳妇儿觉得他没本事还好面子，赶紧解释道："我也没借太多，这些钱，我到时候去外面干个私活儿就能还上……这车我还是能养得起。"

乔皙忍不住瞪他一眼："你缺钱了干吗不和我说？谁让你去借钱了？"

说完，乔皙便将小家庭名下的债券、股票以及一些不动产投资粗略地同他报了一遍。

明屹一头雾水："所以……我们家在建国门有房？在复兴门也有房？"

乔皙纠正他道："限购，复兴门那套是菀菀的名字。"

明屹揉了揉太阳穴，顿觉压力很大。

"明太太，你怎么没和我说，你这么能赚钱啊。"

乔皙摇了摇头："都是你的钱。"

Predator给他的分红一年比一年多，前两年有一家创业公司的老股东出让股权，乔皙因为工作原因同这家创业公司接触过，十分看好他们，便将那部分股份全部收购了下来。

没想到变现的速度比她想象中还要快，去年年底这家公司赴美上市，乔皙将手中的三分之二股份都套现了，赚得盆满钵满。

乔皙实在是有些无奈："我手里还剩点现金，你先拿去把宁绎的钱还了。"

说完，她又忍不住嘀咕："你还找谁借钱了？人家指不定以为我们家穷成什么样了呢。"

之前乔皙没将家庭资产告诉他，主要是觉得没有必要。

因为明屹并不在意这些东西，当初两人刚领完证，他便将自己从前买的那套大平层过户到了她的名下。

谁知道这呆子如今想买个车都要找人借钱，还一心想干私活儿还钱……乔皙这才决定将家庭资产告诉他。

不过，两天之后，乔皙就后悔了。

她牵着小瓜和小胖啾去鱼鱼家串门的时候，盛子瑜神秘兮兮地问她："皙皙，你的年薪到底有多高啊？"

小胖咕正和小胖啾坐在地上堆着积木，小瓜站在一旁看着，默默地喝着小胖咕刚刚塞给他的香蕉味果泥。

乔皙原本还试图将小瓜手里的香蕉果泥抢下来："你怎么老是抢小咕姐姐的东西吃呀？"

盛子瑜纠正道："那是小咕不要才给他的。"说着她也捏一把小胖咕的脸蛋，"爸爸让你吃的东西你不喜欢就给小瓜，小心我跟爸爸告状哦。"

看见鱼鱼阿姨捏着小胖咕的脸，小瓜很不高兴地"咿"了一声，伸手拉住鱼鱼阿姨的胳膊。

盛子瑜放了小胖咕去玩，又重新看向乔皙："我刚才在问你呢！"

乔皙有些摸不着头脑："我不是跟你说过了吗？"

盛子瑜一脸不相信的表情："肯定不止这么一点！"

乔皙更加困惑了："为什么这么说？"

盛子瑜压低了声音："大表哥他和霍铮说，他那辆帕拉梅拉是你给买的，你还给他买了一套蓝旗营的大复式……我去问蒋一炜，蒋一炜也知道！还说你还给他买了一套建国门的大平层呢！全都是写了他的名字！"

乔皙揉了揉太阳穴，十分无奈："蒋一炜人在国外，明屹看人家不懂限购诓人家，你还不懂吗？我哪来的本事给他再买两套房？"

这个呆子，在别人面前吹牛还吹上瘾了！

明屹三十岁那年，小胖啾刚满两周岁。

也正是这一年，这个曾令所有同龄人黯然失色的天才少年，在长达十年的蛰伏后，终于以三十高龄，获得了人生中的第一个国际性奖项——

数学突破奖。

当然，数学突破奖其实并非学术界的主流奖项，在学术界的地位更比不上菲尔兹奖、阿贝尔奖、沃尔夫奖这样的重量级奖项。

但因为这一奖项是由几位科技界大佬联合设立，是以颁奖情况刚公布出来，便受到了无数外界的关注，不可避免地，隔了三年，明屹又一次在网络上小火了一把。

网络上有人提问——

“如何评价明屹在数学界的成果？都是天才数学家，他将来的成就可以和伽罗瓦相比吗？将来他能在数学史上排进前 20 还是前 50？”

大众自然都是慕强的，明屹的经历符合大家对于一个天才数学家的所有想象，因此这个问题底下，无数人将他吹捧得天花乱坠。

直到明屹本人看见这些溢美之词。

他十分无奈，越看便越觉得自己成了个笑话。

直到他看见蒋一炜的实名大号在底下回答道：“这是伽罗瓦被黑得最惨的一次……不要越级碰瓷。”

明屹松一口气，赶紧给蒋一炜的回答点了个赞。

点完赞后，明屹又往下翻了翻发现一个名字叫“月半口禾火妈妈”的用户的回答：“明神的成就有多大，人家不知道啦，但明神一定是数学家里头发最多的！人长得帅数学又好，人家超喜欢他！(*^ ▽ ^*)”

明屹觉得这个人虽然名字有些奇怪，但回答十分客观中立，于是很慷慨地给对方也点了个赞。

明教授人在国外参加颁奖典礼，明太太则在家中，一边照顾着两只胖团子，一边在网上同网友一起看颁奖典礼的文字直播。

盛子瑜在网上“吃瓜”吃得满脸呆滞：“……压缩感知？听起来和数学没什么关系啊，听起来像是什么工厂里的新技术。”

乔皙试图同鱼鱼解释清楚明屹的工作成果——

“是这样的，在过去的快一百年里，计算机在进行信号采样时，都在遵循采样定理，也就是说，如果想要保证信号不失真的话，那么在采样信号时，采样频率必须大于信号最高频率的两倍。

“但是后来明屹和他的同事发现，信号在变换域上其实是稀疏的，这就意味着在保证信号还原度的前提下，可以考虑尝试一种新方法——

从以前的等间距采样变为现在的不等间距采样。”

盛子瑜假装听懂了，满脸的恍然大悟：“喔喔，原来是这样！”

一旁的小胖咕见胖头鱼这样，也放下了手中啃到一半的大草莓，睁大了圆溜溜的眼睛，神情严肃地跟着“喔喔”了好几声。

刚喂着妹妹吃完一只草莓的小瓜，见小胖咕这样，以为她是嫌这只大草莓不甜。

想了想，小瓜转过头，从一边的果盆里又挑出了一只颜色更加鲜艳的大草莓，递给小胖咕，然后将她没吃完的那半只草莓换到自己手上，奶声奶气道：“给你。”

小胖咕从善如流地低下头，就着小瓜的手咬了一口鲜红的草莓尖尖。

她想了一会儿，尽可能简单易懂地解释鱼鱼的疑问——

“打个比方，以前计算机还原一张图片，需要采集一百万个信号，但用了压缩感知算法之后，只需要采集一万个信号，就可以得到还原度几乎一样的图片了。”

“喔喔！”这会儿盛子瑜终于听懂了，“那是真的好厉害！”

乔皙笑了笑，模样看起来十分温柔。

如今再想来，当初的确是她狭隘了吧。

因为细究起来，明屹关于压缩感知算法的成果，大部分都是他在基地那七年里所做出的。

乔皙曾心疼过他当初虚度的那七年，可她却忘了，他本来就是无论身处何种境地，都能熠熠发光的人。

一旁的盛子瑜随手点开了手机上的一个视频。

是在颁奖典礼现场的人传在网上的，标题是“厚脸皮捉住一只明教授”。

伴随着略显嘈杂的颁奖会场背景声，一个学生打扮的男生追在明屹身后。

“明教授，我看您夫人在微博上发过你们家龙凤胎的照片，妹妹很可爱很漂亮啊。”

此言一出，明屹蓦地停下了步子。

他转过身，看向手机镜头，脸上罕见地带了几分笑意，他点点头，肯定道：“对，很漂亮的。”

陡然听见爸爸的声音，原本正蹲在地上吃草莓的小胖啾眼睛“嗖”

地就亮了起来，她左看看右看看：“爸爸呢？”

盛子瑜扬了扬手中的手机：“你爸爸在这里。”

胖丫头不顾吃得满脸满手的草莓汁，跌跌撞撞地站起来，伸手就要去抓鱼鱼阿姨的手机：“爸爸！”

盛子瑜顺势就将小胖啾抱进怀里，美滋滋地在她的胖脸蛋上啾了一口，嘴上却嫌弃道：“哇！你把阿姨这么贵的衣服弄脏了，要让你妈妈来给我洗衣服！”

虽然才两周岁，连话都说不利索，可小胖啾对家庭成员的地位已经有了很清楚的认识。

一听鱼鱼阿姨这样说，小胖啾立刻将一颗小脑袋摇成了拨浪鼓，奶声奶气地纠正道：“爸爸洗！”

一时间，乔皙和盛子瑜都笑作一团。

手机里的视频还在继续播放着。

大概是没想到一聊到孩子，原本遥不可及的“明神”瞬间就变得平易近人起来。

于是持着手机的男生胆子大了一些，又多问了一句：“明教授，平时你在家带孩子吗？”

明屹道：“带。”

对方好奇问道：“那您夫人呢？我们都知道她的工作也很忙，那她是不是不带孩子？”

明屹笑了笑，说道：“我夫人在学识、修养、为人处世上都十分优秀……她对孩子的影响，是人格方面的。”

猝不及防地听见这话，乔皙的脸颊上瞬间泛起了可疑的粉色，嘴角哪怕极力地抿着，但仍能看出上扬的趋势。

这次的颁奖典礼在旧金山，路途遥远，顾念着家里的两只胖团子，明屹原本不太想来。

但最后还是决定去了。

一是因为他已经很久没和肖尔茨教授见面，二是因为……奖金实在有些多。

为了早日还清压在哭气包肩上的沉重房贷，明屹还是决定忍痛撇下心肝小啾一星期，打了报告出国来参加这个颁奖典礼。

颁奖典礼结束后，明屹回到酒店等肖尔茨教授。

因为离肖尔茨教授过来还有半个小时，于是明屹又穿上外套，下楼去了隔壁那条街的玩具店。

小啾喜欢各式各样的小黄鸭，明屹在店里挑挑拣拣，最后拿了一只小黄鸭的奶瓶和一个小黄鸭的发卡，以及一个小黄鸭图案的围嘴去结账了。

玩具店门口，一个身量与他相仿的年轻华裔男人站在那里看着他。

对方的中文十分标准：“明屹。”

明屹并没有太意外，因为上午他从酒店出发去颁奖礼现场时，看见过这个男人。

直到刚才他回酒店，再一次看见了这个男人。

明屹停下步子，面无表情地平视着面前这个男人。

长久的沉默过后，还是对方率先开口：“乔皙她没和你提过我吧？”

其实明屹是知道容准这个人的，尽管乔皙从未和他提起过。

当初盛子瑜误以为他和沈桑桑订婚，为了气他，回国后提起过许多次，说是皙皙在国外交了一个又帅又有钱对她还温柔体贴的男友。

明屹本已有七八分猜到来人是谁，等到他这么一开口，更是确认了。

他看向对方，语气平静：“容先生。”

容准有几分意外，一时间没有说话。

这三年来，容准一直关注着乔皙的社交账号。

从她当初追去南极被网友在电视上认出，到后来在发布会上维护明屹的那一段掷地有声的陈词。

直到近两年，乔皙的社交账号上除了更新一些重大的工作进展外，便是同网友分享家庭生活。

不过，乔皙并不是那种晒娃狂魔。

她更新的频率并不算高，大多数时候都是几个星期才分享一次，内容也无外乎是——

今天发现小啾萌出第一颗乳牙了，爸爸买的小黄鸭牙刷可以派上用场了。

明老师一直以为小瓜不会说话，然后被小瓜骗着叫了起码一百句爸爸。

你一来就是晴天 2

小啾最喜欢黄桃口味的酸奶，今天小瓜把家里的最后一罐拿去送给了隔壁家的@时尚icon小胖咕，被小啾发现了……我已经戴上了耳塞。

有很多次，容准都觉得痛苦又困惑。

乔皙明知道他会关注她的近况，却从不避讳他，她发在社交网络上同丈夫孩子之间甜蜜的点点滴滴，他全都能看见。

她真的一点都不考虑他的感受吗？

那次他喝醉，酒后无意将这一番话说出，被容凛听见，后者冷笑一声，反问他："你当初和她在一起的时候，考虑过你那些前女友的心情吗？"

当然不曾。

乔皙对他，跟他对他的前女友，其实也并没有什么分别。

她不是不考虑他的感受，而是在她的世界里，早就没有了他这个人。

两个男人面对面地沉默了许久，还是容准率先开口，打破沉默。

他自嘲地笑了笑："你和她在一起多久？"

明屹没有说话。

容准自顾自地说了下去："从前三年，现在三年，加起来一共是六年……六年，我也和她在一起了六年。"

同样是六年，他与她是有情人终成眷属，而自己，只不过是她六年计划中一枚精心布置的棋子。

他视若珍宝的那六年，于她而言，只是不堪回首的灰暗记忆。

明屹看着面前的男人，眼神中没有过多的情绪："我不在的那六年，谢谢你照顾她。"

容准动了动嘴唇，却什么也没能说出来。

他能说些什么呢？

容准自嘲地笑了笑："我和她之间的事情，她也告诉了你？"

明屹看着容准，声音里听不出任何情绪："她没有对不起你的地方。"

是啊，容准也知道。

是容家对不起她在先，她逼不得已。

他只是有一点不甘心而已。

还好他的不甘心，也就只有一点。

容准低下了头，看一眼自己手上拿着的那个粉色娃娃。

他笑了笑，将那个娃娃递到明屹面前："今天我来，是想给你这个……小啾很可爱。"

同肖尔茨教授见完面后，明屹赶往机场，连夜搭上了回国的国际航班。

十二个小时的飞行时间，明屹回到北京家中的时候，已经是凌晨四点多。

家中静悄悄的，婴儿房中的两只胖团子睡得正熟，明屹借着窗外透入室内的昏暗月光看了一眼，便退出了婴儿房，回到了卧室中。

乔皙一向浅眠，当了妈妈之后更是如此。明屹推开房门的那一瞬，她便已经醒了。

她打开床头灯，看着站在房间门口的男人，声音中还带着几分初醒时的沙哑："你怎么回来了？"

明屹关上了卧室房门："能早点回来就早点回来了。"

再抬眼一看，床上的哭气包已经从床上爬了起来，朝他伸出了双臂，一副要抱抱的姿态。

明屹轻笑了一声，然后道："我身上一股寒气，别冰着你。"

说完，他将身上的外套脱了，挂在进门处的衣帽架上，才走到床边，弯腰亲了一口床上的媳妇儿。

"好好的干吗坐红眼航班回来？"乔皙的手隔着薄薄的衬衫布料，在他热烘烘的胸膛和腰腹上摸了摸，然后掀开被子下床，"外面冷死了，我去给你放水泡澡。"

明屹伸手将人拉回来，亲了一口，才道："你继续睡，不用管我。"

"反正都醒了。"乔皙伸手帮他解开脖子上被扯得乱七八糟的领带，叠好后放在一边。

明屹跟着她一路进了浴室："他们俩这几天烦你没？"

"他们很乖的。"说起一对胖儿女，乔皙的眼角眉梢都是温柔的笑意，"小啾还怕爸爸忘了给她带礼物呢。"

"没忘，都在行李箱里呢。"明屹一只手放在裤兜里，另一只手带上了浴室的门。

乔皙浑然未觉，弯腰打开热水，又从一旁的柜子里拿出了一沓干净毛巾来：“哎呀，你还没吃东西呢……我还是先去厨房给你下碗面。”

明屹将急忙要出去的女人给拉了回来。

他将人压在门板上，慢悠悠亲一口，然后问：“你都不问问我给你带了什么礼物？”

不知是因为浴室里温度太高，还是因为刚才的那一个吻，乔皙的脸上可疑地泛起了红晕，她伸手打了他一下：“不是让你别给我买东西了吗？”

这人太爱花钱给她买礼物了，碰上情人节、生日、结婚纪念日这样的重要日子也罢，偏偏这人连所谓的初吻纪念日也不放过。

前段时间这人送了她一条项链，她问由头，居然是两人第一次吵架和好纪念日。

她真的是哭笑不得。

不过，其实明屹的钱都是她在管，两人的收入差距颇大，很早就约定好了，他的收入用来当作家用，她的收入则用作家庭投资。

但因为明屹有各种津贴补贴，虽说不是很多，但让他拿来买礼物是绰绰有余了。

因此这回出去前，乔皙特意叮嘱了，让他绝对不要再给自己买礼物。

但是，显然他根本就没有听进去。

明屹从裤兜里拿出那块女表，轻轻扣在了她的腕上，然后道：“不是给你买的，是我替我女儿赔给你的。”

起因是那天下午小胖啾在家玩，结果把她最贵的那一块手表表盘磕坏了。

只是听他这么说，乔皙忍不住要捶他：“只是磨了一道，我还能戴呢。你买的这个太贵了，拿去退掉退掉！”

“不退。”明屹将人搂进怀里，又低头亲了一口，语气很霸道，“上次子瑜来我们家，你不还拿着她那块表看了很久吗？我买的这块比她的更好。”

乔皙没想到那么小的细节都被他记住了，当即有点脸红：“我没见过那么贵的表，多看两眼怎么了……再说了，鱼鱼有钱，这种表她每天换，一个月都不重样的，我们家干吗和她比呀？”

“没和她比。”明屹摸了摸她的脸，又伸手揉着她细白的腕子，“我就是觉得，这表戴在我媳妇儿手上，肯定比她戴着更好看。”

乔皙被这人的甜言蜜语哄得晕头转向，结果自然是惨烈的。

两人在浴室里折腾得天都亮了，险些还被上楼看胖团子的刘姨发现。

除此之外，两人还发现了……这么贵的新手表，防水功能的确很好。

第二天便是周末，乔皙和菀菀、盛子瑜三人一同出去逛街，留下了明屹在家看两只胖团子。

明屹的工作时间自由，这学期只在数院开了一门随机过程的课，除了上课时间之外，其余时间全由自己支配。

有时候家里人忙不过来，他就留在家中，一边工作一边照顾两只胖团子。

当然，说是照顾，其实只是“看着”他们俩而已，两只胖团子向来都十分乖巧，小瓜更是能够凭借一己之力照顾妹妹。

明屹要做的事情，就简单多了。

就像此刻，用最浅显的语言教完小胖啾，自家爸爸在工作上取得了多么具有开创性的成果，确信宝贝小啾完全听懂并足以拿出去和其他小朋友打嘴炮后，明屹很放心地在沙发上躺了下来。

除了带娃之外，他的工作内容也很轻松。

同数院中的大多数教授一样，明屹日常并不需要电脑，一支笔和一张纸足矣。

当然，明教授比其他教授还要更懒上几分——大多数时候他都懒得动笔，只是在心里心算，直到推算出具有可能性的某一步，他才会动笔将它记下来。

这会儿明屹一如既往地闭着眼睛躺在沙发上，却并没有睡着，只是在心里想问题。

一旁的小瓜和小胖啾见到老父亲这样，早已经见怪不怪了。

尽管早已习惯，但看着老父亲间歇性瘫痪在床的模样，小胖啾的心里还是有些难过。

爸爸的病什么时候才能治好呢？

兄妹俩蹲在地上玩了一会儿碰碰车，然后姨奶奶来叫他们去吃小布丁了。

小瓜摇了摇头，他不喜欢吃这些甜甜的东西。

见哥哥不去，小胖啾放下手中的小车子，牵着姨奶奶的手下了楼。

吃完了两碗黄桃味的小布丁，小胖啾幸福得一双大眼睛都眯了起来。

她指了指姨奶奶面前小小的布丁碗，奶声奶气道：“爸爸。”

刘姨明白过来，当下捏了一把胖丫头的脸，笑眯眯道：“还惦记着你爸爸呢？真乖！”说完便将一碗小布丁塞进小胖啾的手里，“拿上楼去给你爸爸吃吧。”

小胖啾满心欢喜地捧着小布丁碗，上楼去找瘫痪在沙发上的中风老父亲了。

明屹听见小女儿跌跌撞撞的脚步声，眯着眼睛偷偷看了一眼，发现是心肝小啾来投喂他了。

果然，没过几秒，小胖啾便捧着一只小布丁碗走到爸爸面前来。

她拿着小勺子，像喂自己的小黄鸭一样喂了爸爸一口。

明屹闭着眼睛忍着笑，张开嘴将那一口布丁吞下。

见老父亲乖乖吃下了，小胖啾惊喜地“噫”了一声，然后将剩下的布丁也通通喂了进去。

不过……自己吃了两碗小布丁，肚子还是扁扁的，爸爸这么大的人，一定要吃更多吧？

小胖啾满心忧愁地想着。

胖丫头将小布丁碗放在一边，又跌跌撞撞地迈着步子，四处给老父亲搜寻着新的食物。

有了！

小胖啾眼睛一亮，从一旁的垃圾桶里翻出来一根没有吃完的香蕉，还剩下大半截。

小胖啾捡起那根香蕉，蹒跚着步子走回到爸爸面前，打算再喂他。

明屹装不下去了。

他睁开眼睛，将面前的心肝小女儿抱起来：“小啾怎么对爸爸这么好？”

见到瘫痪多年的老父亲，竟然身残志坚地从沙发上坐了起来，小胖啾惊喜得连眼睛都亮了起来，嘴里“咿呀”有声，一个劲儿地将手中的香蕉往老父亲面前递。

明屹生怕打击到心肝小啾的积极性，当即将那根香蕉接过来，放到

了一旁，然后亲了小胖啾一口："小胖啾真乖……不过爸爸现在不饿，待会儿再吃。"

玩了一会儿后，小胖啾便被刘姨捉去洗澡了。

没了小女儿，面对着蠢儿子，明屹觉得索然无味。

但是秉承着不重女轻男的想法，他决定忍着性子再陪蠢儿子玩一会儿。

可谁知道妹妹一走，见只剩下了老父亲，小瓜迅速地放下了自己手中的小车车，无情地转身背对着老父亲，自顾自地玩起了面前的魔方。

明屹只觉得一股无名火冒上心头，他都没嫌弃这小浑蛋，这小浑蛋竟然还敢嫌弃起他来了？

他气冲冲地躺回到了沙发上。

尽管表面上拒绝得干脆利落，但小瓜心中还是有些不安的。

拼好一个六面魔方后，小瓜悄悄转头一看，发现身患重病的老父亲再次瘫痪在床了。

小瓜的心里有些愧疚，想起刚才妹妹的举动，他也摇摇晃晃地站起身子来，走到一旁的垃圾桶边，翻了半天，翻出来了一个没吃完的面包，然后走到瘫痪老父亲跟前，将那半块面包往老父亲嘴边递，奶声奶气道："给你吃。"

明屹这回并没有在想问题，而是真的睡着了。

他迷迷糊糊地被吵醒，听见耳边的声音，下意识张开嘴咬了一口面前的东西。

唔？

面包入嘴，明屹瞬间清醒过来，然后"嗖"地从沙发上坐起身来。

看向自家蠢儿子手里的面包……那不是他早上没吃完扔进垃圾桶的面包吗？

小瓜手中还费劲地举着那半只面包，这会儿见重病老父亲惊坐起，他懵懂地睁着一双大眼睛望着他。

然而，没有小瓜想象中的表扬、拥抱和亲吻……下一秒，明屹便将小浑蛋提溜上来，照着他的屁股蛋拍了一巴掌："你小子想干什么？"

小瓜和小胖啾上幼儿园的第二年，明屹终于凭借着自己在代数几何、泛函分析和拓扑学多方面的突出贡献，在这一年的国际数学家大会上，被宣布成为这一届的菲尔兹奖的获得者之一。

此时，他才三十二岁。

这个结果并不叫人意外，毕竟学术界对于每一届的菲尔兹奖的候选人都能猜个八九不离十，而明屹在数学界取得的成就是有目共睹。

时隔两年，明屹又在国内互联网上火了一把。

大家再次评价起他的成就："两年过去了，明屹拿到了菲尔兹奖，请问现在该如何评价他在数学界的贡献呢？"

蒋一炜又去凑热闹："他干得的确不错，但把他和伽罗瓦放在一起比，还是越级碰瓷。"

还有那个叫"月半口禾火妈妈"的用户："两年过去了，明神的成就越来越高，但头发一点都没少！人长得帅数学又好，人家超喜欢他！"

不过，话题中央的当事人对此一无所知，全身心都集中在了另一件事上。

颁奖仪式结束后，明屹在分论坛作报告时，将自己的包放在了会场底下，等到他作完报告回来，发现包里的奖章不翼而飞了。

对此，这位父亲难以平静："这块奖章我是要带回去给小啾的！"

小啾年纪越来越大，如今她的那些小伙伴也越来越难糊弄，而这块奖章是金的，明屹原本想着，将这个带回去，势必能震住那群小屁孩。

评审委员会试图安慰他："明教授，别着急，我们已经报警了……必要的话我们会再为您制作一个新的。"

当然，奖牌自然是找不回来了。

组委会承诺会在半年内将新的奖牌送达至明屹手中。

那又有什么用呢？

明屹很绝望，到那个时候，小啾都升大班了。

思来想去，明屹决定在淘宝上买一个假的奖牌，让心肝小女儿带去学校。

于是这天，明屹在上完课后，先是回家接了媳妇儿，然后开车带着媳妇儿，两人一同去幼儿园接自家的一对胖儿女。

乔皙忍不住说他："大表哥，你天天把这个奖牌那个奖杯都给小啾，会助长她的虚荣心的。"

明屹却不以为然："女儿为爸爸自豪，这不是很正常的事情吗？"

车子开到幼儿园门口，夫妻俩下车进了园里面。

结果没想到，隔得远远的，夫妻两人便看见小胖啾正和另一个小女孩面对面地站着，两人在大声地说些什么。

夫妻两人对视一眼，那不是小皮球家的小糖豆吗？

等到两人走近，这才听见了两个小家伙之间的对话——

小糖豆道："我妈妈很漂亮的，爸爸说她是全世界最最最好看的人！"

小胖啾道："你妈妈才不是最好看的人！我妈妈更漂亮！爸爸说她又聪明又漂亮！"

小糖豆道："我爸爸他很有钱的！他给我买冰激凌的时候眼睛都不眨！想买多少就买多少！"

一旁的明屹紧张地站直了身子，一副屏息凝神的模样，打算看看小胖啾如何回答。

他虽然比不上小糖豆的爸爸有钱，但小糖豆爸爸的数学肯定没他好！

没错！就这样回击！

明屹在心里默默地给小胖啾打气，他都教过很多遍了，小啾一定知道怎么说的！

果然，小胖啾很不服气地回击过去："我爸爸他很能吃的！"

小胖啾气哼哼地道："我爸爸他一顿饭可以吃三只酱肘子、四碗米饭、五个狮子头、六条小黄鱼，还有一大盆老母鸡汤！你爸爸可以吗？"

小糖豆震惊了，被吓得不敢说话。

见小糖豆这样，小胖啾满意地点了点头，掷地有声地下了结论："我爸爸，比你爸爸厉害得多！"

明屹不语。

番外二

明家父子的罗曼蒂克消亡史

明家小瓜三岁的时候，就在空军大院中声名鹊起了。

不是因为他出众的美貌，而是……明小瓜看起来，似乎完美地继承了爸爸妈妈的智商。

确切地说，三岁的明小瓜，看起来甚至要比他爸爸三岁时更加聪明。

毕竟明屹是五岁那年才展示出自己打麻将的天赋，而如今才三岁的明小瓜没有接受过任何训练，已经可以徒手复原七阶魔方了……看起来就很唬人。

跟可以一口气吃下六对鸡翅、八个鸡腿和三个汉堡包的霍家胖虫虫，和可以在超过五十人的广场舞现场熟睡八个小时的叶家小皮球相比，明家小瓜这个可以徒手复原七阶魔方的技能，看起来不知道要厉害了多少倍。

多亏了同行衬托，如今整个大院都一致承认明小瓜就是大院新生代婴儿中最具有智慧的那一个。

除了小胖咕。

胖萝莉小小的脑袋里装满了大大的疑惑——

明明她也可以复原魔方！小瓜每次都比不过她！可为什么没有人夸她聪明呢？

明小瓜察言观色，立即表达出了同胖萝莉一样的困惑："对啊，小咕更聪明！"

不过好在聪明的胖萝莉并不在这种小事上纠结，下一秒她的重点转

移到了小瓜对她的称呼上。

小胖咕奶声奶气地纠正道："小瓜，我比你大，你要叫我小咕姐姐。"

小瓜茫然地眨了眨眼睛，慢吞吞地开口道："小咕。"

明明都已经教过他那么多次了，可还是学不会……小胖咕一脸同情地看着面前的小瓜。

胖萝莉叹了口气，再一次纠正道："我是小咕姐姐啦！"

小瓜垂下了目光，又长又卷的睫毛挡住眼睛，他将手中那个剥到一半的大山竹剥完，然后将白嫩饱满的果肉举到了小胖咕面前，默默地转移话题："给你吃。"

小胖咕立刻将称呼的事情抛到脑后，全副注意力都被面前的大山竹吸引了。

她低头就着小瓜的手咬了一口大山竹，下一秒幸福得连眼睛都眯起来："好甜呀。"

一直在厨房里忙得团团转的霍铮这会儿端了一个水果盆出来，盆里装满了刚洗好的又大又红的草莓。

看见客厅地上被小胖咕拆得七零八落的魔方小块，霍铮十分无奈地开口道："咕宝，不要弄坏小瓜的玩具。"

被爸爸说了，胖萝莉有些不开心，当下奶声奶气地反驳道："我没有！"

一旁的小瓜也停下了剥山竹的动作，帮小胖咕解释："小咕没有弄坏我的玩具！我们是在拼魔方！"

"嗯！"小胖咕很赞同地点了点头。

想了想，小瓜又恰到好处地补充了一句："小咕她拼魔方很厉害的！"

这话简直说到了胖萝莉的心坎上，当下她便再次重重地点了点头："小瓜说得对！"

看着满地五颜六色的魔方小块，再回想起之前明家小瓜在众人面前展示过的单手速拧技术，霍铮的眉头不自觉地皱起来了。

他的咕宝才几岁，这些个小子就学会甜言蜜语讨咕宝欢心了？

与此同时，一旁的小胖咕美滋滋地吸了一口草莓酸奶，对着手中已经拼到三分之一的魔方研究了几秒，然后转头对小瓜道："我要红色和黄色的。”

一旁的小瓜早就看好了她要哪一块，只等着她开口，这会儿小胖咕一发话，小瓜立刻将手中紧攥着的那个魔方小块递给了她。

噫……霍铮轻轻呼出一口气，一脸忍耐地揉了揉太阳穴。

尽管他现在很想将这小子扔出去，但不可否认的是，随着他如花似玉的咕宝一天天长大，这样的事情只会越来越多。

忍耐。

霍铮这样告诉自己，要忍耐。

霍铮将手中的那盆草莓放下，叹了口气，然后回了厨房。

正在厨房里准备大展厨艺的盛子瑜见他这副模样，忍不住问道：“怎么啦？”

伴随着明家小瓜的“彩虹屁”源源不断地从客厅里传来，老父亲忧心忡忡地叹了口气：“我们咕宝这么——”

话音未落，客厅里便传来一声响亮的塑料拼合的“啪嗒”声……是他们的咕宝将那个七阶魔方暴力复原了。

盛子瑜对此早就习以为常，当下还瞪大了眼睛等待着丈夫的下文——

“我们咕宝怎么啦？”

霍铮将已经到嘴边的“美貌”二字吞了下去，沉默了半晌，然后道：“我们的咕宝虽然不那么聪明，但好在非常强壮。”

目前看来，这群小子在力大无穷的胖萝莉这里，应该讨不到什么便宜的。

当然，小胖咕对于老父亲的评价自然是一无所知。

她依旧固执地觉得，明家小瓜根本就不像大人嘴里面说的那样聪明。

在小胖咕看来，明小瓜不但不聪明，反而有点笨。

“咦？”听到宝贝小女儿这样说，盛子瑜立刻来了兴趣，“妈妈也觉得是，他们家的小瓜哪有那么聪明啦！明明是虫胖哥哥更聪明嘛！”

小胖咕说起小瓜不够聪明的事迹来，简直是有理有据：“妈妈，我教了小瓜好多遍，教他叫我小咕姐姐，但他总是学不会，每次都叫我小咕！

“小瓜这么大了，连草莓都不会吃，每次都要我喂，他才知道怎

么吃！”

小胖咕想了想，又继续道：“小瓜还不会走路，要不是有我牵着他的手，他动不动就要摔倒啦！”

看着面前头脑简单的胖萝莉，盛子瑜的心情有些一言难尽。

只可惜小胖咕半点也未察觉到老母亲的忧心，晃着老母亲的胳膊，奶声奶气道：“妈妈，小瓜才没有我半点聪明，对不对？”

一时间盛子瑜被力大无穷的胖萝莉晃得一阵头晕，只得一叠声道：“对对……咕宝这么聪明，一定是随爸爸！”

不过，比起盛子瑜的如临大敌，对于自家儿子小小年纪便有了心上人这件事，乔皙倒接受得十分坦然。

她摸着儿子的脑袋，笑眯眯道：“你既然喜欢小咕姐姐，那就要对人家好，知道吗？”

对此小瓜自然是信心满满：“我对小咕很好的！”

一旁正陪着心肝小女儿玩拼图的明屹这会儿也过来凑热闹。

他假装同情地看了一眼儿子，然后幸灾乐祸道：“喜欢小胖咕的人那么多，她喜欢你吗？”

这话实在是狠狠戳中了小瓜的伤心处。

由于小胖咕的美貌实在太过于深入人心，所以哪怕妹妹啾啾一天比一天出落得更加美丽，美貌也早已不输小胖咕，可空军大院最美孩子的宝座依然牢牢地被小胖咕占据着。

念及此，小瓜的心情陡然沉重起来。

他捏紧了拳头，然后看向一旁满脸幸灾乐祸正等着看笑话的老父亲，奶声奶气道：“小咕当然喜欢我，我是她最好的朋友！”

第二天一大早，乔皙便接到了公司在香港团队那边的技术协助请求——项目进展出了问题，乔皙作为技术负责人自然是要去现场的。

乔皙这一去便是将近一个月，中间倒是回来过两次，但都是和一群同事一起回北京来开会，简直是过家门而不入。

这一家四口连见面都是明屹带着一对胖儿女同媳妇儿在公司附近吃个便饭，然后乔皙再次踏上了飞往香港的航班。

念及此，明屹忍不住叹了口气。

他不怪哭气包工作忙碌，他只心疼她工作辛苦。

别人只知道她是科技巨头公司的首席科学家，名头响当当，可又有谁知道，这位首席科学家背地里其实每天都要和老公甜蜜视频，不但要视频，还时不时就想老公想得流眼泪。

此刻便是如此，晚上六点整，家里的一对胖儿女刚吃完饭，乔皙那边也正是晚餐时间，如果没有其他事情，这个时候她都会一边在办公室里吃晚餐一边和丈夫视频。

明屹抱着小胖啾坐在电脑前，好言安慰着屏幕那头眼睛红红的哭气包：“皙皙，我知道怎么照顾自己，你别担心我，你自己的身体才——”

明屹的话音未落，他怀里的小胖啾便含着泪，哭唧唧地开口了：“妈妈你什么时候回家呀，啾啾好想你哦……”

一看见自己的胖丫头，乔皙的一颗心软得稀巴烂，她放下手中的叉子，当下忍着泪强笑着哄她：“啾啾乖，等妈妈的工作忙完就回来了。”

小胖啾吸了吸鼻子，然后低下头，窸窸窣窣地从肚子前的口袋里掏出了一把奶糖。

胖萝莉举着肉乎乎的小手将那一捧奶糖举到了妈妈的眼前，含着泪开口道：“这是小咕姐姐给我的糖，我吃了一个，觉得很好吃，我本来想把剩下的都留着等妈妈回来吃的，但是下午的时候我没忍住，又吃了一个……妈妈，对不起。”

乔皙原本就忍着泪，这会儿见胖萝莉这么乖，当下眼泪忍不住“哗哗”地流了下来，她瓮声瓮气道：“谢谢小啾，糖你自己留着吃，妈妈爱你……妈妈也好想小啾和哥哥啊。”

乔皙想到自己因为工作缘故不得不和宝宝们分开这样久，半点母亲的义务都没有尽到，对此真的是愧疚又自责。

明屹一看媳妇儿这样，心疼极了。

眼见着哭气包已经表达完了对儿女的想念，下一秒真情告白的恐怕就是自己……虽然明知哭气包爱他爱得发了狂，可当着一对胖儿女的面，他还是羞于这样肉麻。

于是，明屹抢先在哭气包开口前打断她：“皙皙，我知道你也很想我，但当着孩子的面就别说这些了。”

泪眼蒙眬的乔皙有几分没反应过来：“啊？我想你干什……”

旁边一言不发一直托着腮看戏的小瓜，当场罕见地笑出了声来：“哈

哈哈！”

恼羞成怒的明屹立刻恶狠狠地瞪了儿子一眼。

乔皙反应过来，一时间后悔自己将真心话说了出来，伤害了大表哥的一颗心，立刻补道：“对啊，我也很想你，和想小瓜小啾一样想！”

可明屹却只感觉到了一阵深深的惆怅与无奈，从前他是哭气包的大表哥，还是皙皙的明明，如今呢？

如今的他，在哭气包的心中，不过就是孩子他爸而已。

当然，明屹没有要责怪哭气包的意思，毕竟哭气包的工作辛苦，没那么多时间思念自己也是正常。可一想到自己已经独守空房整整二十八天了，明屹瞬间悲从中来。

明屹心情郁闷，连带着胃口也不大好，以至于这天晚上只吃了两条小黄鱼、四个狮子头和半锅老母鸡汤便没胃口了。

一般在晚饭后他会工作几个小时，等他回到楼上，路过儿童房时，发现祝心音和菀菀都挤在了里面叽叽喳喳——

“啾啾，你明天想背哪个小书包？黄色的还是粉色的？”

“小瓜，你明天要戴哪顶帽子？来姑姑这里，姑姑帮你看哪顶更帅。”

明屹后知后觉地想起来，由于胖萝莉每天在家哭着号着要妈妈，连一向溺爱胖孙女的祝心音都不胜其扰，最终决定将兄妹俩一并送去幼儿夏令营，盘算着等夏令营结束，乔皙也该回来了。

当然，在明屹的审美中，他是看不出那些书包帽子到底有什么区别，是以他站在儿童房门口看了一会儿自己的心肝小啾后，便转身回书房了。

菀菀的声音还在源源不断地从房间里传来：“小瓜，这个草莓味饼干带两盒可以吗？你一盒妹妹一盒，都放在你的书包里，你帮啾啾背着好不好？”

“要三盒！”小瓜一脸认真地纠正姑姑，“小咕也喜欢这个口味的饼干。”

已经走出五米远的明屹恍然大悟：难怪这回小子居然愿意去参加夏令营了！原来小胖咕也会去。

妒火令这个可怜的男人失去了理智，他便冲回了书房，拨通了乔皙的电话。

“喂？”接到他的电话乔皙有些意外，压低了声音道，“我在开会呢，怎么了？”

明屹心里酸溜溜的，语气却异常正经严肃：“我有重要的事和你商量。”

乔皙果然被他唬住，从会议室里出来，找了个僻静角落：“到底怎么了？”

明屹觉得自己的说法有理有据令人信服：“T大附幼上周开始报名了。”

除了私立幼儿园外，明家兄妹俩能上的公立幼儿园一共两所，分别是空军大院的蓝天幼儿园和T大附属幼儿园。

夫妻两人之前商量过这件事情。

明家兄妹俩在大院里的好朋友们上的几乎都是蓝天幼儿园，若是去蓝天幼儿园，想必兄妹俩能很好地适应幼儿园生活，但小胖啾上半年就已经请了钢琴老师启蒙，T大附幼这方面的资源要优于蓝天幼儿园，是以夫妻两人还没拿定主意到底让他们俩去哪所幼儿园。

明屹道：“还是去T大附幼吧，那边的老师不错，小啾的钢琴不能耽误。”

对此乔皙自然没什么意见，不过……乔皙颇有几分忧心忡忡：“那小瓜怎么说？”

若是不让儿子去上小胖咕所在的蓝天幼儿园，也不知道他会不会闹脾气。

“当然是和妹妹一起。”明屹觉得理所当然，“小胖啾不可能自己一个人去新幼儿园，肯定要他这个哥哥陪着。”

听着电话那头的哭气包没动静，明屹沉默了两秒，然后语气稍微缓和了几分：“再说了，他们俩老窝在大院里算怎么回事？也该出去见识见识外面的世界了。”

这话成功地说服了乔皙，她略想一想便同意下来：“那你好好和小瓜说啊。”

第二天一早，小家伙背着满满一书包的草莓味零食，兴奋又激动地踏上了自己同小胖咕的第一次夏令营之旅。

明屹将兄妹俩交到老师手中便离开了，小瓜还牢记着临行前奶奶

的叮嘱，因此哪怕老师就在旁边，但他还是全程紧紧攥着妹妹的手。

小啾站在哥哥身边，踮着脚探头探脑道：“小咕姐姐呢？”

胖丫头话音刚落，不远处就停下来一辆车，然后众人便看见霍铮牵着小胖咕从车上下来了。

小瓜隔得远远便看见了向来意气风发，从来都只有她将别人打哭的小胖咕，此刻哭得眼睛鼻子通红，几乎哭成了个白里透红的受气包。

小瓜立刻就牵着妹妹迎了上去，心疼地说：“小咕，谁欺负你了？”

小啾同样满脸关切：“小咕姐姐！”

霍铮摸了摸胖萝莉肉嘟嘟的背给她顺气，好声好气地哄道：“咕宝看，小瓜和啾啾都在呢，快去和他们玩吧。”

小胖咕的眼圈还泛着红，听到老父亲这话陡然愤怒起来，她重重“啊”了一声，然后意图挣开老父亲的手同他断绝关系。

看着自家的暴躁胖萝莉，霍铮十分无奈：“咕宝，爸爸是为你好。”

闻言小胖咕更加崩溃了，一把鼻涕一把泪地控诉着面前的老父亲：“你走开……我要胖头鱼！”

霍铮无奈道：“妈妈也救不了你，她自己都要去看牙医。”

小胖咕愣了愣，随即哭得更加伤心了：“你是臭爸爸坏爸爸，呜呜呜……”

“好了好了。”霍铮赶紧拍拍胖萝莉的背，小心翼翼地安抚，“爸爸是臭爸爸坏爸爸，咕宝不生气了好不好？”

说着，霍铮又牵着胖萝莉的手，将她引到小啾面前去：“咕宝不能哭鼻子了，啾啾妹妹还等着你带她一起玩呢。”

小啾仰着一张胖脸蛋望向小咕姐姐，奶声奶气道：“一起玩！”

明家兄妹俩好不容易合力将小胖咕哄走了，霍铮总算是松一口气，然后走向不远处的老师，解释道：“小咕长了一颗虫牙，还没来得及去看牙医，这几天您多帮看着点，千万别让她吃糖。”

小啾伸出肉爪子帮小胖咕擦了擦眼泪，问她：“小咕姐姐，你为什么哭呀？”

被再次问起伤心事，小胖咕扁了扁嘴，又有点想哭了。

她揉了揉眼睛，然后道：“爸爸把我书包里所有的糖果和巧克力全都抢走偷偷吃掉啦……”

那边霍铮刚同老师说完话回来，正听见胖萝莉对自己的控诉，无奈地揉了揉她的脑袋，然后转头对一旁的明家兄妹俩道：“小瓜啾啾，小咕姐姐长虫牙了，千万不能给她吃甜的东西，不然虫牙会更严重的，好吗？”

小瓜看了一眼霍叔叔，又看了一眼小胖咕，犹犹豫豫地说了声“好”。

等到霍铮走了，小啾好奇地盯着小胖咕打量：“小咕姐姐，可以给我看看你的虫牙吗？”

她还没有见过虫牙呢！

小胖咕还在伤心，当即闭紧了嘴巴，将一颗脑袋摇得跟拨浪鼓似的。

小瓜试图堵住妹妹那不合时宜的嘴，想了想道：“啾啾，早上的那个苹果你还没吃。”

“对噢。”小啾闻言立刻低头去翻自己的小书包，只是还没找到苹果，倒是先找到了一包奶糖。

胖丫头知道小咕姐姐不能吃糖，便只拿了一颗糖递给哥哥，邀请他一起吃。

小瓜没想到竟搬起石头砸了自己的脚，心如死灰道：“我不要。”

“好吧。”小胖啾收回手，剥开一颗奶糖自己津津有味地吃了起来。

旁边传来响亮的一声“咕咚”，是小胖咕咽口水的声音。

她犹豫了一会儿，然后凑近了一旁吃糖吃得正开心的小胖啾，有些不好意思地发问：“啾啾，我……我也想吃一个。”

没等小啾说话，一旁的小瓜抢先道：“小咕，你不能再吃糖啦，不然牙齿会痛的！”

小胖咕含着泪讨价还价道：“就一颗……”

“不行！”小瓜满脸的痛心疾首，“你现在吃糖只会快乐一小会儿，之后牙齿痛会很难受的！”

小胖咕的大眼睛里还闪烁着泪花，她想了一会儿，然后提出了自己的看法：“吃一颗糖只能快乐一小会儿，那一直吃糖就可以一直快乐了！”

他感觉好像不对，但一时之间居然找不到反驳小胖咕的理由。

一旁的小啾听到这话，觉得小咕姐姐说得很有道理，当下将自己怀

里剩下的那一包奶糖都递给小胖咕："快乐！"

小胖咕满脸欣喜地正要接过，谁知一旁突然伸过来一只手，是小瓜。

小瓜难得态度强硬地将啾啾的那一袋奶糖都收进自己的口袋里。

虽然他没办法反驳小胖咕，但他知道吃糖是不对的，他板着一张脸看向面前这两人："你们两个都不准吃糖了。"

小啾满脸不可置信地看着自家哥哥，胖丫头委屈极了："哥哥好讨厌啊！"

就要到手的糖在自己眼前消失，小胖咕也愤怒起来，鼓着一张胖脸蛋恶声恶气道："小瓜讨厌！"

说完这两个人手拉着手跑走了，将小瓜一个人孤零零地留在原地。

小瓜犹豫了三秒，还是出声道："等一下！"

已经跑出了三步远的两只胖萝莉停下脚步，对视一眼。

小胖咕还有点生气，不想理这个讨厌的明小瓜。

但小啾已经绷不住脸了，胖萝莉以为哥哥回心转意，要将奶糖还给她，转过身满心欢喜地扑过去，眉开眼笑道："哥哥！"

小瓜一把抱住了妹妹。

"唔？"猝不及防感受到了哥哥爱意的啾啾有点蒙，胖丫头想了想，试探着伸手回抱住哥哥，"哥哥，我原谅你了……"

下一秒，小瓜便打开了妹妹身后背着的小书包。

被哥哥抱在怀里的小胖啾挣扎不得。

巧克力、养乐多、水果软糖、趣多多……小瓜仔细地翻找着妹妹的小书包，将里面所有的甜食都翻了出来，然后一股脑儿地塞进了自己的背包。

他看着面前的啾啾，解释道："想吃的话就来找我拿……我要看着你，不准偷偷给小咕吃。"

一旁的小胖咕听见，几乎气成了一只圆滚滚的小型河豚。

无情无义明小瓜！

当然，对于小胖咕生自己气这件事情，小瓜早已经有了心理准备。

可真的遭遇了小胖咕的冷眼，小瓜还是有些郁闷。

他试图向小胖咕解释自己的良苦用心："小咕，你再吃甜食虫牙会更严重的。”

小胖咕紧紧捂住自己的嘴巴：“我闭紧嘴巴虫子就进不来啦！”

小瓜苦口婆心道：“虫子会趁你睡觉的时候钻进去的。”

小胖咕惊讶地“啊”了一声，但很快反应过来，她愤怒地瞪一眼小瓜：“你骗人！虫牙里又没有真的虫子！”

小瓜觉得很头疼。

晚上的时候，明小瓜在视频中向自家老父亲，一个成熟的男人分享了自己的困惑：“亲爱的爸爸，如果一件事情是正确的，但是做了会讨人厌，那还需要坚持吗？”

明屹被这么深刻的问题吓了一跳。

他认真想了想，然后道：“当然应该坚持，不过儿子，你首先要弄清楚正确是什么。”

小瓜紧紧皱着眉头：“那我怎么知道呢？”

“爸爸判断正确与否的原则很简单，只有两条，”明屹靠在椅背上，姿态闲适道，“第一，每个人都有自己的认识和判断，作为一个成熟的男人，你要听从你的内心，你觉得正确，那就是正确的。”

小瓜若有所思地沉默着。

恰在此时，小瓜的身后探出了个圆脑袋，是刚刚被老师带去洗澡的小胖啾回来了。

看到视频里的爸爸，小胖啾很兴奋：“爸爸！”

小瓜被老师带去和其他小男生一起洗澡了，明屹想了想，开始朝着女儿打探消息：“啾啾，今天发生了什么有趣的事情吗？”

胖萝莉果然上当，下一秒含着泪将白天的事情全说了出来：“小咕姐姐长了虫牙，可哥哥为什么要把我的糖果也没收了？”

明屹恍然大悟，这小兔崽子一副进退两难的样子，原来是因为这个。

等小瓜洗完澡回来，看见小胖啾还在和爸爸视频，这回他难得凑了过来，盯着视频那头的爸爸，语气很认真：“爸爸，你刚才说的我好像有点明白了。”

明屹感兴趣地“噢”了一声。

小瓜沉默了两秒，然后问：“那第二条呢？你的第二条原则是什么？”

明屹强忍着笑，将自己的第二条原则“哭气包不高兴的话，第一条原则自动作废”临时改成了：“儿子，第二条原则就是，无论在什么情况下，都要坚持第一条原则。”

小瓜若有所思地沉默了几秒，然后犀利地指出来：“爸爸，如果是妈妈犯了错呢？”

明屹一脸大义凛然：“那当然要骂醒她！”

小瓜终于生出了几分怀疑，他看着老父亲，一针见血道：“我没见过你骂妈妈……你不敢。”

迎着儿子的凝视，明屹生出了几分心虚来。

他轻咳一声，极力掩饰语气中的不自然：“女孩子都要面子，爸爸都是趁没人的时候教育妈妈的，你当然看不到。”

顿了顿，明屹又补充道：“更何况妈妈那么温柔可爱善解人意，根本没犯过什么错。”

第二天一早，夏令营的活动安排在了一家儿童游泳馆。

为期一个星期的夏令营转眼即逝，随着时间一天天地推进，小胖咕也越发紧张和不安。

毕竟她知道夏令营结束之日，便是老父亲带自己去看牙医之时。

而傻啾啾看着每天以泪洗面的小胖咕，茫然不解：“小咕姐姐，要回家了你不开心吗？”

“我不要回家，”小胖咕光是想想眼泪就要掉下来，“回家了爸爸就会带我去看牙医。”

啾啾很疑惑：“牙医很吓人吗？”

小胖咕伤心极了，边哭边打嗝：“哥哥和妈妈都被爸爸送去看牙齿了，我不想看牙呜呜呜……嗝！”

啾啾很同情地看着小胖咕，胖丫头撑着下巴想了好久，然后眼睛一亮：“小咕姐姐你跟我们回家，这样就不用去看牙医了！”

“不行，爸爸会找到我的。”小胖咕刚擦完眼泪，转瞬间眼眶里又重新蓄了一大包新眼泪。

她想了想，然后瓮声瓮气道：“我要去美国找冉冉干妈，她会帮我保守秘密的。”

啾啾立即热心道：“那我送你去！”

不过，啾啾并没能成功送小咕姐姐去美国。

因为，第二天早上两只胖萝莉还没睁开眼，便被一早来接人的家长各自抱回家去了。

小瓜回到家里，“噔噔噔”就跑上楼，找到正躺在房间里看动画片的菀菀姑姑，对着她一阵猛摇：“姑姑，有什么甜甜的东西是长虫牙也能吃的吗？”

明菀“嗖”地从床上坐起来，强行掰开了小瓜的嘴左看右看：“你长虫牙了？什么时候长的？啾啾也长了吗？”

小瓜憋着气胀红着一张脸蛋从姑姑的魔爪里挣扎出来：“不是我，是小咕。”

“啊，小咕！”明菀同样很惊讶，但好歹镇定了下来。

她想了想，然后回答小家伙先前那个问题：“木糖醇……这个应该可以吃吧。”

于是大中午，小瓜便揣着两盒木糖醇出门去找小咕了。

这个点儿大院里静悄悄的，路上一个人都没有，太阳在头顶猛烈地照耀着，耳边只有蝉鸣声在回荡。

小瓜被晒得出了点汗，等快到小胖咕家门口时，他停下来，将手里的两盒木糖醇夹在胳膊底下，然后又将发汗的手掌心在裤子上蹭了蹭，这才重新握住那两盒木糖醇。

等小咕的虫牙好了，那他就带好多的冰激凌给她吃。小瓜这样想道。

然而，还没等小瓜想好要买什么口味的冰激凌，小胖咕家门口便蹿出来一个小小的身影。

穿着明黄色的小裙子，脚上蹬着一双红色小皮鞋，背着一个小兔子背包，头顶上还戴着一顶橘色小圆帽……小瓜挡在了那个鬼鬼祟祟的小小身影面前。

“小咕。”

小胖咕趁着家里的大人午睡偷偷溜了出来，本就提心吊胆，却没想到一出门便被明小瓜撞见，当下胖萝莉警告道：“你不准告诉大人！”

小瓜跟在她的身后：“你要去哪里？”

小胖咕捏紧了小兔子背包的带子，一阵小跑起来：“你不要跟着我啦。”

小瓜眼疾手快地拽住了她背包上的兔子尾巴，迫使胖萝莉不得不停了下来。

“小咕，你一个人出去很危险的！”

闻言小胖咕含着泪转过身来：“留在家里更危险。”

明小瓜猛然反应过来：“你不想去看牙！”

听到“牙医”二字，小胖咕更加伤心了，当下一边抹着眼泪，一边哀求道：“小瓜，你放我走吧。”

“不行！”小瓜的声音严肃，表情比声音更加严肃，“你一定要去看牙医！”

小胖咕更加想哭了：“你……”

当然，两人并没有拉扯多久，五秒钟之后，全家人都发现胖萝莉不见了。

半分钟后，小胖咕被从家里出来找她的姑奶奶直接拎着衣领拎回了家里。

小胖咕哭得几乎断了气，两条小腿不停地在姑奶奶怀里扑腾着，胖脸蛋上滚落下绝望的泪珠：“我不要看牙医！我不要看牙医，呜呜呜……我再也不理明小瓜了！我真的再也不理明小瓜了呜呜呜……”

番外三

万圣节

深秋十月底，幼儿园里组织了一场万圣节主题的亲子活动。

乔皙将班主任发给各位家长的邀请函一字一句地念给明屹听：“为了丰富孩子的精神生活，令孩子充分感受独特的节日气氛，小葵花幼儿园特举办万圣节主题 Cosplay（角色扮演）——”

明屹听得一阵头大：“co……co 什么？”

乔皙放下手中的邀请函，无奈道：“Cosplay，就是……换装游戏、角色扮演什么的。”

明屹瞬间眼睛一亮，毕竟家里有一只可爱粉嫩的胖萝莉，明屹平日里给他的心肝小胖啾打扮得还少吗？

对于换装游戏，他实在是很有心得。

当即，明屹便摩拳擦掌地准备了起来，预备到时候让自家小胖啾艳压群芳。

乔皙不得不打断这呆子的幻想：“大表哥。”

明屹奇怪：“怎么了？”

乔皙揉着脑袋，十分头疼的模样：“换装游戏，是家长的换装游戏……意思就是，家长扮南瓜、女巫、小丑、蜘蛛侠之类的，小朋友来探险。”

明屹顿时愣住。

同自家哭气包沉默相对了足足五分钟，为了夫妻关系的和谐，明屹开始无比自然地卖妹妹：“要不让菀菀去吧，她是小瓜和小啾的姑姑，

也是家长。”

乔皙被大表哥的厚颜无耻震惊到了：“你自己不去，还好意思让菀菀去？”

没想到哭气包竟半点面子也不给自己，明屹索性破罐子破摔，瞬间父爱如山体滑坡：“扮南瓜、扮小丑、扮蜘蛛侠？太丢人了，不去不去，死也不去！”

晚上，小瓜和小胖啾从爷爷奶奶家回来，小胖啾一进门，便蹦蹦跳跳地跑进了书房找爸爸。

看见粉嫩胖萝莉，明屹心情大好，立刻放下手中的工作，将小胖啾抱起来，问：“小啾今天在幼儿园过得好吗？”

小胖啾用力点点头，又奶声奶气地将今天在幼儿园里的见闻同爸爸分享：“小糖豆姐姐的爸爸要扮超人，小咕姐姐的爸爸要扮钢铁侠……爸爸，你呢？你要扮什么英雄？”

明屹一愣。

迎着萌萌小女儿的殷切目光，明屹硬着头皮道：“那个……爸爸那天好像有点事，去不了了。”

闻言，小胖啾惊讶地“啊”了一声，然后又很失望地垂下小脑袋，扁着嘴道：“好吧，爸爸工作要紧。”

看着耷拉着脑袋、一副失望模样的胖萝莉，明屹强忍着负罪感的煎熬。

下一秒，小胖啾又吸了吸鼻子，含着泪道：“就算小糖豆姐姐和小咕姐姐她们都有爸爸，就算只有小啾一个人没有爸爸……可小啾也要坚强！”

此言一出，明屹瞬间被如山的负罪感淹没，心中又涌起了如喜马拉雅山般的父爱，他赶紧安慰胖萝莉：“去去去，爸爸去！小啾不哭，爸爸去好不好？”

有了家长们的大力支持，小葵花幼儿园的万圣节主题亲子活动办得如火如荼。

亲子活动当天上午，明屹和其他爸爸们先被老师们抓了壮丁，纷纷被叫去幼儿园当苦力布置场地。

一想到自己选择要扮演蝙蝠侠，等下就要换蝙蝠侠外套了，明屹心中的怨气就格外大。

“砰！”

明屹一把放下扛在肩上的小桌子，重重地放在了舞台上。

小礼堂里瞬间安静下来，其他正在布置桌椅的爸爸们也都停下了手中的工作，齐齐看向舞台正中央的明屹。

明屹的视线缓慢地划过在场每一个爸爸的脸。

那个看起来憨里憨气的男人，是小糖豆的爸爸。

就是他，他要扮内裤外穿的超人……

还有那个看起来四肢发达、头脑简单的男人，是小胖咕的爸爸。

就是他，他要扮穿铁罐的钢铁侠……

全都是因为他们！

如果不是因为他们率先开创了这种不良风气，答应了自家萝莉的无理要求，跑来扮什么超人钢铁侠，那他这样一个高冷禁欲的精英教授，又怎么会为了不让心肝女儿小胖啾丢面子，而被逼得只能选择扮演黑不溜秋的蝙蝠侠？！

就是他们！

抬高了萝莉们对爸爸的期待值，逼得他也只能无条件地满足自家萝莉的期待。

这简直就是恶性竞争！

一想到这个，明屹瞬间就气不打一处来。

谁能想到，从小到大读书工作样样优异，从未体会过 peer pressure（同侪压力，同龄人压力）的明屹，到了三十高龄，本该是事业、爱情、胖儿女三丰收的年纪，却感受到了汹汹涌涌来自其他老父亲的 peer pressure！

不高兴……想打人。

明屹面无表情地看向台下的其他爸爸。

看着那个扛桌子扛到一半，却在舞台中央蓦然停下来的男人，小糖豆爸爸和小胖咕爸爸无声地对视了一眼。

对于小胖啾的爸爸，这位传说中的明教授，他们自然是早有耳闻。

听说明教授小小年纪便展露出了在数学上的极高天赋，是难得一见的天才……不过一般来说，天才们都是有些与众不同的。

今天他们算是见识到了，智商高的人果然不一样……小胖啾的爸爸看起来的确是奇奇怪怪的样子。

不过大家对于天才向来都是十分宽容的。

此刻，各位爸爸们对于明教授想要将他们揍一顿的心思一无所知。

小糖豆爸爸心中暗暗猜想：明教授也许是在搬桌子的中途突然来了灵感，有望解决出困扰人类几百年的世纪数学难题，所以才会突然在公共场合定格住了？

生怕自己一个不慎，扰乱了明教授的思路，进而延缓人类历史进程……在场的所有爸爸都和小糖豆爸爸一样，屏气凝神地看着舞台正中央的明教授，生怕自己发出什么声音打乱明教授的思考。

明屹的确在静静思考。

他在想象，小糖豆爸爸换上内裤外穿的超人服会是什么样子。

他还在想象，小胖咕爸爸打扮成穿铁罐的钢铁侠又会是什么样子。

这么一通想象下来，明屹心里突然就好受多了！

还好他准备假扮的是蝙蝠侠，而且还看不到脸，也不算太丢人！

这样一想，明屹瞬间心花怒放，之前想打人的心思也瞬间消失得无影无踪。

回过神来，他发现周围的其他爸爸都在盯着自己看。

看什么看？

明屹心里不满。

当然，明屹不会将自己的不满说出来。

想到自家的宝贝小胖啾还要同这些人的宝宝们当同学，明屹自然要帮心肝小啾维护好同学关系。

因此，思索两秒，明屹便一脸严肃地对着在场各位爸爸道：“我刚才想了一下，我家有两个孩子。”

到了这会儿，明屹终于想起来自己还有一个不怎么招人喜欢的瓜儿子。

他们家有两个宝宝上幼儿园，但集体活动时只出了一个劳动力，不合适。

顿了两秒，明屹又继续道：“我和你们干一样的工作量，这不公平。”

没等众人反应过来，明屹便抢先左手搬起一张小桌子，右手再搬起一张小桌子，然后义正词严道：“我应该干两人份的工作，你们搬一张桌子，我就应该搬两张。”

在场其余爸爸目瞪口呆地看着一手拎着一张小桌子的明屹。

小糖豆爸爸和小胖咕爸爸也无声地交换了一个眼神：

要不是他们知道明教授的那些成就，恐怕这会儿也会认为这是个大傻子。

不过无论如何，一想到自己现在干了两个人的活，等这些爸爸回家和孩了说了，这些小朋友必定会羡慕小胖啾有这么厉害的一个爸爸。

而一想到自己的心肝小胖啾能收到其他小朋友崇拜又羡慕的目光，明屹浑身上下瞬间就充满了干劲。

可惜的是，各位爸爸们心里只觉得这个明教授看起来不大聪明的样子，但出于礼貌和教养，他们自然是没有和孩子提他们班上的那个小胖啾爸爸，因为自家有一对胖儿女在小葵花幼儿园上学，就一人干了两人份的活这件傻事。

等布置完万圣节亲子活动的场地，中午回到家里，明屹又连饭都顾不上吃，只是催着乔皙将之前准备好的蝙蝠侠外套拿出来。

明屹尽可能形象地描述出自己的需求：“蝙蝠侠太单调了，既然是万圣节，可不可以假扮成被砍了好多刀然后流血的样子？”

乔皙目瞪口呆。

这个角色扮演游戏，大表哥之前明明参加得心不甘情不愿的，怎么现在这么积极了？

迎着哭气包的疑惑目光，明屹颇有几分不好意思。

他轻咳一声，然后欲盖弥彰道：“要让小朋友入戏一点嘛。”

乔皙假装相信了：“哦。”

明明就是大表哥哪怕在这种幼稚的变装游戏里也特别想赢过其他爸爸好不好？！

不过，乔皙并不忍心拆穿这么一个傻爸爸，于是她又翻出针线盒来，用红色的毛线在蝙蝠侠的外套上歪歪扭扭地缝了好几道血淋淋的伤口。

下午三点，小葵花幼儿园的小朋友们午睡起来，然后便被老师们挨个捉去了小礼堂。

明小瓜牵着一脸兴奋的妹妹啾啾，无声地叹了口气。

现在这些家长，真是好幼稚，居然还要小朋友陪他们玩游戏。

小礼堂这会儿已经被大人们布置成了万圣节主题，一个又一个帐篷搭成的小黑屋散发着幽幽的光芒。

小胖啾拉着哥哥的手，左看右看探头探脑，很新奇的模样："哥哥！爸爸呢？爸爸在哪里？"

明小瓜无语。

他也不知道。

说来自家这个老父亲实在是很幼稚，之前啾啾问他到时候要扮成什么人物时，他还一脸神秘地说要保密。

因此现在小啾只能去那一大群家长扮成的卡通人物里找爸爸了。

与此同时，坐在属于自己的小黑屋里，等着小朋友们来探险的明屹，也是百无聊赖、昏昏欲睡。

也不知道他的心肝胖萝莉能不能找到爸爸……

啾啾那么聪明，一定可以的！

明屹开始期待啾啾看到自己这副蝙蝠侠扮相时的模样，尤其是自己胸前的这几道伤口，胖丫头一定会觉得爸爸很厉害吧？

直到蝙蝠侠的小黑屋里迎来了第一个造访的小朋友。

小朋友惊讶得瞪大了眼睛："哇！你是真的蝙蝠侠吗？"

明屹懒洋洋地反问道："你觉得呢？"

小朋友满脸兴奋："我觉得你是真的！"

明屹无奈。

眼尖的小朋友突然又发现了蝙蝠侠胸前那几道歪歪扭扭的伤口，当下便满脸痛惜道："蝙蝠侠，这是你和坏人搏斗后留下的伤口吗？"

没想到小朋友居然对蝙蝠侠这么热情，借着这个机会，明屹将他一把捉过来，问：“你们幼儿园里是不是有个叫啾啾的小妹妹？”

小朋友赶紧点头：“有！啾啾就是我们班的！”

明屹想了想，又问：“平时有没有人欺负啾啾？”

小朋友摇头：“我们都很喜欢啾啾，没有人欺负她！而且她有她的哥哥保护，没有人敢欺负她！”

一听这话，明屹瞬间满意了。

虽然瓜儿子不怎么讨人喜欢，但在保护妹妹这件事上，还是很值得称赞的。

看着面前陷入沉思的蝙蝠侠，小朋友的心中也有很多问号：“蝙蝠侠，你怎么知道我们班有一个啾啾啊？”

明屹开始装酷：“蝙蝠侠难道不是什么都知道吗？”

“对哦！”小朋友反应过来，然后一脸期待道，“那我问你什么，你也都知道吗？”

明屹点点头：“那当然，你问吧。”

小朋友的脸悄悄红了：“蝙蝠侠，那……你说啾啾她喜欢我吗？”

明屹一愣。

小朋友继续道：“每天午睡起来我都会帮啾啾叠被子，老师都夸我的被子叠得最好！”

明屹继续愣愣地看着小朋友。

小朋友害羞道：“我每天都带水果给啾啾吃！今天带的是大苹果，昨天带的是大樱桃，前天带的是哈密瓜！”

明屹一阵心累。

小朋友的脸已经红成了个大桃子：“啾啾每次都说我的水果很好吃，还把自己的酸奶给我喝！蝙蝠侠，你说啾啾是不是也喜欢我？”

明屹干脆道：“你死心吧，啾啾把酸奶给你喝，只是礼貌而已，她才不喜欢你。”

小朋友愣了愣，然后就伤心得要泪奔。

明屹一把将这个想骗自家啾宝的小坏蛋捉了回来：“这里不是你想来就来，想走就走的地方。”

没等小朋友反应过来，明屹便开始无比熟练地出题：“一只笼子里有一群小鸡和小兔子，它们一共有88个头，244条腿。我问你，笼子里共有几只小鸡，几只小兔子？答对了才可以出去。”

小朋友愣了愣，然后“哇”的一下放声大哭起来。

半个小时后，和哥哥一起探险完了两个小黑屋的啾啾，看着身后的一个小黑屋，奶声奶气道：“哥哥，这个小黑屋我们还没有去过。”

明小瓜对这种活动实在是不感兴趣，但既然妹妹感兴趣，那好吧……

他点点头，刚准备进去，便看见同班的阳阳眼泪汪汪地从里面跑出来。

啾啾满脸担忧道：“阳阳，你怎么啦？”

阳阳抹着眼泪：“里面的那个叔叔好凶！好可怕！是大魔王假扮的蝙蝠侠，啾啾你千万不要进去！大魔王好吓人的！”

一听阳阳这样说，啾啾也吓得往哥哥身后躲，一颗脑袋摇成了拨浪鼓：“不去不去，大魔王好可怕。”

明小瓜看向阳阳刚跑出来的那个小黑屋，若有所思了一会儿，突然就笑了。

他牵着傻乎乎的啾啾，很沉稳的模样：“啾啾，那我们去别的地方玩吧。”

番外四

明教授的博士生们

明教授的办公室紧紧关着，里面静悄悄的，偶尔传来几句说话声。

办公室外的几个博士生们面面相觑，面带愁容。

这会儿在办公室里的不是别人，正是他们的嫡系大师兄，明教授收的第一个博士生。

上个星期，大师兄刚将博士毕业论文的初稿交上去，今天就被明教授叫进小黑屋里谈话了，想也知道是和毕业论文有关。

众人看一眼手表，距离大师兄进去已经过了两个小时，想必此刻大师兄在里面一定是度日如年。

七师妹眼中带着泪光："和明明独处，大师兄好惨……我要回去考虑一下要不要延毕了。"

八师弟叹口气："大师兄这么好的一个人，年纪轻轻，结果说秃就秃了，唉，造化弄人。"

四师兄也面露不忍："明明真是不当人，出来之后，大师兄的发际线又要往后移好多吧。"

师门里的师弟师妹们，每次说起大师兄来，都是一阵唏嘘。

大师兄在明教授的所有学生里年纪最大——他甚至比明教授还大上两岁。

大师兄的年纪之所以大，是因为大师兄本科时念的就是数学，但因为要养家糊口，毕业时他只能违背初心去做金融了。

做了几年的量化交易，大师兄后来又出来自立门户单干，本想着是小打小闹一下，可谁能想到呢，大师兄恰好碰上一轮牛市，在牛市顶点

套现，一下子赚得盆满钵满。

赚得了第一桶金，大师兄又揣着本金踏足区块链，然后又稀里糊涂在区块链崩盘前将手中的所有虚拟货币都变现了。

这么几波操作下来，大师兄突然就发现自己财务自由了。

做人还是要有梦想的。

于是，大师兄给父母买好养老大别墅，给孩子买好学区房，然后辞职开始考博。考的正是理论数学领域的博士。

当初因为没钱，又要养家糊口，所以不得不放弃的理论数学，在有钱之后，大师兄又重新将它捡了回来。

不忘初心，方得始终。

大师兄考的正是明屹的博士生。

这会儿明屹也才刚博士毕业，破格升了博导。

虽然明教授那会儿还没拿到菲尔兹奖，也并未去国外的大学拿教职，但他在学术界也算是声名鹊起，想考他博士生的学生数不胜数。

明教授只招两个博士生，在竞争激烈的面试中，大师兄十分动情地陈述自己本科毕业后近十年的经历——

当年他因为贫穷所以下海，放弃了心爱的数学干起了金融，但却并未被金钱和外面的花花世界腐蚀内心。

这么多年过去了，如今他洗尽铅华归来，依旧是十年前那个怀揣着数学梦想的青涩少年。

明教授看着眼前这个有轻微谢顶倾向的青涩少年，“嗯”了一声，眼神里带了几分赞许：“有梦想的人是值得尊敬的。”

大师兄心中暗喜，觉得这次面试十拿九稳了。

下一秒，满脸赞许的明教授再次淡淡开口：“那你现场给我证明一下里斯定理吧。”

怀揣着数学梦想的青涩少年愣怔住。

当然，谢天谢地，最后大师兄还是被录取了。

本来大师兄以为是明教授喜欢压力面试，自己在面试的学生里应该还算是答得不错的。后来才知道，原来明教授是正常面试，他只是矮子里面的那个将军。

大师兄的这个博士学位，攻读了许多年。

他刚到明教授手下读博士时，女儿还在上幼儿园，如今一转眼，女儿都小学三年级了，底下的师弟师妹都排到老八了……可惜他依旧没能毕业。

偏偏他又是师门里最大的，每次其他人的论文写不好，明教授都是要连带着他一起骂的。

同门的师弟师妹们感念大师兄的恩情，这会儿见他已经在明教授的办公室里待了两个小时，不由得心急如焚。

五师弟想了想，然后道："和明明单独相处两小时……这样下去不行啊！"

如果是言语上的羞辱那也就罢了，忍忍就过去了。

可如果是明教授看着你的论文，突然来了灵感，开始和你讨论最前沿的理论数学，并且一言不合就上手推导，那就完了……

因为他们都跟不上明教授的思路。

偏偏明教授还颇为负责，如果学生们的大眼睛里流露出半点困惑，他就会停下来重新和你解释一遍刚才的推导过程。

可惜明教授的解释无济于事，因为在学生们的耳朵里，就相当于明教授把"因为这个橘子熟了，所以我们现在可以证明孪生素数猜想"进一步解释成"因为这个橘子熟了，农民伯伯大丰收，所以我们现在可以证明孪生素数猜想"一样。

这样的解释有什么用呢？

不但会让明教授怀疑他们的智商，也会让他们自己怀疑自己的智商。

人和人的差距，有时候真是比人和狗的差距还要大。

每次和明教授谈完话，他们都要回去集体怀疑人生半个月。

像七师妹，刚入学时还曾为明教授的颜值花痴过，视明教授为男神。

用她的话来说，放眼整个数院，明教授是唯一一个同时拥有聪明的大脑和茂密的秀发这两样东西的男人，谁能不为明教授疯狂呢？

可惜的是，在上完两节明教授的课之后，七师妹的少女心就碎成了渣渣，看明教授时也不再有男神滤镜。

这会儿，大师兄和明教授已经单独相处了两个小时，说不定明教授推导用的草稿纸都写了一大摞，大师兄可千万别受什么刺激才好。

四师兄想了想，然后道："要不给师母打个电话？让她来救场。"

比起明教授来，人家可实在是太喜欢师母了！

毕竟师母长得那么漂亮，性格又那么温柔，每次来学校看明教授的时候都会带上一大堆好吃的给他们分着吃。

就连明教授的“明明”和“日月山乞”这两个外号，都是师母悄悄告诉他们的！

当然了，日月山乞这种外号大家是不敢叫的，大家平日里也只敢在私底下管明教授叫明明。

每次只要师母一出现，明明必然心情大好，而且一定会陪老婆出去吃饭。

只要明明消失在实验室里，大家瞬间就轻松快活了。

“不行哎，你们看。”七师妹将自己的手机屏幕给他们看，上面是Predator（普雷达特公司）官网今天发布的一条最新动态，他们的首席科学家，也就是大家的师母正在西雅图参加一个行业峰会。

远水救不了近火，师母这条路子眼看是行不通了。

七师妹突然眼前一亮：“啾啾！”

此言一出，大家都回过神来：“对啊，啾啾！”

他们差点就忘了明教授的心肝胖萝莉了！

这会儿不到三点，啾啾的幼儿园马上就要放学了。

六师弟将自己抽屉里的零食全都贡献出来：“果冻、奶糖、巧克力、动物饼干……全都拿去。”

七师妹也赶紧将自己挂在书包上的小黄鸭玩偶贡献出来：“啾啾最喜欢这个鸭子了！”

如此一来，二师兄便带着零食和小黄鸭，承载着整个师门的希望，一路赶往小葵花幼儿园了。

二师兄刚好碰见来接小瓜和啾啾的祝心音，她认得这是明屹的学生，当下就问：“你怎么来了？”

二师兄笑道：“我来接啾啾去明教授办公室。”

说完，二师兄弯下腰，拿那个小黄鸭玩偶逗小胖啾：“啾啾，这个是露露姐姐送给你的，你喜欢吗？”

小胖啾赶紧点点头，捏着小黄鸭，胖脸蛋上喜气洋洋：“啾啾喜欢！”

祝心音误以为是明屹让学生来接人的。

当下便叹了口气，她无奈道：“你们去明屹那儿是念书学习的，他怎么连接小孩这种杂事都要你们做？真是太胡闹了！”

顾不上心疼背了一顶大黑锅的明教授，二师兄赶紧道：“没有没有，我们都很喜欢啾啾！啾啾，跟哥哥去找你爸爸好吗？”

小胖啾点点头，奶声奶气地重复道：“找爸爸！”

大家在实验室里等了又等，盼星星盼月亮，终于盼到二师兄将小胖啾带来了。大家往明教授紧闭着门的办公室方向一指：“啾啾，你爸爸在里面。”

啾啾已经有两天没见到爸爸了——昨天晚上她睡觉的时候爸爸还没回家，今天早上她起来的时候，爸爸也还没醒。

因此这会儿啾啾想念极了爸爸，当下，她便跌跌撞撞地往爸爸的办公室跑去，然后趴在办公室门上拍了拍。

办公室里，明屹刚将手下学生交上来的论文从头批到脚，这会儿还有点生气：“上次让你回去改，改了一个学期，怎么还是乱七八糟的？”

大师兄默默地垂下了头，露出没剩下几根头发的半秃脑袋，希望明教授在看到他的发际线后能生出几分恻隐之心。

可惜明教授自我要求严格，对学生的要求同样严格，看着大弟子的发际线，明教授郎心似铁，丝毫不为所动，只是道：“你要不再延毕半年吧。”

突然，门口传来一阵拍门声。

明屹不免有些生气，没好气道：“谁？”

一般来说，他将办公室的门关上就代表了他不希望被打扰，这规矩连院长都知道，一般没有十万火急的事是绝不会来烦他。

现在是谁这么不长眼？

下一秒，办公室外传来奶声奶气的萝莉音：“土豆土豆，我是地瓜。”

这是小胖啾和爸爸的暗号。

手里捏着露露姐姐给自己的小黄鸭，啾啾趴在门上，很开心地喊道：“土豆爸爸，快来给地瓜开门呀！”

明屹眼睛一亮，大师兄也眼睛一亮。

明屹从办公桌后站起身来，大步走到办公室门口，将门打开。

原本趴在门上的小胖啾，一把扑在了爸爸的腿上。

明屹弯腰将啾啾抱起来，亲了一口小丫头的胖脸蛋：“啾啾放学了？”

办公室外的博士生们齐齐松一口气，大师兄有救了。

明屹将心肝胖萝莉放到一旁的沙发上，然后又从一旁的柜子里拿出啾啾专属的限量版全套玩具厨房，说：“爸爸还有点工作，你先一个人玩，好不好？”

明屹重新回到办公桌前，再看着眼前这个头发稀疏的学生，突然就心生恻隐。

交上来的论文的确是狗屁不通毕不了业，可看着这个大弟子一年比一年往后退的发际线，明屹又想起他家也有一个胖萝莉，说不定他家的胖萝莉也在为爸爸的学业而操心，明屹突然就心软了。

这样想着，明屹便收回了之前让学生延毕的念头，语气缓和了一些，道："论文这个月要是能改好，就还是按正常时间答辩。"

大师兄松一口气，面露喜色："谢谢明教授！"

明屹点点头，然后道："从明天开始，每天晚上八点来我家，我盯着你改论文，什么时候改好论文什么时候就不用再来了。"

大师兄道："啊？？？"

人生就是这样大起大落落落落！

明屹知道，自己手底下的这些学生，时间管理都很有问题，大多数都是平时不好好做研究，到了快毕业才临时抱佛脚的。

他平时没空挨个盯着这些学生，直接导致他们交上来的论文质量感人，眼前这个学生就是最好的例子。

当下，明屹便没好气道："啊什么啊？给你开小灶你还不乐意了？"

爸爸好像生气了！

正坐在一旁地板上"煮饭"的小胖啾扭过小脑袋，目光炯炯地看向爸爸。

察觉到心肝胖萝莉的视线，明屹轻咳一声。

为了维持自己在女儿面前的慈祥老父亲形象，明屹硬生生地止住火，然后露出一个和颜悦色的微笑来："别怕，改论文遇到了任何困难都可以来问我。"

走出明教授的办公室，想到即将到来的每天晚上和明明的甜蜜独处时光，大师兄就忍不住长叹了好几口气。

师弟师妹们全都围上来，语气关切："明明把你给怎么了？"

大师兄在人群中找到七师妹，叹了口气，然后愁眉苦脸道："你刚才给啾啾的那个小黄鸭在哪里买的？链接给我，我要批发。"

番外五

抗疫

暑假的时候，明屹接到了一通十分特殊的电话。

是他从前的研究所打来的。

虽然明屹已经离职了，但当初他还在研究所时，主持了好几个大项目，剩下几个未完成项目的框架也是当初他在时搭建的。

如今马上就是“十·一”，研究所的老同事打来电话，说：“明屹，今年国庆我们研究所要接受表彰，所长特意发话了，让你有空的话也来。”

这对明屹来说的确有些意外：“我已经离职了，而且这样也不符合保密规定。”

“接受表彰又不涉密，”电话那头的同事笑道，“再说了，你当初给我们所立下了汗马功劳啊，每年都是先进个人，现在离职就不认了？”

明屹无声地笑笑。

虽然当初去研究所并非他所愿，可七年的时光和心血都倾注在研究所的事业中，于明屹而言，那一段经历实在刻骨铭心。

在研究所的那七年里，每一次午夜梦回，明屹都会想起自己的少年时代。

高斯就是高斯，牛顿就是牛顿。

他终于意识到自己年少时说过的那些话有多狂妄。

这世上并不仅仅只有他所认为那一种职业有意义，每一个平凡的人

都在用自己的方式让世界更好。

当然，尽管对昔年的研究所生活有所感怀，但在得知如果回去接受表彰，就必须站在巡游花车里上电视直播后，明屹便拒绝了。

胸前戴朵大红花在全国人民面前接受表彰？

不不不，实在是太羞耻了。

就算他自己不要面子，若是被小胖啾的同学看见了，他这样的傻爸爸也会给小胖啾丢脸的。

只是乔皙是真的觉得可惜，她搂着明屹的脖子，想想就觉得很沮丧："为什么不去呀？那么好的机会，可以让所有人都知道你做过多了不起的贡献！"

时至今日，乔皙依旧对外界的言论十分敏感。

绝大多数人都对明屹的贡献一无所知，只会用最世俗的标准来判断他成功与否。

哪怕明屹本人对这些无稽的误解并不在意，但乔皙还是为他觉得不平。

如果大表哥能去接受表彰的话，那所有的人都会知道，这个曾经的天才少年蛰伏的那七年时间里并不是一事无成。

无论身处何种境地，他永远都是最耀眼的那一个天才。

见哭气包这副可怜兮兮的模样，明屹想了想，开始忽悠道："那你是想让所有人都认识我？"

一听大表哥这话，乔皙立刻就警惕了起来。

对哦对哦，大表哥曾经负责过那么多大项目，如今离开了研究所，说不定会被坏人盯上的。

这样一想，乔皙赶紧拽住大表哥的胳膊，紧张兮兮道："不行不行，你不可以去。"

千万不能让太多人知道他有多厉害，不然会有危险的！

明屹很满意地点点头。

国庆当天。

一大早，还在睡梦中的明屹便被一对胖儿女摇醒了。

啾啾兴高采烈地道：“爸爸，快起来看电视！”

明屹这才知道，原来是隔壁家小胖咕的飞行员爸爸这次要执行演出任务，是要上电视的。

看着自家胖儿女对别人爸爸那么崇拜的模样，明屹心里不免有几分酸溜溜的。

他也可以上电视露脸的好不好？只是他不屑罢了。

而向来高冷的小瓜，在见到电视里各式各样的飞机大炮后，脸上终于出现了一个三岁小孩应该有的向往和激动之情。

明屹喂着旁边的啾啾吃完半盆草莓，然后坐到儿子身边，语气慈爱：“小瓜。”

电视屏幕里，伴随着雄浑的音乐声，镜头缓缓划过一排又一排的新型武器。

明屹的手指在电视屏幕上随意点了点，云淡风轻道：“小瓜，看，这个、这个的地面系统，还有那个、那一排的侦查系统……”

此言一出，小瓜不由得睁大了眼睛。

听爸爸的口气……难道这些都是爸爸设计的？

这样一来，就连向来不怎么爱搭理老父亲的小瓜，稚嫩的眼神中都充满了崇敬之情。

原来爸爸这么厉害！

下一秒，明屹便慢悠悠地继续道：“……这些都不是爸爸设计的。”

被老父亲耍了的小瓜很愤怒。

成功将瓜儿子戏耍了一通，明屹心情舒畅。

他这才开始认真道：“喏，你看，这个，还有这个……这两个的制导系统是爸爸设计的。”

顺着爸爸手指的方向，小瓜很认真地看向电视屏幕。

虽然只有两个，可小瓜还是不得不承认，老父亲真的很厉害！

又过了一会儿，小瓜开口问：“爸爸，以后我可以改变世界吗？就像你这样。”

瓜儿子难得这样认真地发问，明屹想了想，道：“每个人都在改变世界，只是有些人把世界变得更好，有些人把世界变得更糟……小瓜，爸爸希望你是前一种。”

四个月后，正是寒假期间。

小年夜的晚上，吃过饭后，明屹将2019年一整年的成果总结了一下，对自己颇为满意。

除了手底下那几个离毕业遥遥无期的博士生，除了一年三百六十五天里有两百天都要出差的媳妇，除了啾啾现在已经不需要他这个老父亲陪着玩家家酒了，总体来说，明屹的生活状态还是十分完美的。

直到除夕夜的前一天，新闻报道里的疫情越来越严重，所有人也都意识到了这并不是一次普通流感。

先是明爷爷，他当了一辈子的军医，如今虽然已经八十多了，可依旧耳聪目明，在电视上看了新闻就嚷嚷着要去疫区当志愿者。

明屹和乔皙好不容易将老爷子劝住，接回到家里来住。

明骏和祝心音也赶紧劝老爷子："您还真当自己是二十岁的年轻人啊？您去了万一出点什么事，到时候人家是救您还是救病人？"

明爷爷气哼哼的，很不服老的样子。

乔皙也赶紧安抚老爷子："爷爷，老人家是最危险的，我们乖乖待在家里，就是对社会做的最大贡献了。您看，我今年过年本来想回西京看我奶奶的，现在也去不成了，我奶奶都知道大家都要待在家里不乱跑呢，您这么一个久经考验的共产主义战士，难道觉悟还不如我奶奶吗？"

老爷子果然被激将，点点头，当下便道："胡说！这样的道理我还不懂吗？"

乔皙笑眯眯道："是呀！我就知道，爷爷肯定不会出去给社会添乱的！您看，小瓜和啾啾也在家里，您正好来我们家，帮我们照顾这两个共产主义接班人呀，对不对？"

想起自己的胖孙子和胖孙女，明老爷子的脸色终于缓和了下来，看来是打消了一把老骨头要去当志愿者的想法。

众人纷纷松了一口气。

还是乔皙有办法。

刚被姨奶奶捉着洗完澡的小胖啾，这会儿湿着头发从浴室里跑出来，她蹦蹦跳跳地跑到明老爷子跟前，一把抱住明老爷子的膝盖："太爷爷！”

明老爷子将啾啾抱起来：“啾宝，太爷爷给你做大螃蟹吃，好不好？”

“好！”小胖啾点点头，奶声奶气道，“明天我们去钓螃蟹！”

她最喜欢和太爷爷一起去钓鱼鱼啦！

“不行哦。”一旁的明菀赶紧开口道，“啾啾和太爷爷现在都不能出去哦，你们都要乖乖待在家里。”

小胖啾又惊讶又失望：“为什么？”

明菀想了想，然后解释道：“就是……现在外面有很多大坏蛋，有超人在和大坏蛋搏斗。如果现在啾啾出去，被坏蛋捉走了，那超人还要救啾啾，就没有力气把坏蛋打走啦。”

小胖啾一听，赶紧将一颗小脑袋摇成了拨浪鼓：“那不出去，啾啾不出去。”

看着一大家子都其乐融融聚在一起的场景，乔皙心里的一块大石头落了地。

可随着疫情形势越发严峻，乔皙心底的不安逐渐增加。

等晚上回了房间，她躺在床上，翻来覆去地睡不着觉。

家里有存款，有足够的食物储备，还有足够大的房子可以容纳下全家四代，如今他们一家人因为疫情要待在家里，只是闷了点，可好歹是吃穿不愁的。

他们一家人哪怕再在家里多待两个月，也可以只把它当作是一个漫长的假期。

可那些没有这种条件的人呢？

没有存款、没有大房子、也没有食物的人，他们该怎么办呢？

乔皙并不是一个多有社会责任感的人，可在这样的境地下，她却本能地想要帮一帮那些境况窘迫的同胞。

明屹躺在另一边床上，也没有睡着。

乔皙见他还醒着，轻咳一声，道：“大表哥，你说……我能帮大家做点什么呀？”

显然，对于哭气包起头的这个话题，明屹并不惊讶。

他语气平静地开口道："我已经想过了，没什么能做的。"

乔皙忍不住有些沮丧。

她想了一晚上，虽然已经发现了自己所学的东西并没有什么发光发热的余地，可从明屹口中听见这话，还是有些难过的。

连大表哥都想不到有什么能做的，可见是真的没有了。

明屹很潦草地安慰她："你就捐点钱吧。"

乔皙默默地"哦"一声。

她当然知道要捐钱啦……可如果能再出一份力就好了。

此时此刻，乔皙突然沮丧地发现，自己辛辛苦苦学了几十年的那些东西，在这一刻，似乎都没有治病救人来得有意义。

她悄悄看一眼睡在身旁的大表哥，无声地叹了口气。

这种挫败情绪，大表哥是体会不到的吧，毕竟他做的工作比她有意义多了。

可乔皙没想到的是，第二天一早，大表哥便消失不见了。

乔皙本以为他是出去采购了，当下便忧心忡忡地给他打电话："你戴口罩了没？你是要去超市买东西吗？别去人多的地方啦，吃的喝的家里都有，你快回来，我给你做呀。"

电话那头的明屹语气很平静："没去超市，我报名了志愿者。"

乔皙惊得说不出话来。

好在明屹还算耐心地给她解释道："口罩厂的志愿者，没什么危险。"

乔皙总算将一颗快要跳出嗓子眼的心放了回来，但还是忍不住担忧："你干吗自己偷偷去，都不告诉我。"

明屹简短道："你不能来。"

乔皙知道他是在担心自己，但还是忍不住道："我知道你是关心我啦，可我也想帮——"

下一秒，明屹便打断她："你笨手笨脚，来做口罩会浪费别人的原材料。"

乔皙差点被气得心肌梗塞。

好在乔皙早已习惯他这样，缓了缓，她又问："那你们几点下班？我去接你。"

“别来接我，我不回去了。”

乔皙满脸疑惑。

明屹只得解释道：“我在外面和太多人接触过了，家里还有小孩和老人，回来不好。”

顿了顿，明屹又说道：“我们家不还有一套房子空着吗？我去那边住。”

没想到大表哥居然考虑得这么周全，乔皙的鼻子突然就有点发酸，不过心里暖暖的。

好半天，她才低低“嗯”一声，然后道：“那我给你送换洗衣服和吃的过去。”

明屹拒绝道：“送换洗衣服就行，吃的不用，我已经买了两箱方便面。”

乔皙有点不开心：“你现在去当志愿者，就更要补充营养增强抵抗力了呀，吃方便面怎么行？”

明屹没办法，只得让了一小步，道：“那你把东西送到了就赶紧回去。”

乔皙甜甜蜜蜜地“嗯”了一声：“给你做好吃的。”

得知明屹去了口罩厂当志愿者后，明家众人的反应各有不同。

明老爷子激动得胡子乱抖：“对！还能去口罩厂帮忙！哎呀这小子怎么不叫上我啊！”

连轴转加了整整一周班的明骏也在电话里表达了对儿子的赞许：“不错，还挺有责任心的。”

菀菀也很惊奇：“哇！哥哥居然会做口罩！这是不是明教授做过最没技术含量的工作呀？”

祝心音笑起来：“虽然没有技术含量，但却很有意义……哥哥很勇敢，对不对？”

菀菀点点头，仿佛也与有荣焉一般：“我还以为哥哥根本就不会关心这样的事情呢！”

家里原本是将一日三餐都做好装在保鲜盒里，乔皙隔天去送一次饭，到时候明屹回去了将饭菜放微波炉里热一下就能吃。

可是一大家子在这里热热闹闹，大表哥一个人在那边的房子里冷冷清清，乔皙想想就觉得心酸，于是最终还是决定也搬去那边住："我也去那边住吧，正好给他做饭。"

猝不及防又被喂了一口狗粮的菀菀捂住脸："单身人士受到一万点暴击！"

见小夫妻感情这么好，祝心音欣慰之余又不免担心，于是往乔皙的包里塞了一堆消毒用品和口罩，又叮嘱道："千万别出去，就在家里好好待着，做好消毒。"

明屹从口罩厂回到住处时，已经是晚上九点。

明屹打开房门，客厅里的大灯亮着，有浓郁的食物香气从厨房里传来。

没等他反应过来，乔皙便从厨房跑出来，笑眯眯道："明教授回来啦？快去洗澡。"

看着本不该出现在这里的哭气包，明屹叹了口气，最终还是无奈道："你……你呀你。"

等他洗完澡出来，乔皙已经将热腾腾的三菜一汤摆上了餐桌。

她一边给他舀汤一边问："今天辛不辛苦呀？"

"还好。"明屹活动了一下肩膀，他有时在办公室里看文献也是一看十几个小时，虽然有些累，但尚在承受范围内。

说完，他又看向乔皙，板着脸道："多大的人了还胡闹？这是什么好玩的事情？非要赶来凑热闹？"

乔皙早已习惯大表哥这样，才不生他的气呢，只是笑眯眯道："小瓜和啾啾在家里有妈妈和菀菀照顾，我出不上什么力，所以就来做明教授的后勤保障嘛。"

明屹叹口气，然后用力捏了捏她的手："傻瓜。"

就这样，明屹继续在口罩厂当义工。

等过了大半个月，口罩厂终于组织起了原来的工人复工，他们这些义工也可以回去休息了。

虽说是义工，可口罩厂还是给所有义工报酬和好几大包口罩。

义工们都没要，明屹也不例外，他将东西还给负责人，道：“钱和口罩都帮我捐了吧。”

旁边有人听出来他的声音，当下便惊奇道：“明教授？”

明屹转过头，正看见一颗发际线感人的脑袋和一双流露着崇敬之情的大眼睛。

不是他那毕不了业的大弟子还能是谁？

毫无疑问，来口罩厂当义工这件事实在是有损明教授的高冷精英形象。

当下，明屹便迅速别过了脸，绷紧了声音，急急地道：“你认错人了。”

说完便迅速走开。

大弟子并不相信，很执着地追在他身后：“不可能，你就是我的教授！”

旁人纷纷投来好奇的目光。

于是，大弟子赶紧解释道：“是我的老师！明教授特别厉害，不到三十就是博导，大名鼎鼎的数学家！人类之光！哎……明教授，你等等我！”

等到明屹回到家时，明教授去口罩厂当义工的事迹已经在半个学术圈里流传遍了。

蒋一炜也发来信息问明屹：“你真去当志愿者了？可以啊你。”

明屹立刻否认三连：“我不是，我没有，你别瞎说。”

直到那家口罩厂为了表示感谢，在网上将所有捐款捐口罩的义工名单都列了出来。

那份长长的名单上，第一个就是大大的“明屹”二字，这次明屹是怎么都赖不掉了。

虽然明教授的高冷精英形象不再，可毫无疑问，明教授又一次火了。

一时间想要来采访明教授的记者如雨后春笋一般冒了出来，连带着乔皙的手机都被打爆了。

最终，明屹只接受了T大校电视台的采访。

面对摄像头，明屹戴着口罩，脸上没什么表情，声音平静——

“我不是什么伟大的人。但我有一个儿子和一个女儿……我没有经过他们的同意就把他们带到这个世界上来，所以我应该在自己的能力范围内，把这个世界变得更好一点。”